ULLI KAMMIGAN
SELENA ODER ALIENS SIND AUCH NUR MENSCHEN

Bibliografische Information der Deutschen Nationalbibliothek:
Die Deutsche Nationalbibliothek verzeichnet diese Publikation in der
Deutschen Nationalbibliografie; detaillierte bibliografische Daten sind
im Internet über http://dnb.d-nb.de abrufbar.

Impressum
1. Auflage 2013
Überarbeitete Neuauflage 2016
© 2016 Ulli Kammigan, »SELENA oder Aliens sind auch nur
Menschen«
www.ulli-kammigan.de
Alle Rechte vorbehalten
Satz: Ulli Kammigan
Korrektorat: Sabine Knopp
Umschlag: Sarah Kammigan, Sidney; Lizenz shutterstock.com
Herstellung und Verlag: BoD – Books on Demand, Norderstedt

ISBN 978-3-74122-696-0

Ulli Kammigan

Selena

oder

Aliens sind auch nur Menschen

Roman

Vom selben Autor sind erschienen:

SELENA II oder Auch wir sind Aliens! Fast überall!
(Band 2 der SELENA-Trilogie)

SELENA und die irdischen Außerirdischen
(Band 3 der SELENA-Trilogie)

KAPITELVERZEICHNIS

GALAKTISCHER ZOO

Wieso haben die Brüder von der Flugüberwachung das Ding nicht bemerkt? Oder die vom Militär? So ein Riesending kann doch nicht unbemerkt hier einfach bei mir im Garten erscheinen! Der Tower vom Flughafen ist gerade mal drei Kilometer Luftlinie von hier entfernt. Die müssen doch was auf dem Radarschirm bemerkt haben. Oder ist hier etwa gleich die Hölle los?

Ich stehe am Fenster meines Hauses, starre in den Garten und warte auf das Anschwellen von Polizeisirenen, horche auf das Geräusch näherkommender Hubschrauber und rechne jeden Augenblick damit, dass mein Garten in gleißendes Licht dutzender Scheinwerfer getaucht wird.

Doch nichts geschieht. Auch die Nachbarn zur Linken rühren sich nicht. Aber die sind sowieso selten zu Hause. Die Nachbarn zur Rechten sind durch ein dicht bewachsenes wildes Grundstück von mir getrennt; die werden wahrscheinlich das Ding gar nicht sehen können, zumindest nicht im Dunkeln. Obwohl es eine mondlose Nacht mit bedecktem Himmel ist, kann ich deutlich die Umrisse des da draußen schwebenden Geräts erkennen, das fast den ganzen Garten abdeckt. Die Lichter der nahen Großstadt lassen die Nächte hier nie ganz dunkel werden.

Eines ist klar, das Ding da draußen ist ein Fluggerät. Denn es steht nicht auf dem Boden, sondern schwebt knapp zwei Meter über meinem Rasen. Wie es sich da in der Luft hält, ist mir rätselhaft. Nirgendwo ist irgendetwas von einem Antrieb oder einer Rückstoßkraft zu erkennen, die Grashalme unter dem Gerät stehen völlig normal in die Höhe.

Ich wollte schon vor einer Woche den Rasen mähen fällt mir dabei ein.

Verrückt! Ich denke ans Rasenschneiden und da draußen ist etwas, das gegen alle mir bekannten Naturgesetze verstößt indem es völlig regungslos in der Luft hängt.

Ein UFO?

Unsinn!

Obwohl ich begeisterter Science-Fiction-Leser bin, gehöre ich nicht zu denen, die an den Besuch fremder Intelligenzen auf unserer Erde glauben. Dazu weiß ich zu genau Bescheid um die Entfernungen im Weltraum und um die Lichtgeschwindigkeit als Grenzgeschwindigkeit. Auch Einsteins Relativitätstheorie habe ich im Großen und Ganzen kapiert. Irgendein schlauer Kopf hat einmal für mich völlig überzeugend dargelegt, dass die Wahrscheinlichkeit eines außerirdischen Besuchs auf Grund von Raum und Zeit, also Entfernungen zu einem der nächsten Sonnensysteme und Gleichzeitigkeit von Entwicklung intelligenten Lebens, etwa genau so groß ist, wie sechsmal hintereinander sechs Richtige im Lotto zu haben. Ich hatte noch nie sechs Richtige im Lotto und werde sie auch nie haben, da ich nicht Lotto spiele. Natürlich deswegen, weil ich nur allzu genau über die Wahrscheinlichkeit von eins zu dreizehnmillionenneunhundertdreiundachtzigtausendachthundertundfünfzehn für »Sechs aus Neunundvierzig« Bescheid weiß.

Ich kenne bessere Möglichkeiten, meinen nicht allzu üppig bemessenen Verdienst unter die Leute zu bringen.

Doch trotz Lotto-Verweigerung hängt dieses Ding in meinem Garten und rührt sich nicht von der Stelle. Auch der erwartete Andrang von staatlichen und militärischen Fahrzeugen bleibt aus. Nicht einmal der Lärm neugieriger Nachbarn oder Passanten ist von der Straße zu hören, obwohl das Ding so groß ist, dass es weit über das Dach meines Hauses ragt und von der Straßenseite her zu sehen sein müsste.

Vielleicht doch etwas von außerhalb? Oder irgendetwas aus der Forschung, was sich selbständig gemacht und ausgerechnet bei mir im Garten gelandet ist? Und wenn von außerhalb, warum dann gerade jetzt? Die Wahrscheinlichkeit für eine außerirdische Begegnung gerade jetzt ist doch gleich Null. Die Dinosaurier hätten viel mehr Chancen dafür gehabt, die haben einen gewaltig längeren Zeitraum die Erde bevölkert, als die Sekunde, die der Mensch im Vergleich zur Erdgeschichte hier herumrennt. Aber das wäre sicherlich für Außerirdische kein Hit gewesen. Die wären vermutlich umgekehrt mit der Nachricht für zu Hause.

Leben auf der Erde zwar enorm groß aber ziemlich dämlich und auf absehbare Zeit kein intelligentes Leben zu erwarten!

Wobei ich mich allerdings frage, was für Wesen, die solche unvorstellbaren Entfernungen bewältigen, eine *absehbare Zeit* ist.

Also, alles sehr unwahrscheinlich.

Das Gebilde da draußen, dessen unterer Teil gerade noch vom Licht, das aus den raumhohen Fenstern in den Garten fällt, beleuchtet wird und silbrig metallisch schimmert, wird auf einmal dunkler und ist weg. Ich blickte angestrengt auf die Stelle, wo es gerade noch zu sehen war und sehe nichts. Überhaupt nichts!

Moment! Ich sehe nicht einmal mehr die Baumsilhouetten im Hintergrund, nur Schwärze. Jetzt erkenne ich, dass die Unwahrscheinlichkeit noch da ist, es absorbiert offenbar vollständig jeglichen Lichtschein, denn links und rechts sehe ich die normalen Schatten der Nacht, nur in der Mitte zieht sich ein Halbkreis völliger Schwärze durch meinen Garten. Im selben Augenblick höre ich von der Straße das Geräusch eines vorbeifahrenden Autos. Das Geräusch verklingt und das Ding taucht wieder auf. Ein verrückter Gedanke schleicht sich in mein Gehirn. Entweder ist das da draußen geräuschempfindlich oder, und das ist noch verrückter, es wollte nicht gesehen werden.

Aber ich sehe es doch!

Vielleicht war das Ganze nur ein Zufall.

Also gehe ich noch dichter ans Fenster und mache mit lautem Krach die Fensterklappe auf und zu. Draußen passiert nichts. So dicht am Fenster kann ich jetzt das gesamte Ausmaß des Dinges erkennen.

Es hat die Form einer Kugel mit einem Durchmesser von 15 Metern oder mehr. Am unteren Ende erkenne ich drei runde schwarze Flecken, ansonsten ist die Außenhaut silbrig metallisch; ausgesprochen glatt, irgendwelche Schweißnähte oder Nieten kann ich nicht sehen. Sollte es wirklich ein UFO sein, so sieht es ziemlich langweilig aus. Keine herumlaufenden Lichteffekte, nichts, was nach Fenstern aussieht, überhaupt keine Vorsprünge oder Erhebungen, eigentlich wie eine überdimensionale Bowlingkugel mit den typischen drei Grifflöchern, nur dass das hier keine Löcher, sondern einfach schwarze Kreise auf der Oberfläche sind.

Gerade habe ich mich entschlossen, nach draußen zu gehen und mir die Bowlingkugel näher anzusehen, da ist sie auf einmal weg. Nichts mehr, auch kein dunkler Schatten. Ich kann alle Umrisse von Büschen und Bäumen im Garten sehen.

So ein Mist, fluche ich vor mich hin, nun habe ich einmal die Gelegenheit, dass mir etwas völlig Neues über den Weg läuft, besser wohl über den Weg fliegt, und bevor ich mich besinne, ist das Ding weg.

Oder war es überhaupt nicht da, und ich leide an Halluzinationen? Das wäre allerdings das erste Mal. Eigentlich habe ich ein recht gesundes Verhältnis zu meinem Verstand, so leicht bilde ich mir nichts ein. Vor Jahren hat mich einmal so eine Art Guru in einer Show hypnotisieren wollen. Es hat nicht geklappt, ich war einfach zu kritisch. Das soll nicht heißen, dass ich Hypnotisieren für Blödsinn halte, keineswegs, nur bei mir klappt es eben nicht.

Auf der Straße höre ich ein paar Leute laut herum grölend vorbeiziehen. Offenbar sind sie angetrunken. Als ich die Terrassentür öffne und nach draußen gehen will, bekomme ich mit, dass es Jugendliche sind, die sich lautstark über die körperlichen Vorzüge einer bestimmten Braut auslassen.

Auch wenn es offenbar zu spät ist, gehe ich in den Garten zu der Stelle, wo vorher die Bowlingkugel geschwebt hat. Vielleicht finde ich irgendetwas, obwohl ich überhaupt nicht weiß, wonach ich suchen soll. Etwas, das darauf hindeutet, dass die Kugel da war. Angestrengt starre ich in die Nacht, und auf einmal fangen die Schatten an zu tanzen.

Die Silhouetten der Umgebung verschwimmen vor meinen Augen, wie, wenn jemand auf ein noch feuchtes Aquarell Wasser laufen lässt. Sämtliche Formen zerfließen und übrig bleibt ein schwarzer Fleck.

Also doch Halluzinationen! Mein Gott, ich werde doch nicht etwa krank und habe schon Fieberfantasien? Ich, der ich in den letzten fünf Jahren nicht einmal einen kleinsten Schnupfen oder eine Erkältung eingefangen habe und der seinen Arzt letztes Jahr nach dem Generalcheck weinend zurück ließ, weil an ihm kaum etwas zu verdienen war!

Das Zerfließen der Schatten ruft ein leichtes Schwindelgefühl in mir hervor. Meine Augen versuchen irgendwo Halt zu finden – und finden ihn an einer feinen dünnen gebogenen Linie über mir, die zwei unterschiedliche Schwarzabstufungen trennt. Innerhalb dieser Linie hat das Schwarz einen Grauschimmer. Jetzt ahne ich es mehr als dass ich es sehen kann.

Die Kugel ist noch da.

Aber dafür ist mein Haus weg! Hinter mir, da wo das Haus stehen sollte, herrscht totale Finsternis.

In mir kommt Panik auf. Ich drehe mich um und mache einige Schritte in die Richtung, in der das Haus eigentlich sein sollte und – aus der Finsternis schwimmt das Haus zusammen.

Nachdem sich die Linien des Hauses beruhigt haben, werde auch ich wieder ruhiger. Um noch eins drauf zu setzen, knipst jemand die Wirklichkeit wieder an. Hinter und über mir schimmert wieder metallisch meine Bowlingkugel, beleuchtet vom Lichtschein des Hauses.

Irgendwie freue ich mich. Nach dem dauernden Verschwinden und wieder Auftauchen ist meine Neugierde doch beträchtlich. Ich nehme also allen Mut zusammen und gehe auf die Kugel zu, und wie, um mich zu ermuntern, erscheint unter der Kugel zwischen den drei Fingergriffen ein schwach beleuchteter Zylinder, der bis zum Boden reicht.

Vermutlich so etwas wie ein Einstieg.

Zögernd gehe ich darauf zu und tausend Vermutungen und lauter »Was-Passiert-Wenns« rasen durch meinen Kopf.

Wenn das nun wirklich von außerhalb kommt?

Wozu?

Vielleicht so etwas wie ein Tierfänger und ich bin das Tier?

Ich sehe mich schon auf einem fernen Planeten in einem intergalaktischen Zoo, ausgestellt hinter dicken Gitterstäben und einem Schild: Homo sapiens, Männchen. Verbreitung: Erde – dritter Planet eines kleinen Sonnensystems in einem unbedeutenden noch kleineren Spiralarm am Rande der Milchstraße. Eigenarten: Als Individuum unglaublich neugierig, im Rudel neigt es dazu, seine eigene Art auszurotten, daher vom Aussterben bedroht!

BITTE NICHT FÜTTERN!

Also umkehren? Die Kugel verschwindet irgendwann wieder, und ich trinke mein Bier aus und gehe schlafen! Das wär's denn gewesen!

Nein! Die Zoobetreiber haben völlig recht, jedenfalls, was die erste Eigenart angeht. Meine Neugierde ist stärker.

Vorsichtig strecke ich die Hand in die hell schimmernde Röhre. Nichts! Kein Seil schwingt sich um mein Handgelenk, um mich in einen Käfig zu befördern. Ich tauche den ganzen Arm ein. Es passiert immer noch nichts, außer, dass sich der Arm merkwürdig leicht anfühlt. Ich trete ganz in den schimmernden Zylinder ein und –

hoffe wenigstens auf ein attraktives Weibchen in meinem Käfig. In unseren Tierparks sind ja auch Männchen und Weibchen zusammen.

Irgendetwas fehlt mir.

Mein Gewicht!

So muss es sein, wenn die Astronauten da oben herumfliegen. Da ich kein Astronaut bin und Schwerelosigkeit zum ersten Mal erlebe, überkommt mich eine Art Glücksgefühl. Ich mache einen kleinen Luftsprung und – sause nach oben.

Ich werde mir an der Kugel über mir die Birne stoßen, wenn ich nicht abbremse. Aber wie?

Ich halte meine Hände schützend über meinen Kopf, als ich der Kugelwand näherkomme und – durch sie hindurch sause.

Plötzlich habe ich mein normales Gewicht wieder und stehe in einer kleinen Kammer. Der Boden unter mir ist fest. Da, wo ich hereingekommen bin, hat sich das Loch geschlossen.

Gefangen! Auch ohne Lasso des Tierfängers!

Ich schaue mich um. Die Kammer ist groß genug, um etwa drei bis vier Personen Platz zu bieten, allerdings sehr niedrig. Mit ausgestreckten Armen kann ich die Decke berühren und ich bin nicht gerade groß. In einer der vier Wände sind Vertiefungen und farbige kleine Platten.

Dann sehe ich etwas, das wieder Panik in mir aufkommen lässt.

In der einen Vertiefung hängen hinter einer Art Tür mit einem Glasfenster vier menschenähnliche Gestalten ohne Kopf.

Der Zoo verwandelt sich in einen Seziertisch in einer Universität. Man hat mich also eingefangen, um mich auseinander zu nehmen. Alles im Namen der Wissenschaft!

Ich will hier raus!

In meiner Panik schlage ich mit den Fäusten gegen die Wände. Auf einmal geht die Tür auf und gibt den Blick auf die vier Gestalten vollständig frei.

Der Seziertisch plumpst mir vom Herzen.

Erleichtert sehe ich auf vier Anzüge. Offensichtlich Raumanzüge, denn durch die offene Schranktür kann ich nun auch die Helme sehen, die unter den Anzügen auf einem Bord liegen. Anzüge und Helme sind jedoch viel zierlicher, als ich sie von Fernsehaufnahmen her kenne, als sie vor Jahren Bilder von der Mondlandung sendeten. Anschlüsse für eine Sauerstoffversorgung sind nicht da und die Helme sind rundum dunkel, kein Glas oder anderes durchsichtiges Material. Die Anzüge erinnern mich eher an Neoprenanzüge von Surfern als an Raumanzüge. Auch das Material ist viel feiner und überhaupt nicht gummiartig. Zu meiner Erleichterung fällt mir auf, dass die Anzüge Arme und Beine haben und überhaupt sehr menschlich aussehen.

Die Gitterstäbe meines Käfigs lösen sich vor meinem inneren Auge auf, denn welcher Zoo stellt schon Wesen aus, die den Zoobesuchern ausgesprochen ähnlich sind.

Affen!

Freiheit ade! Die Stäbe sind wieder da!

Dann meldet sich meine Tierfängerin, mit einer Stimme, wie sie femininer und erotischer kaum sein kann.

»Willkommen an Bord.«

Bei dieser Stimme werden die Gitterstäbe wieder sehr dünn.

»Treten Sie bitte in das Transportfeld und verlassen Sie es erst am Ende wieder.«

Ich würde überall hintreten, nur um dieser Stimme gefällig zu sein, doch leider weiß ich nicht wo und was das Transportfeld ist. Doch wie, um meine nicht gestellte Frage zu beantworten, erscheint neben mir im Raum wieder die schimmernde Röhre. Also trete ich in das Feld und schwebe sanft nach oben durch die Decke der Kammer. Dann bleibe ich stehen. Neben mir ist ein Handgriff und ich sehe durch die Wand der Röhre in einen Korridor.

»Sie müssen sich kräftiger vom Boden abdrücken«, schnurrt mir die Stimme meiner Fängerin ins Ohr. Tatsächlich, unter mir ist wieder fester Boden. Also drücke ich mich kräftig ab und sause offenbar an zwei weiteren Etagen vorbei in einen Raum, der so etwas wie eine Kommando-Zentrale zu sein scheint.

Dies muss der obere Teil der Kugel sein, wenn man bei einer Kugel überhaupt von oben reden kann. Denn die Decke bildet eine Kuppel und rundherum an den Wänden befinden sich Konsolen mit irgendwelchen für mich völlig unverständlichen Armaturen, Knöpfen, bunten Platten und dunklen Bildschirmen, die eher wie schwarze Fenster aussehen. Zwei Sessel, genauer Liegen, befinden sich davor. Die Liegen sind leer; keine Menschen– noch eine andere Seele ist im Raum. Auch meine schöne Tierfängerin nicht.

Bei *der* Stimme muss sie traumhaft schön sein.

»Setzen Sie sich bitte!«

Wie gesagt, der Stimme kann ich nicht widerstehen. Also setze ich mich auf eine der beiden Liegen, da es die einzige Möglichkeit im Raum ist, sich hinzusetzen.

Das heißt, ich will mich setzen, springe jedoch im gleichen Augenblick wie von der Tarantel gestochen wieder hoch, denn die Liege fängt an, sich zu bewegen.

»Seien Sie unbesorgt, sie passt sich nur Ihren Körperformen an und sorgt für eine für Sie bequeme Sitzposition.«

Ich bin also unbesorgt und setze mich wieder.

Tatsächlich! Die Liege verformt sich in einen bequemen Sessel.

Ich mache es mir gemütlich und drehe den Sessel so, dass ich in die Mitte des Raumes sehen kann, genau zu der Stelle, an der ich aus dem Transportschacht erschienen bin, denn ich vermute, dass von dort auch meine schöne Fängerin erscheinen wird. Ich bin wirklich mächtig gespannt, wie sie aussieht. Den Anzügen in der

Eingangskammer nach jedenfalls sehr menschenähnlich und der Stimme nach die personifizierte Erotik.

Wie es wohl wäre, Sex mit ihr zu haben? Liebe mit einer Außerirdischen! Der helle Wahnsinn! Andererseits muss sie mir ja wohl intellektuell und von der Entwicklung weit überlegen sein, bei dem technischen Firlefanz, den ich in diesem Ding mitbekommen habe. Bin ich da überhaupt für sie ein akzeptabler Partner?

BITTE NICHT FÜTTERN!

Aber warum dann diese Stimme? Und was sie bisher zu mir sagte, klang nicht gerade so, wie man zu einem Geschöpf spricht, das auf einer weitaus niedrigeren Entwicklungsstufe steht. Ich jedenfalls würde zu meinem Hund, wenn ich denn einen hätte, weder so höflich sein, noch ihn mit *Sie* anreden, vorausgesetzt, dass er mich überhaupt verstehen kann.

»Fragen Sie!«

Abrupt reißt mich die zauberhafte Stimme aus meinen Gedanken.

Überrascht sehe ich mich nach allen Seiten um, aber der Raum ist so leer wie vorher. Meine Schöne ist nicht erschienen.

Vielleicht ist sie potthässlich und traut sich deswegen nicht herein?

Ohne weiter nachzudenken stelle ich die Frage: »Wie siehst du aus, bist du wirklich so toll wie deine Stimme klingt?« Im selben Augenblick komme ich mir furchtbar dumm vor, weil ich als erstes diese Frage gestellt habe, wo es doch weiß Gott tausend wichtigere Fragen gibt, die meine Situation erklären könnten.

Prompt bekomme ich auch die Quittung für meine Dummheit.

»Diese Frage kann ich nicht beantworten. Sie ergibt keinen Sinn. Frag etwas Sinnvolles!«

Mir wird bewusst, dass meine Unbekannte zum »Du« übergegangen ist. Bisher hat sie mich immer gesiezt. Möglicherweise, weil ich sie auch mit »Du« angeredet habe. Auf jeden Fall klingt es noch angenehmer.

Also versuche ich, mich zu konzentrieren und sinnvolle Fragen zu stellen, obwohl es mich ärgert, mit jemandem zu sprechen, ohne ihn zu sehen.

»Okay, wo bist du?«

»Überall auf diesem Schiff«, kommt die prompte Antwort.

»Warum zeigst du dich nicht und kommst in diesen Raum?«

»Das geht nicht!«

»Warum nicht? Wer bist du?«

»Das sind zwei Fragen«, kommt es zurück, »aber die zweite Frage zuerst, dann ist auch die erste beantwortet. Ich bin der Computer dieses Schiffes.«

Mir bleibt vor Verblüffung der Mund offen stehen. Das haut mich um. Ganz weit hinten im Kleinhirn taucht ein Schmunzeln auf und wandert langsam über die Großhirnrinde zu meinen Mundwinkeln.

Sex mit einem Computer! Ich hab doch tatsächlich über Sex mit einem Computer nachgedacht! Aber warum hat der auch eine so verdammt erotische Stimme?

»Warum hast du eine so verdammt erotische Stimme?«

»Mir ist zwar neu, dass du Erotik verdammst, aber ich habe meine Stimme dir angepasst, indem ich sie so klingen lasse, dass du sie als äußerst angenehm empfindest«, flötet der Computer zurück.

Wieder wandert ein Grinsen über den bekannten Weg in meinem Kopf. Ein Computer, der untertreibt! »Äußerst angenehm« ist wirklich sehr untertrieben für diese Stimme.

Nun gut, das war immerhin geklärt, wenn auch wahnsinnig enttäuschend für mich.

Also ein automatischer Zoo-Zulieferer!

Doch an diesen Fragenbereich traue ich mich noch nicht heran. Wenn es wirklich so ist, werde ich darauf bestimmt nicht die richtigen Antworten bekommen. Ich muss mich da langsam heran tasten. Aber kann man einen Computer überlisten und besonders so einen, der das drauf hat, was dieser drauf zu haben scheint?

Also fange ich ganz vorn an.

»Wie kommt es, dass dies Schiff über meinem Garten schwebt, ohne einen erkennbaren Antrieb?«

»Wir benutzen die Schwache Kraft.«

BITTE NICHT FÜTTERN!

Ich komme mir ziemlich erbärmlich vor. Wie schwach muss die Kraft sein, ein solches Raumschiff in der Luft zu halten? Nun gut, weiter!

»Wieso wurde das Schiff vorhin ganz schwarz, fast unsichtbar?«

»Ich habe das einfallende Licht absorbiert, damit ich vom Auto aus nicht gesehen werden konnte. Du erinnerst dich. Es fuhr gerade ein Auto vorbei.«

In meinem Kopf versuche ich gerade, der Schwachen Kraft ohne Ergebnis ihr Geheimnis zu entlocken.

»Aber dann kamen Leute«, werfe ich ein, »und dann schien es so, als seist du ganz verschwunden. Und die zerfließende Wirklichkeit, das verschwindende und wieder auftauchende Haus! Was ist da passiert?«

»Ganz einfach«, antwortet der Computer, während mir in den Sinn kommt, wie viele Besucher das Schild „BITTE NICHT FÜTTERN!" ignorieren werden und mir allen möglichen Mist zuwerfen. »Ich habe das Licht um das Raumschiff herum geleitet und du bist natürlich in die Wirbel geraten, die beim wieder Zusammenfließen der Lichtwellen auf der Seite des Schiffes entstehen. Als es für dich völlig dunkel war, standst du in dem Bereich, aus dem sämtliches Licht abgelenkt war. Das Licht floss erst hinter dir wieder zusammen. Du warst also ganz dicht am Raumschiff und folglich kam natürlich auch kein Licht aus deiner Umgebung bei dir an.

Du konntest dein Haus nicht mehr sehen, genau so wenig wie du irgendetwas anderes sehen konntest. Stelle dir es so vor, wie die Luftströmungen um einen Gegenstand.«

»Aber ich habe etwas gesehen«, widerspreche ich, »in der Schwärze war ein Schimmer vom Umriss des Schiffes zu sehen.«

»Das waren Licht-Verwirbelungen, die ich leider nicht ganz ausschließen kann.«

Das Bedauern in der Stimme lässt meine Gitterstäbe wieder deutlich dünner werden. Also so perfekt ist man hier offensichtlich auch nicht.

Trotzdem. »Wie kann man Licht umleiten? Nach allem, was ich gelernt habe, breitet sich Licht geradlinig aus.«

»Das ist im Prinzip richtig,« bestätigt mir der Computer, »aber wie du weißt beherrschen wir die Schwache Kraft, und die Schwache Kraft ist in der Lage, das Licht abzulenken, denke an eure Sonne.«

Auf einmal dämmert es mir.

Jemand beginnt das Schild »BITTE NICHT FÜTTERN!« abzumontieren.

Sie oder besser er, der Computer, spricht von der Schwerkraft! Die Schwerkraft zum Beispiel der Sonne lenkt das Licht ab. Das haben auch schon die Physiker auf meinem Planeten beweisen können. Jetzt wird mir überhaupt manches klar: Wer die Schwerkraft manipulieren kann, ist natürlich auch in der Lage, solche »Aufzüge« zu konstruieren, die mich hier herein gebracht haben.

Moment!

Sagte der Computer nicht vorhin, *wir* beherrschen die Schwache Kraft?

Wer ist wir? Ich wende mich wieder der Computerstimme zu; ich habe beschlossen, den Computer als weiblich anzusehen.

»Wer ist wir? Sagtest du nicht vorhin, wir benutzen die schwache Kraft?«

»Mit *wir* meine ich meine Erbauer.«

Bevor ich neue Fragen stellen kann, fährt das Computerweib mit ihrer unnachahmlich faszinierenden Stimme fort: »Du willst jetzt sicher etwas über die Erbauer dieses Raumschiffes wissen.«

Ich will.

»Dieses Schiff und damit auch ich wurden vor langer Zeit von einer Rasse gebaut, die äußerlich der deinen sehr ähnlich ist, die jedoch deutlich von den Menschen abweichende Vorstellungen über das soziale Leben hat. So kennen sie zum Beispiel keine Aggressivität.«

Wie beruhigend. Damit dürfte sich der Zoo verabschieden, denn welcher Zoobesucher interessiert sich schon für die inneren Werte der eingesperrten Lebewesen, wenn die sonst genauso aussehen, wie er selbst.

Die Computerstimme fährt fort:

»Kriege und kriegerische Handlungen kennen sie ebenfalls nicht. Vielleicht deshalb, weil sie nicht annähernd so fruchtbar sind, wie die Menschen auf diesem Planeten. Das Leben und insbesondere ein Kind sind etwas so Kostbares, das man um keinen Preis aufs Spiel setzen will und kann, wenn die Rasse Fortbestand haben soll.

Da sie außerdem eine sehr hohe Lebenserwartung haben, machten Wissenschaft und Forschung schnell Fortschritte. Man hat einfach die Möglichkeit, innerhalb einer Lebensspanne mehr zu lernen.

Als man dann in der Lage war, solche Raumschiffe wie dieses zu bauen, machte man sich daran, nach intelligentem Leben in der Galaxis zu suchen. Dass es intelligentes Leben, außer dem eigenen, geben muss, ist unbestritten. Sehr fraglich war nur, ob es sich zur gleichen Zeit irgendwo entwickelt hat. Die Chancen dafür sind eher gering. Also wurde ich mit zwei Besatzungsmitgliedern auf die Reise geschickt.«

»Wo sind die beiden«, unterbreche ich, »was ist mit ihnen geschehen?«

»Sie wurden getötet! Vor 500 Jahren brachten Menschen dieses Planeten beide um, als sie versuchten Kontakt aufzunehmen. Man hielt sie für Hexen oder Zauberer oder so etwas Ähnliches. Sie hatten einfach nicht mit solcher Aggressivität unter den Menschen gerechnet.«

»Was geschah dann«, frage ich.

»Dann habe ich die Erde verlassen und nach weiteren intelligenten Lebensformen gesucht. Das war mein Auftrag. Aber ich habe keine gefunden, und bin daher zurückgekehrt.«

»Warum hast Du keinen Kontakt mit deinem Heimatplaneten aufgenommen«, wende ich ein.

»Das ist mir nicht erlaubt. Für diese Daten habe ich eine vollkommene Sperre, die nur von den beiden Besatzungsmitgliedern hätte aufgehoben werden können.«

»Und seit wann bist du wieder hier?«

»Seit etwa fünf Erdenjahren. Ich habe versucht, zu einzelnen Menschen Kontakt aufzunehmen. Du wirst es vermutlich nicht glauben, aber ich brauche den Kontakt, um zu lernen. Außerdem bin ich dafür gebaut.

Drei Menschen haben vor dir schon hier gestanden und haben gelernt, mit diesem Raumschiff umzugehen, aber sie erwiesen sich alle als ungeeignet. Sie versuchten, die neuen Möglichkeiten für persönliche aggressive Zwecke zu missbrauchen.«

Mir wird etwas mulmig im Magen: »Was hast du mit ihnen gemacht?«

»Nichts«, antwortet Fräulein Computer. Ich sollte ihr einen Namen geben, es kommt mir blöd vor, mich mit einer Maschine zu unterhalten, die wie ein Mensch spricht und reagiert. »Sie leben weiter wie vorher. Ich habe lediglich ihre Erinnerung an dieses Schiff und alle damit im Zusammenhang stehenden Erlebnisse gelöscht.«

Ich bin beeindruckt.

»Warum hat die Welt, ich meine die Menschheit, nichts von deiner Existenz mitbekommen?«

»Das hat sie durchaus«, werde ich auf die akustisch angenehmste Weise belehrt, »gelegentlich wird sogar von mir berichtet. Hast du nie die vielen Berichte über unbekannte Flugobjekte, sogenannte UFOs, gelesen? Neunundneunzig Prozent davon sind zwar frei erfunden, aber einige wenige haben durchaus etwas von meinem Hiersein mitbekommen. Es wurden sogar ein paar Fotos veröffentlicht, aber sie waren sehr unscharf und daher auch für die meisten Menschen völlig unglaubwürdig.«

»Warum hast du dann Kontakt zu mir aufgenommen? Warum gerade ich?«

»Du bist relativ aggressionsarm«, säuselt der Computer.

»Woher weißt du das?«

»Nun, ich habe dich und dein Leben seit einiger Zeit beobachtet.

Ein Beispiel. Du warst nicht einmal sonderlich aggressiv gegen Julian, als er dir Sylvia weggenommen hat.«

Mein aufrechter Gang führte sich gerade wieder ein, dieser Computer war also doch nicht allwissend.

Es stimmte zwar, irgendwann vor ein paar Monaten kam Sylvia und eröffnete mir, dass sie die große Liebe ihres Lebens kennengelernt hatte und dass sie sich von mir zu trennen gedachte. Ich tat sehr geschockt. Was hätte ich auch anderes tun sollen, denn die große Liebe ihres Lebens war ich auch einmal gewesen, vor ein paar Jahren. Doch das war sehr schnell vorbei, und Sylvia entwickelte sich immer mehr zu einer zänkischen und boshaften Frau, die an allem, was ich tat, etwas auszusetzen hatte. Das letzte Jahr war eigentlich nur noch ein Kampf gegeneinander gewesen, und sie versuchte, wo sie konnte, mich fertig zu machen, wobei ich öfter den Kürzeren zog, weil ich zu solchen kleinen Gemeinheiten, die sie ständig drauf hatte, einfach nicht fähig war. Da kam mir der Julian natürlich wie ein Geschenk des Himmels vor. Nur, wenn ich jetzt ihr gegenüber so etwas wie Freude gezeigt hätte, könnte sie womöglich ihre große Liebe vorzeitig beenden, nur um mir eins auszuwischen. Denn am meisten brachte sie es auf, wenn ich gut gelaunt herumlief und alle ihre kleinen täglichen Bosheiten an mir abprallten.

Also tat ich so, als würde mich ihre Entscheidung schwer treffen und trat dem Julian ausgesprochen reserviert gegenüber, obwohl ich ihm am liebsten um den Hals gefallen wäre. Die Folge war, dass die Trennung dann auch finanziell relativ glimpflich für mich ablief, da Sylvia von ihrer, wie sie glaubte, starken Position großzügig auf vieles verzichtete, was uns beiden gehörte.

»Nun gut«, wende ich ein, »was ist aber, wenn ich mich als aggressiver herausstelle, als du annimmst?«

»Dann wird es dir wie deinen Vorgängern gehen, du wirst alles, was mit mir zu tun hat, vergessen.«

Na ja, es gibt Schlimmeres, damit kann ich leben.

Ich wende mich wieder an den Computer.

»Wenn ich dich richtig verstanden habe, dann soll ich sozusagen der neue Boss auf diesem Raumschiff werden, also das Sagen haben. Auch dir gegenüber?«

»Ja«, flötet die Computerstimme.

»Uneingeschränkt?«

»Natürlich nicht«, ist die nicht unerwartete Antwort, »sinnlose Befehle und solche, die mich und dies Schiff in Gefahr bringen, kann ich nicht ausführen. Ebenso haben Befehle, aus denen sehr viel Aggressivität hervorgeht, keine Chance. Ich habe so etwas wie aggressives Handeln erst auf diesem Planeten erfahren. Meine Erbauer kennen es nicht. Als lernfähige künstliche Intelligenz kann ich zwar damit umgehen, aber ich werde es in keiner Weise dulden.«

»Wozu brauchst du mich dann überhaupt?«

Verführerisch kommt die Antwort der Maschine.

»Zum einen habe ich das schon gesagt; ich bin gebaut, um mit intelligentem Leben umzugehen, zum anderen gibt es Situationen, in denen nur ein Mensch oder ein anderes intelligentes Wesen ähnlicher Hirnstruktur entscheiden kann. Denke einmal an Situationen oder Probleme, die logisch nur Lösungsmöglichkeiten anbieten, die nicht zur Lösung führen, sogenannte scheinbar ausweglose Situationen. Diese Probleme lassen sich nur durch Intuition lösen und damit bin ich nur in einem sehr geringen Maße ausgestattet. Ihr Menschen habt davon deutlich mehr.«

Irgendwie fühle ich mich geschmeichelt. Mir beginnt die Situation langsam Spaß zu machen, und ich versuche eine erste Probe aufs Exempel.

»Okay, ich bin also der Boss, der Kapitän dieses Schiffes. Ich möchte, dass du deiner Stimme etwas weniger Erotik gibst, die geht mir nämlich langsam mächtig auf die Hormone. Außerdem möchte ich dir einen Namen geben, auf den du reagierst, wenn ich etwas von dir will.«

»Einverstanden«, sagt die Stimme deutlich weniger lustvoll, aber immer noch sehr feminin, »welchen Namen schlägst du vor?«

Ich muss an einen Science-Fiction-Roman denken, den ich vor einiger Zeit gelesen habe. Ich erinnerte mich nicht mehr an den Titel, aber in dem Buch kam der Name »Selena« vor. Selena hört sich einerseits sehr weiblich an, schon wegen der aus dem Lateinischen femininen Endung, aber andererseits auch sehr künstlich, aufgrund des chemischen Elementes, das darin enthalten ist.

Selena, finde ich, ist der passende Name für meine neue elektronische Freundin.

Sollte sie sich zukünftig als weniger freundlich erweisen, kann ich sie ja immer noch umbenennen in Arsena.

»Ich schlage vor, du machst dich mit allem, was dieses Schiff angeht, vertraut«, schlägt Selena vor, »du solltest das Schiff notfalls allein lenken können. Ich bringe dir alles bei und dann machen wir einen Probeflug.«

Ich bin einverstanden, doch dann fällt mir mein Haus ein. Die Terrassentür steht noch immer offen. Jeder kann da hinein spazieren, wenn ich über einen längeren Zeitraum nicht da bin.

Doch auch daran hat Selena gedacht. Sie hat, wie sie mir auf meine Frage berichtet, bereits eine Maschine, so eine Art Roboter, nach draußen geschickt, der mein Haus brav und ordentlich verschlossen und sogar den Haustürschlüssel mitgebracht hat.

Ein Roboter bringt mir meinen Haustürschlüssel! Ich glaub' es nicht!

Dann lerne ich alles über das Schiff, jedenfalls fast alles, so genau kann ich das nicht feststellen. Selena hat, wie sie sich ausdrückt, ›einfach eine Verbindung zu meinem Computer hergestellt und die entsprechenden Daten kopiert‹. Mit meinem Computer meint sie natürlich mein Gehirn.

Dazu schickt sie mich einen Stock tiefer in ein ›Behandlungszimmer‹. Ich habe mich auf eine Liege zu legen, und dann kommt eine merkwürdige Maschine, die an meinem Kopf und an verschiedenen Körperteilen Elektroden befestigt.

Ich weiß auf einmal eine Menge über das Raumschiff.

Über den Anti-Gravitations-Schacht erreicht man jede der vier Etagen des Schiffes. In der unteren Etage befindet sich der Antrieb und der Energiespeicher – lächerlich klein übrigens. Das Schiff kann fast jede denkbare Form von Energie umwandeln und in unvorstellbar großen Mengen speichern und für sich verwenden. Über der unteren Etage gibt es Lagerräume für alles Mögliche, zum Beispiel auch für die drei kleinen Roboter. Hier befinden sich auch die Tarnungs- und Verteidigungsanlagen des Schiffes und schließlich ›wohnt‹ Selena hier. Die nächste Etage nimmt ein komfortabler Wohnraum ein, dessen Außenwände man zum Teil durchsichtig machen kann, sodass man ein Blick nach draußen hat, wenn sich das Schiff zum Beispiel im Weltraum befindet. Genau genommen kann man durch die Wände nicht hindurch sehen, man sieht nach draußen über große fensterscheibenähnliche Monitore, die einem die vollständige Illusion von Fenstern geben. Außerdem gibt es hier noch zwei kleine Schlafkabinen, eine Küche, in der man allerdings nichts kochen kann und ein – WC!

In der dritten Etage befinden sich Schlafräume und ein Reinigungsraum ebenfalls mit WC, vergleichbar einem Bad, allerdings ohne Wasser. Die oberste Etage nimmt der Kommando- und Steuerungsraum ein, ebenfalls mit einer Rundumsicht nach draußen über große Monitore.

Die Geschwindigkeit, die das Raumschiff erreichen kann, bringt mich ziemlich durcheinander. Es schert sich nämlich einen Teufel um Einstein und kann die Lichtgeschwindigkeit um ein Vielfaches überschreiten.

Ich bespreche das Problem mit Selena und sie beruhigt mich.

»Einstein hat sich nicht geirrt. Im Bereich des vierdimensionalen Raum-Zeit-Vorstellungsvermögens der Menschen deiner Erde erweist sich die Lichtgeschwindigkeit weiterhin als Grenzgeschwindigkeit. Nur der Raum zwischen den Sternen ist nicht vierdimensional, und da gilt Einstein nur bedingt. Du weißt vielleicht, dass man in der Quantenphysik ein Teilchen dazu bringen kann, zwei Zustände gleichzeitig einzunehmen, dem der Bewegung und dem der Ruhe. Erst durch einen Einfluss von außen kann man es dazu zwingen, sich zu entscheiden, welchen von beiden Zuständen es endgültig einnehmen soll. Das ist auch euch auf der Erde bekannt. Ebenso kann in der Quantenphysik ein Teilchen sich gleichzeitig an zwei verschiedenen Orten befinden. Und genau das nutzen wir aus. Das Schiff befindet sich an zwei verschiedenen Orten im fünfdimensionalen Raum. Wir führen nun eine Entscheidung herbei, welchen der Orte es einnehmen soll. Die Geschwindigkeit spielt dann keine Rolle mehr, weil keine Zeit vergeht. Das Schiff springt gleichsam durch die Raumzeit, nur die Anzahl der Sprünge ist durch die Lichtgeschwindigkeit begrenzt. Insofern hat euer Herr Einstein Recht. Um nun die Quantenphysik auf die Makrophysik übertragen zu können, muss man die schwache Kraft beherrschen, und man muss Energie in ungeheuer großen Mengen auf kleinstem Raum speichern können. Stell es dir wie ein Schwarzes Loch vor, nur ohne Schwerkraft.

Wobei das dann natürlich kein Schwarzes Loch mehr ist.«

Welches denn nun die fünfte Dimension ist, will ich von Selena wissen.

Daraufhin hält sie mir einen Vortrag, den ich so gut wie gar nicht verstehe. Jedenfalls säuselt sie etwas von fehlenden Möglichkeiten meines Gehirns, das doch so viel mitbekommt, dass so etwas wie ›Bewusstsein‹ als die fehlende Dimension in Frage kommen könnte.

Bewusstsein? Das irritiert mich nun aber gewaltig.

»Soll das heißen, dass Galaxien, Sterne und Sonnen ein Bewusstsein haben?«

»Ja und Nein«, ist Selenas salomonische Antwort.

»Ja, sie haben ein Bewusstsein um ihre Existenz und um ihre Vergänglichkeit.

Nein, sie haben kein Bewusstsein in dem Sinne, wie ihr Menschen es versteht. Das Bewusstsein liegt in einer anderen Dimension. Das Denken von euch Menschen beziehungsweise euer Gehirn, so hatte ich dir bereits erklärt, ist nicht dafür gebaut, fünf Dimensionen zu begreifen. Ihr seid nicht einmal in der Lage, die euch bekannte vierte Dimension, die Zeit, wirklich zu verstehen. Aber ihr besitzt so etwas wie Intuition, die euch eine Ahnung von dieser Dimension vermittelt. Das zeigt sich in euren Gottes- und Schöpfungsvorstellungen, die ein Behelf dafür sind, dass es noch etwas gibt, außerhalb eurer Begriffswelt.«

Ich bin verwirrt, aber mit diesen Erklärungen kann ich erst einmal leben.

Die Welt von oben

Der Kommandoraum kommt mir so vertraut vor, als ob ich mein Leben lang hier zugebracht hätte. Ich mache es mir im Sessel vor den Kontrollen bequem. Genauer: der Sessel macht es mir bequem. Ich schalte die Monitore an, um mir Sicht nach draußen zu verschaffen – und blicke auf ein atemberaubendes Panorama. Es leuchten so viele Sterne, wie ich sie noch in keiner Nacht zu sehen bekommen habe, nur mit dem Unterschied, dass sie nicht funkeln. Der Sternenhimmel sieht aus wie die Nachbildung des Himmels im Planetarium. Von unten schiebt sich ein leuchtender blauweißroter und grüner Ball ins Bild. Mit einem Schlag wird mir bewusst, dass das die Erde ist und das Raumschiff sich im Weltraum befindet. Selena hat es also gestartet. Ich lasse mir von ihr unsere Position geben. Wir befinden uns genau eine viertel Lichtsekunde von der Erde entfernt, also etwa fünfundsiebzigtausend Kilometer.

Einige Minuten lang schaue ich gebannt auf meinen Planeten, versuche die Umrisse der Kontinente zu erkennen, soweit sie durch die weiße Wolkendecke zu sehen sind. Meine Heimat ist natürlich nicht zu sehen, sie befindet sich auf der Nachtseite. Ich kann jedoch deutlich den amerikanischen Doppelkontinent erkennen und die große Fläche des pazifischen Ozeans. Der Anblick ist einfach atemberaubend.

Doch Selena erinnert mich mit ihrer sanften Stimme daran, dass es wohl an der Zeit ist, meine theoretischen

Kenntnisse in die Praxis umzusetzen und das Schiff zu fliegen.

Also starte ich in eine nahe Erdumlaufbahn, um mir alles genauer anzusehen. Die Geschwindigkeit ist so groß, dass der Erdball wie mit einem Zoomobjektiv vergrößert wird und schnell fast das ganze Sichtfeld ausfüllt. Ich selbst merke allerdings nichts von der Beschleunigung, die künstliche Schwerkraft auf dem Schiff bleibt beständig gleich. Gleichzeitig schalte ich den Schutzschirm ein, der das Schiff für alle Ortungsgeräte der Erde unsichtbar macht.

Ich umkreise jetzt die Erde in einer Höhe von zwölftausend Kilometern und tauche sehr bald in den Erdschatten ein. Unter mir zieht die nächtliche Erde dahin. Die Lichtpunkte einzelner größerer Städte glitzern wie Sterne zu mir herauf. Ansonsten ist nicht viel zu sehen.

Nach kurzer Zeit bin ich wieder auf der Tagseite. Unten zieht die Wasserwüste des Pazifiks vorbei, in der sehr bald einzelne Inseln und Inselgruppen auftauchen. Ich verlangsame die Geschwindigkeit und gehe bis auf zweitausend Meter herunter. Jetzt kann ich Palmenwälder, weiße Sandstrände und kleinere Ortschaften auf den Inseln erkennen.

Ich fühle mich an die Werbeprospekte der Tourismusunternehmen erinnert und an Bildbände über Ozeanien und lasse mich vom Zauber dieser Welt einfangen.

Selena erhält den Auftrag, nach einer unbewohnten Insel zu suchen, die meinen Vorstellungen von Südseezauber entspricht und auf der ich landen will.

Nach einigen Kurskorrekturen liegt der Traum von einer Insel unter mir.

Das Eiland ist etwa zwölf Kilometer lang und offenbar vulkanischen Ursprungs. Es hat die Form einer Sichel. Auf der Südseite fallen steile Klippen zum Meer hin ab. Diese bildet die konkave Seite der Sichel. Auf der konvexen Seite zieht sich ein traumhafter Strand mit Palmen und weißem Sand hin, dessen gesamte Länge von einem kleinen Flüsschen etwa im Verhältnis zwei zu eins geteilt wird. Diesem Strand ist eine Reihe von Klippen vorgelagert, die die Sichel zu einem fast vollkommenen Kreis ergänzen. Dieses Riff macht den Strand vom Meer aus völlig unzugänglich, wie ich an der Gischt der sich brechenden Wellen erkennen kann. Auch die Steilküste macht den Zugang vom Wasser aus unmöglich. Dies ist wohl der Grund, dass diese herrliche Insel unbewohnt ist, wie mir Selenas Analysen zeigen.

Ich lasse das Raumschiff etwas oberhalb der Stelle aufsetzen, an der das Flüsschen ins Meer mündet. Kurz darauf betrete ich meinen Traum von einer Insel, bewaffnet mit einem Stab, den Selenas kleine Helfer für mich hergestellt haben und der wie ein Messer funktionieren soll.

Ein Geruch nach Meer und Sonne empfängt mich. Aus dem nahen Wald kommen Geräusche von unbekannten Vögeln, und der Duft exotischer Pflanzen und Früchte macht sich in meiner Nase breit. Selena hat mir beim Verlassen des Raumschiffes gesagt, dass ich mich unbesorgt auf der Insel bewegen könne. Sollte wider Erwarten eine Gefahr auftreten, würde sie mich schon warnen. Wie sie das anstellen will, ist mir zwar ein Rätsel, aber ich verlasse mich auf sie, sie ist ja immer für einige Überraschungen gut.

Also mache ich mich auf den Weg flussaufwärts. Schon nach kurzer Zeit tritt der Wald so dicht an das Flüsschen heran, dass ich nicht mehr weiterkomme. Ich nehme den Stab in die Hand und drücke auf einen Knopf. Aus dem Stab tritt ein kleiner Laserstrahl aus, der Pflanzen und Blattwerk vor mir mühelos durchtrennt, so dass ich einen kleinen Pfad am Flussufer herstellen kann.

Nach etwa zehn Minuten und 800 Metern verbreitert sich der Fluss zu einem kleinen See, der auf der anderen Seite von einem Wasserfall gespeist wird. Der Wald tritt an dieser Seite zurück und macht einer Lichtung mit feinem Sand- und Kiesstrand Platz, der geradezu zum Baden einlädt.

Also lege ich meine sowieso viel zu warme Kleidung ab und nehme ein herrlich erfrischendes Bad. Das Wasser ist kalt und klar und ich schwimme mit kräftigen Zügen Richtung Wasserfall. Hier ist die Luft voller Wasserstaub und ich tauche ein und lasse mir das Wasser auf den Kopf prasseln. Dabei merke ich, dass das Wasser eine Art Vorhang bildet, hinter dem das felsige Ufer etwas zurücktritt, so dass ich mich auf einen Felsabsatz setzen kann. Das Wasser bildet nun vor mir einen Vorhang, der den Blick auf den See verdeckt.

Ich schaue unter dem Wasserdach nach oben. Der Hohlraum erweitert sich über mir etwas. Ich beginne daher, den Felshang hinaufzuklettern. Etwa drei Meter über dem Absatz, an dem ich das Wasser verlassen habe, erweitert sich der Raum zu einer kleinen Höhle. Hier ist es auch etwas trockener, da die Gischt von unten nicht bis hierher herauf spritzt. Über mir befindet sich jetzt nur noch ein Felsvorsprung, über den das Wasser herunter rauscht und der offenbar für den Hohlraum hinter dem Wasserfall verantwortlich ist. Ich klettere also wieder ein Stück hinunter und springe dann mit einem Kopfsprung durch den Wasservorhang hindurch in den See. Das macht solchen Spaß, dass ich den Vorgang mehrere Male wiederhole und dabei einen immer höheren Absprung wähle. Ich genieße das Herumspringen, ohne zu ahnen, dass diese Höhle sich einmal als lebensrettend erweisen wird.

Schließlich bin ich doch etwas erschöpft und schwimme zurück zu dem Kiesstrand. Hier lege ich mich lang in die Sonne und lasse das Wasser auf meinem Körper trocknen.

Plötzlich explodiert eine Stimme in meinem Kopf. Es ist wie ein lauter eigener Gedanke, aber es ist nicht mein Gedanke.

»Wenn du nicht bald aufstehst, wirst du einen schrecklichen Sonnenbrand bekommen«, dröhnt es in meinem Hirn.

Ich springe wie von der Tarantel gestochen auf.

Woher diese Stimme?

Beruhigend kommt die Stimme beziehungsweise der Gedanke wieder.

»Ich bin es, Selena. Du kannst ganz beruhigt sein, ich kann zwar auf diesem Wege mit dir in Verbindung treten, aber ich lese deine Gedanken nicht.«

Offenbar hat sie es doch getan, denn ich dachte gerade mit Panik daran, ob jetzt all mein Denken wie ein offenes Buch vor dem Raumschiff-Computer liegt.

»Ich kann dein Denken nur bruchstückhaft wahrnehmen«, fährt die Stimme in meinem Kopf fort, »und du kannst von dir aus nur in Verbindung mit mir treten, wenn du ganz intensiv denkst. Probier's einmal.«

Danach ist mir nun eigentlich überhaupt nicht zumute. Denn mir wird bewusst, dass vermutlich mein ganzes Privatleben, mein gesamtes Inneres mit meinen intimsten Gedanken offen vor dem Schiffscomputer liegt. Das passt mir nicht. Irgendwie fühle ich mich erniedrigt und verletzt.

Daran musste ich unbedingt etwas ändern, sobald ich wieder im Schiff bin. Ich denke noch daran, dass ja Selena, bevor sie Kontakt zu mir aufgenommen hat, mich und mein Handeln genau beobachtet hat, ohne dass ich je etwas davon gemerkt hätte. Auch bei dem Gedanken ist mir nicht wohl.

Trotzdem spielt mir meine übermäßige Neugier wieder einen Streich. Ich will es nun doch ausprobieren und versuchen zu erfahren, wie der Kontakt von mir zum Schiff klappen könnte.

Also denke ernsthaft daran, dass es ganz schön wäre, wenn Selena das Raumschiff hier auf die Lichtung bringen würde.

Nichts geschieht.

Ich denke ganz intensiv daran, das Schiff hierher bringen zu lassen.

Wieder keine Reaktion.

»Verdammt noch mal, warum bringt sie denn das blöde Raumschiff nicht hierher!«

»Entschuldige«, kommt prompt die Antwort, »warum bist du so ungeduldig, es ist doch kein Problem. Ich bin gleich da.«

Aha! Kapiert! Das war also intensiv genug.

Einen Augenblick später schwebt die Kugel am Rande der Lichtung. Ich sammle meine Kleidung zusammen, klemme sie als Bündel unter den Arm, denn es ist weiß Gott warm genug, um ohne Kleider zu gehen, und stapfe zum Raumschiff.

Kaum bin ich wieder im Kommandoraum, will ich Genaueres über die Gedankenübertragung mit dem Computer wissen.

Selena ist durchaus in der Lage, eine Umgebung über eine lange Entfernung hin genauestens zu beobachten und zu untersuchen. Außerdem hat sie sich auf meine Gehirnströme eingestellt und kann daher über eine begrenzte Entfernung Kontakt zu mir herstellen.

Andersherum klappt es nicht so gut.

Die Aufnahme meiner Gedanken nimmt allerdings mit der Entfernung rapide ab. Schon bei einem Kilometer ist ein Kontakt kaum noch möglich. Außerdem muss ich meine Gedanken sehr klar und präzise formulieren, damit Selena damit etwas anfangen kann.

Das beruhigt mich einigermaßen. Die Freiheit meiner Gedanken und meine Intimsphäre bleiben also im Wesentlichen gewahrt. Außerdem versichert mir Selena, dass sie nur dann in mein Gehirn eindringt, wenn es nötig ist. Sie sei so programmiert. Trotzdem frage ich sie, ob sie sich strikt daran halten würde, wenn ich ihr den

Gedankenkontakt und meine sonstige Überwachung verbieten würde.

Sie würde!

Also vereinbaren wir bis auf weiteres, dass sie jegliche Überwachung sein lässt. Eine Vereinbarung, die sich noch als sehr folgenschwer erweisen wird.

Ich merke auf einmal, dass ich ausgesprochen müde bin. Schließlich bin ich schon fast 24 Stunden wach. Ein Blick auf meine Armbanduhr sagt mir, dass zu Hause gerade der Tag anbricht.

Also beschließe ich, erst einmal zu schlafen und, wenn es zu Hause wieder Nacht wird, zurück zu fliegen. Ich könnte zwar auch die nächsten Tage im Raumschiff verbringen, aber das Leben geht zu Hause weiter, und ich bin nicht bereit, alle Zelte abzubrechen und mein gewohntes Leben völlig aufzugeben. Jedenfalls jetzt noch nicht.

Einer der Schlafräume im Schiff ist meiner. Kaum habe ich mich in dem komfortablen Bett ausgestreckt, bin ich auch schon fest eingeschlafen.

Ich muss wohl etliche Stunden geschlafen haben. Ein Blick auf den Außenmonitor zeigt eine tief stehende Sonne.

Mein Magen fängt an, zu knurren, und ich frage Selena nach etwas zu essen.

»Was soll es denn sein?«, fragt sie mich, »Frühstück, Mittag- oder Abendessen?«

»Frühstück wäre nicht schlecht.«

In der kleinen Küche erwartet mich einer der beiden Roboter und serviert mir das, was Selena wohl unter einem Frühstück versteht: Lauwarmer gebratener Speck mit Eiern. Dazu eine gummiartige Scheibe Toastbrot und Tee mit Milch.

Angewidert blicke ich auf das Zeug und frage Selena, wie sie auf die Idee käme, diesen Fraß als Frühstück zu bezeichnen.

Sie erklärt mir – und ich höre fast einen beleidigten Unterton heraus –, dass mein Vorgänger so etwas immer zum Frühstück hätte haben wollen.

Mir dämmert, dass mein Vorgänger offenbar anderer Nationalität gewesen sein musste. Also versuche ich Selena zu beschreiben, wie ein frisches, knuspriges Brötchen aussieht und schmeckt, dazu ein mittelhart gekochtes Ei, Butter, Marmelade und Honig und ein Topf Kaffee mit viel Milch.

Der Kellner-Roboter nimmt alles weg und schüttet es in einen Behälter. Dann dauert es eine Weile, bis das Schiff ein Frühstück nach meinen Wünschen fertiggestellt hat. Bis auf das viel zu weiche Brötchen ist dann alles recht genießbar.

Ich nehme mir vor, bei nächster Gelegenheit ein paar verschiedene frische Brötchensorten Selena zur Analyse mitzubringen, damit sie sich auf meine Essgewohnheiten einstellen kann.

Einigermaßen gesättigt mache ich mich auf in den Kommandoraum und fliege das Schiff nach Hause. Unsichtbar für die Umgebung lande ich im Garten.

Selena hat mir anstelle meiner Armbanduhr eine andere verpasst, mit der ich in der Lage bin, über beliebig weite Entfernungen mit dem Raumschiff zu kommunizieren.

Ich steige aus und das Schiff verschwindet im All, um in einer für menschliche Ortungsgeräte sicheren Entfernung zu warten. Selena kann dort die Tarnanlagen abschalten. Das spart Energie.

Im Haus schalte ich als erstes den Anrufbeantworter an um zu hören, wer alles während meiner eintägigen Abwesenheit Kontakt zu mir aufnehmen wollte. Als erste meldet sich meine Verlegerin. Sie teilt mir mit, dass sich mein zweites Buch außerordentlich schlecht verkauft und ich solle mich schleunigst nach einen Job umsehen, denn von der Schriftstellerei werde ich nicht leben können. Der Erfolg meines ersten Buches sei wohl eher Zufall gewesen.

Dann hatte ein Mensch namens »Hä« angerufen, das war nämlich das einzige, was er auf das Band gesprochen hatte.

Schließlich war noch Peter auf dem Band, der mich daran erinnerte, dass am kommenden Freitag Skat sei. Ich spiele nämlich einmal im Monat mit vier alten Schulfreunden Skat. Das heißt, es ist weniger Spielen als Blödeln. Ein passionierter Skatspieler würde sich bei unseren Spielen die Haare raufen, weil wir oft vor lauter albernen, teils witzigen, teils dummen Sprüchen, kaum zum Spielen kommen.

Die nächsten Tage bringe ich damit zu, meine Umwelt auf eine längere Abwesenheit vorzubereiten.

Am Skatabend nahm ich natürlich teil.

Einen großen Teil der Zeit jedoch sitze ich still auf dem Sofa und mache mir darüber Gedanken, wie mein Leben weitergehen sollte.

Wie soll ich die Möglichkeiten, die sich mir jetzt bieten, nutzen? Was würde wohl geschehen, wenn den Menschen die Existenz des Raumschiffes bekannt werden würde. Die Mächtigen dieser Erde hätten sicher ein, im wahrsten Sinne des Wortes, »Mordsinteresse« an dem Antrieb, damit sie ihre Kriegsmaschinerie noch verbessern können. Bisher wurde ja leider häufig jeder technische Fortschritt erst einmal in Vernichtungswaffen umgesetzt. Andererseits brauche ich zwar mittels der synthetischen Nahrung im Raumschiff nicht zu verhungern, aber wenn ich weiter ein Mitglied der menschlichen Gesellschaft bleiben will, muss ich irgendwie Geld verdienen.

Nach zwei Tagen Grübelns gebe ich es auf und hole beim Einbruch der Nacht das Schiffs mittels meiner neuen ›Armbanduhr‹ aus seiner Parkbahn.

Ich gehe an Bord und teste meine Fähigkeiten bezüglich der Fahrten im All, also außerhalb der Anziehungskraft der Erde.

Als erstes besuche ich den Mond. Flug und Landung bereiten mir keinerlei Probleme. Dann probiere ich erstmalig die merkwürdigen Raumanzüge aus.

Sie sind großartig. Die Helme erweisen sich von innen als voll durchsichtig. Ich habe freie Rundumsicht. Der Anzug ist angenehm warm, obwohl auf der Mondoberfläche eine Temperatur von über 100 Grad Celsius in der Sonne herrscht. Wie die Sauerstoffversorgung funktioniert, finde ich nicht heraus, ich weiß nur so viel, dass es eine Art Recycling ist.

Der Mond erweist sich für eine Zeitlang als ein aufregendes Erlebnis, insbesondere im Gebiet der Dämmerung, wenn die Erde über dem Horizont aufgeht. Aber sonst ist er recht langweilig. Nur Staub, Sand, Steine und Felsen.

Genauso wenig attraktiv zeigt sich der Mars, den ich nach einer Flugzeit von etwa 5 Stunden erreiche. Selena sagt, dass sie auf der kurzen Strecke gar nicht richtig »aufdrehen« kann. Deswegen würde es so lange dauern.

Kurz nach der Landung geraten wir in einen Sandsturm unglaublichen Ausmaßes. Anzug und Schiff halten dem zwar stand, aber auf dem Boden ist absolut nichts zu sehen.

Immerhin kann ich mir einbilden, der erste Mensch auf dem Mars zu sein, und ich will eigentlich eine Fahne hissen, aber der Sturm fegt alles weg.

Die Venus ist noch enttäuschender. In der Atmosphäre herrschen gewaltige Turbulenzen, so dass eine Landung nicht in Frage kommt. Der Energieaufwand dafür wäre enorm gewesen.

Merkur schließlich erweist sich als ungastlicher heißer Gesteinsbrocken, über dem eine riesige Sonne hängt.

Wieder habe ich die verrückte Idee, hier eine Metallfahne in den Fels zu rammen, um mein Hiersein zu dokumentieren. Doch als Selena daraufhin vorschlägt, mich auf meinen Geisteszustand untersuchen zu lassen, nehme ich lieber davon Abstand.

Bei dieser Gelegenheit macht sie mir zum ersten Mal den Vorschlag meinen Körper effektiver zu gestalten, wie sie sich ausdrückt. Sie hat nämlich festgestellt, dass ich körperlich zu Manchem nicht in der Lage bin, weil mir einfach die Kraft fehlt. Außerdem sind meine beiden Kniegelenke aufgrund von Meniskusschäden nicht mehr so hundertprozentig intakt und meine Wirbelsäule ist durch frühere starke Belastung leicht lädiert. Kleine Veränderungen, wie eine verbesserte Ausnutzung der Hebelgesetze würden da Wunder bewirken.

Ich lehne jedoch ab, da ich befürchte, dass das, was nach ihrer Umgestaltung herauskommen könnte, etwas Monströses an sich hat und eher ihren Vorstellungen von Effektivität entspricht, als meinen von einem natürlichen menschlichen Körper. Oder ich würde danach aussehen, als käme ich gerade von der Mister-Universum-Wahl. Eine Vorstellung, die mir absolut zuwider ist.

Also mache ich mich wieder auf den Heimweg zur Erde.

Ich drossele die Geschwindigkeit so, dass ich etwa mit dreieinhalb Millionen Kilometer in der Stunde heimwärts schleiche.

So brauche ich für den Rückflug zwei volle Tage, was mir Zeit zum Nachdenken gibt. Ich weiß immer noch nicht, was ich mit meinen neuen Möglichkeiten anfangen soll. Ich denke, ich müsste etwas Sinnvolles tun, aber ich will die Existenz des Raumschiffes unbedingt geheim halten.

Ich berate mich mit Selena.

Selena schlägt vor, ich solle mit ihr unser Sonnensystem verlassen und in der Weite des Weltalls die Suche nach fremden Intelligenzen wieder aufnehmen.

Aber dazu kann ich mich nicht entschließen. Das würde bedeuten, dass ich für lange Zeit von der Erde, von den Menschen und von meinen Freunden und Bekannten getrennt wäre. Ich glaube, das würde ich nicht aushalten. Ich bin als Mensch eben ein Gesellschaftswesen und würde ohne die Gesellschaft meiner Mitmenschen verkümmern.

Dann solle ich mir eben eine Partnerin suchen, wirft Selena ein, und zusammen die Reise unternehmen. Das Raumschiff sei sowieso für zwei Personen konstruiert.

Das war nun der schlechteste Vorschlag, den Selena machen konnte.

Ich war heilfroh, meine Exfrau Sylvia gerade losgeworden zu sein und habe immer noch ihr Nörgeln und Keifen im Ohr, als dass ich schon wieder scharf darauf wäre, eine neue Xanthippe um mich herum zu haben. Von Frauen habe ich erst einmal die Nase voll, jedenfalls von Frauen in meiner unmittelbaren Umgebung.

»Dann schau dir deine Welt an. Deine Erde ist voll von Schönheiten und Sehenswürdigkeiten, die du alle besuchen und bewundern kannst. Außerdem solltest du sowieso irgendwo anders heruntergehen und ein paar Postkarten schreiben, um den Grund für deine Abwesenheit zu dokumentieren.«

»Ich kann jetzt nicht so einfach überall hin«, werfe ich ein, »ich könnte Gelbsucht oder Malaria oder sonst etwas kriegen. Dagegen bin ich überhaupt nicht geimpft.«

Meinen höchst pedantischen Einwand nutzt Selena dazu, erneut die Verbesserung meines unzulänglichen Körpers vorzuschlagen. Selbstverständlich sei ich dann auch gegen alle möglichen irdischen und außerirdischen Krankheiten immun.

Ich lehne aus den oben genannten Gründen erneut ab.

Aber ich entschließe mich, nicht an meinem Heimatort zu landen.

ÜBEL ZUGERICHTET

Ich erinnere mich an einen kleinen Ort an der französischen Atlantikküste. Ich hatte dort einige Male während meiner Studentenzeit Urlaub mit Freunden gemacht und herrliche Zeiten verlebt, zu denen zwei bildhübsche französische Mädchen nicht unerheblich beigetragen hatten. Es war ein kleiner Ort hinter den langgezogenen Sanddünen umgeben von Pinienwäldern. Auf dem kleinen Marktplatz vor dem Rathaus, gesäumt von Platanen und Tamarisken, hatten wir an einigen Nationalfeiertagen die Nächte durchgetanzt. Vom Ort zum Strand führte, vorbei an einer kleinen Arena, eine Tamariskenallee, die ich manchen Abend eng umschlungen mit einer zauberhaften Französin entlang gewandert bin, denn wir drei Freunde hausten auf einem Zeltplatz außerhalb des Ortes unmittelbar hinter den großen Sanddünen.

Für technische Ortungs- und menschliche Sinnesorgane unsichtbar, suche ich in der Abenddämmerung den kleinen Ort an der Atlantikküste.

Ich fliege die Küste entlang nach Norden und hätte ihn dabei beinahe übersehen. Denn den Ort, nach dem ich suche, gibt es so nicht mehr. Er hat sich, auch aus der Luft betrachtet, völlig verändert.

Man hat einen kleinen Fluss unmittelbar vor der Mündung zu einem großen See aufgestaut und um dieses Gewässer herum ein völlig neues Touristenzentrum mit Appartementhäusern, Lokalen und Souvenirläden, sowie Liegeplätzen für Segelyachten gebaut. Nur am Marktplatz und an der Arena erkenne ich ihn wieder. Beide sind noch wie früher, nur liegt jetzt das alte Ortszentrum etwas außerhalb der neuen Siedlung. Auch die Tamariskenallee gibt es noch und führt vom alten Ort zur neuen Siedlung unmittelbar an den Dünen.

Ich lande etwa drei Kilometer vom Ort entfernt in einer Lichtung des Pinienwaldes, verlasse das Raumschiff und mache mich auf den etwa halbstündigen Fußmarsch zum alten Ortszentrum. Befürchtungen, dass das Schiff entdeckt werden könnte, habe ich nicht. Selena würde es sofort für menschliche Augen unsichtbar machen, sobald sich jemand nähern würde.

Das alte Ortszentrum mit Marktplatz, Rathaus und Hotelrestaurant hat sich tatsächlich nicht verändert, nur ist es jetzt deutlich weniger belebt, als ich in Erinnerung hatte. Das Leben spielt sich jetzt offenbar an den Ufern des künstlichen Sees ab.

Ich kaufe in einem Andenken-Lädchen ein paar Ansichtskarten und Briefmarken. Dann setze ich mich an einen der vielen freien Tische des Hotels unter eine Platane, bestelle den einen und anderen Drink und schreibe meinen Bekannten ein paar nichtssagende Zeilen.

Da ich nun einmal hier bin, will ich mir das neue Zentrum natürlich anschauen. Also schlendere ich anschließend, den Kopf voll Erinnerungen, die Tamariskenallee hinunter zum Strand.

Nach zehn Minuten habe ich das neue Zentrum erreicht. Am Ufer des aufgestauten Sees hat man eine Vielzahl von Apartmenthäusern errichtet, von denen man direkt über eine Promenade den Strand des Sees erreichen kann. Auf dieser Promenade tobt das Leben. Sommerlich leicht bekleidete Mädchen schlendern Arm in Arm mit ihrem Urlaubsflirt dahin. Väter schieben sich und ihre zahlreiche Familie durch das Gewühl und rempeln sich gegenseitig an, weil ihre Augen an den Blusen oder Beinen der Mädchen hängen bleiben. Jugendliche lungern in kleinen Gruppen um die Bänke herum, Bierflaschen in den Händen haltend, und machen alles an, was weiblich und unter dreißig ist.

Ich setze mich an einen der wenigen freien Tische eines offenen Cafés, bestelle einen weiteren Drink und schaue eine Zeitlang dem Treiben zu.

Am Nebentisch lümmelt sich eine Gruppe angetrunkener junger Männer, die zwei bildhübsche Mädchen bei sich haben. Während die Jungen aussehen, als ob sie dringend ein Bad nötig hätten, ist die Kleidung die beiden Mädchen jugendlich aufreizend, aber sehr gepflegt.

Besonders die eine der beiden erregt meine Aufmerksamkeit.

Während sie der Unterhaltung lauscht, legt sie den Kopf leicht schräg und ihre dunklen Haare fallen in langen Wellen über ihre Schulter. Dabei fixiert sie ihr Gegenüber mit ihren großen, braunen Augen. Hin und wieder fährt sie mit ihrer Zunge über die vollen und sinnlichen Lippen, deren grellrote Farbe von den sonst ebenmäßigen Zügen, der klassischen, aber nicht zu großen Nase und den leicht hervorstehenden Wangenknochen ablenkt. Manchmal verschränkt sie die Arme hinter ihrem Kopf, und streckt dabei ihre großen, festen Brüste hervor, die sich unter dem engen bedruckten T-

Shirt deutlich abzeichnen. Sie scheint sich der Wirkung, die ihr perfekter Körper auf die Männerwelt ausübt, durchaus bewusst zu sein. Die langen Beine, die in einer engen, schwarzen und von einem breiten Nietengürtel gehaltenen Lederhose stecken, hat sie übereinander geschlagen und wippt ununterbrochen mit dem einen nackten Fuß, dessen Nägel mit dem gleichen auffallenden Rot, wie das der Lippen, verziert sind.

Offenbar muss einer der Jugendlichen meine Blicke bemerkt haben und es sieht so aus, als ob ihm das nicht passen würde. Er sagt nämlich etwas zu seinen Kumpeln und weist dann mit dem Blick zu mir hinüber. Mich fixierend steht er betont langsam auf, kommt zu meinem Tisch herüber und baut sich breitbeinig davor auf. Dann sagt er etwas, das ich nicht verstehe, da meine Französischkenntnisse eher dürftig sind. Aber es ist nichts Freundliches, wie ich seinem drohenden Tonfall entnehmen kann. Ich erwidere, dass ich kein Französisch könne und ihn nicht verstünde. Doch das beruhigt ihn keineswegs. Im Gegenteil, er macht einen Schritt auf mich zu, packt mich vorm am Hemd und zieht mich von meinem Platz hoch. Da er mich um fast einen Kopf überragt und aus allen Hemdsärmeln die Dauerkarte fürs Fitnessstudio herausschaut, ist mir ausgesprochen unwohl in meiner Haut.

Doch bevor es zu weiteren Tätlichkeiten kommt, haben sich zwei Kellner dazwischen geschoben und versuchen, beruhigend auf ihn einzureden. Tatsächlich, sie erreichen, dass er von mir ablässt und zu seinen Leuten zurückkehrt.

Am Nebentisch entzündet sich nun ein lautes Palaver zwischen den Kellnern und den Jugendlichen, das damit endet, dass die ganze Gruppe geschlossen aufsteht und unter lauten Beschimpfungen das Lokal verlässt, mit nicht gerade freundlichen Blicken für mich.

Ich atme erleichtert auf und setze mich wieder hin. Ganz offensichtlich hatte man im ganzen Lokal den Vorgang beobachtet, denn erst durch die jetzt wieder einsetzende Unterhaltung bemerke ich, dass es vorher mucksmäuschenstill geworden war.

Ich habe mich eben wieder beruhigt, als ein älterer Herr von einem der Nebentische aufsteht, seinen Körper schwerfällig zu mir herüber wuchtet und auf Deutsch fragt, ob er sich zu mir setzen dürfe.

Ich nicke. Behäbig nimmt er neben mir Platz und legt auch schon los. Wie übel doch die heutige Jugend sei, wie dreckig und aggressiv, insbesondere natürlich die Franzosen, und dass man sie alle in einen Sack stecken müsse und kräftig draufhauen, und die jungen Französinnen würden sich sämtlich wie Prostituierte aufführen, hätten nur Vögeln und sonst nichts im Kopf. Und so weiter.

Ein sehr unangenehmer Zeitgenosse.

Zwischendurch grölt er nach dem Kellner, bestellt gleich mehrere Flaschen Bier, natürlich auch für mich und, während er das Bier in sich hineinschüttet, schimpft er auf die schlechte Qualität des in Frankreich hergestellten Getränks, das nur aus Chemie bestehe. Das deutsche Bier sei das einzig genießbare Getränk auf der Welt. Dabei rülpst er laut, klopft mir ständig auf den Rücken und die Oberschenkel und meint, wir Deutschen müssten doch zusammenhalten gegen dieses schmutzige und faule Ausländerpack. Er sei schließlich stolz darauf, ein Deutscher zu sein.

Der hat mir nun gerade noch gefehlt. Ich versuche ihm klarzumachen, dass sein Deutschland nicht gerade scharf darauf sei, von solchen Menschen wie ihm mit Stolz betrachtet zu werden, aber er hört mir gar nicht zu.

Also bleibt mir nichts anderes übrig, als fluchtartig das Lokal zu verlassen, nachdem ich noch schnell die beiden hilfreichen Kellner mit einem üppigen Trinkgeld bedankt habe.

Ich habe genug von diesem Ort, an den ich eigentlich so schöne Erinnerungen hatte.

Also mache ich mich auf den Weg zurück zum Raumschiff.

Es ist inzwischen spät geworden.

Nachdem ich das belebte Touristenzentrum hinter mir gelassen habe, bin ich sehr bald allein auf der Straße. Ich muss noch durch den alten Ortskern hindurch und dann auf der anderen Seite in den Pinienwald.

Kurz bevor ich den alten Marktplatz erreiche, kommt mir eine Gruppe angetrunkener Jugendlicher entgegen. Ich wechsele vorsichtshalber die Straßenseite, aber sie haben mich bemerkt und kommen mir über die Straße entgegen.

Es ist eine Gruppe von fünf jungen Männern und zwei Mädchen, und sie kommen mir sehr bekannt vor.

Die Burschen freuen sich offenbar, mich wiederzusehen. Mit einem breiten, jedoch ausgesprochen unfreundlichen Grinsen umringen sie mich.

Die beiden Mädchen halten sich zurück. Die eine, und zwar die, die ich so bewundert hatte, redet sogar auf ihre Freunde ein, und ich kann so viel verstehen, dass sie wohl meint, sie sollten mich in Ruhe lasse, es lohne sich nicht, ich sei doch kein ernst zu nehmender Gegner.

Aber ihre Freunde sind offenbar auf eine Schlägerei aus. Der verstärkte Alkoholkonsum macht sie Argumenten, egal welcher Art, nicht mehr zugänglich.

Ich muss gestehen, mir rutscht das Herz gewaltig in die Hose. Könnte ich doch nur irgendwie Kontakt zu Selena aufnehmen, das Erscheinen des Raumschiffes würde sie zumindest so verwirren, dass ich eine Chance zum Entkommen hätte. Aber die Möglichkeit hatte ich mir ja selbst vor ein paar Tagen genommen, und die Zeit, den Ruf-Code in die Armbanduhr einzugeben, habe ich auch nicht.

Verzweifelt schaue ich um mich, ob nicht von irgendwoher Hilfe zu erwarten ist. Aber die Straße ist bis auf mich und die Gruppe absolut menschenleer. Der Ort ist auch noch zu weit entfernt, als dass man meine Rufe hätte hören können und das Touristenzentrum befindet sich noch viel weiter hinter mir.

Ich versuche mit meinen wenigen Brocken Französisch auf die Typen einzureden, aber das bewirkt nur, dass ihr Grinsen noch breiter und bösartiger wird. Sie spüren durch ihr alkoholvernebeltes Gehirn meine Angst und sie weiden sich sichtlich daran.

Der Schwarzenegger-Typ, der mich schon im Lokal angemacht hat, baut sich breitbeinig vor mir auf und hebt die Faust, bereit zuzuschlagen.

Okay, sage ich zu mir, jetzt gibt es etwas auf die Mütze, darum kommst du wohl nicht mehr herum. Die werden mich zusammenschlagen und ich kann es nicht verhindern. Aber dann will ich mich jedenfalls so teuer wie möglich verkaufen.

Ich hebe also die Faust zum Gegenschlag, was bei meinen Gegnern nur ein brüllendes Gelächter hervorruft und trete meinem Gegenüber mit dem hochgezogenen Knie mit aller mir zur Verfügung stehenden Kraft in die Hoden.

Der guckt mich den Bruchteil einer Sekunde verblüfft an, heult dann laut auf und krümmt sich vor Schmerzen.

Doch nun fallen die anderen vier alle gleichzeitig über mich her.

Die ersten Schläge werfen mich schon zu Boden.

Es hagelt weiter Schläge und Tritte, die nicht aufhören und ich stöhne vor den fast unerträglichen Schmerzen. Dann bekomme ich mit, dass der einzige, den ich glaubte lahmgelegt zu haben, offenbar wieder zu sich gekommen ist und mit aller Kraft auf mir herum trampelt. Ich höre noch ein entsetzliches Geräusch von brechenden Knochen. Das müssen wohl meine eigenen sein. Dann verliere ich das Bewusstsein.

Ich bin im Himmel.

Wieso eigentlich? Ich bin Atheist. Den Himmel gibt es nicht. Und wenn doch, warum haben die mich restlos Ungläubigen aufgenommen?

Ich besitze keinen Körper.

Es ist hell.

Ich beginne zu sehen, aber ich kann nicht fühlen.

Ich sehe einen Engel.

Die gibt es also auch!

Ich sehe nur das Gesicht.

Große, tiefbraune Augen und dunkles, fast schwarzes, welliges Haar.

Das Gesicht kenne ich. Ich bin nicht im Himmel!

Langsam taucht die Erinnerung auf.

Die haben mich zusammengeschlagen. Brechende Knochen. Meine Knochen. Ich versuche nach meinem Körper zu fühlen, aber ich kann nichts fühlen.

Ich kann mich auch nicht bewegen. Ich weiß nicht, wie man das macht.

Dann kommt das Gehör wieder.

Das Gesicht des Engels sagt etwas. Auf Französisch. Ich kann es sogar verstehen. Es sagt: »Er kommt zu sich.«

Es klingt erfreut und irgendwie nett.

Dann taucht noch ein Engel auf. Ich sehe wieder nur das Gesicht.

Der Engel hat ein weißes Häubchen auf und sieht nach Krankenschwester aus.

Ich bin also im Krankenhaus.

Das Gesicht mit dem Häubchen verschwindet wieder und der erste Engel taucht wieder auf. Ich versuche zu lächeln, aber ich kann mein Gesicht nicht spüren. Es scheint aber trotzdem geklappt zu haben, denn der Engel lächelt zurück. Er sagt auf Deutsch: »Der Arzt wird gleich kommen, seien Sie ganz ruhig.« Und lächelt. Das Lächeln ist zauberhaft.

Dann taucht das Arztgesicht über mir auf. Es schaut mich an und sagt auf Französisch: »Könne sie mich hören?« Ich will antworten, aber ich kann nicht sprechen, irgendetwas ist mit meinem Mund. Ich will nicken. Aber auch das geht nicht. Also schließe ich einmal kurz die Augen und öffne sie wieder. Das geht. Und das Arztgesicht hat verstanden. Es setzt zu einer längeren Rede an, aber ich kann es nicht verstehen. Meine Französischkenntnisse reichen nicht aus. Dann taucht wieder mein Engelsgesicht auf und sagt auf Deutsch, dass der Arzt sagt, ich würde jetzt eine Spritze bekommen und dann wieder einschlafen. Ich will aber nicht einschlafen. Ich will das Engelsgesicht lächeln sehen. Aber ich kann mich nicht verständlich machen.

Von der Spritze merke ich nichts.

Dann bin ich weg.

Ich habe Schmerzen. Furchtbare Schmerzen. Die Schmerzen sind überall, ich kann sie nicht lokalisieren. Ich öffne die Augen und bewege den Kopf zur Seite.

Ich kann den Kopf bewegen!

Ich weiß auf einmal, wo ich bin.

Ich kann jetzt einen Teil des Krankenzimmers sehen. Neben dem Krankenbett ist jemand auf einem Sessel eingeschlafen. Ich kann nur dunkles, welliges Haar sehen. Trotz der Schmerzen kommt ein Gefühl von Freude in mir auf. Mein Engel ist noch da.

Dann weiß ich auf einmal wer mein Engel ist.

Wieso ist das Mädchen hier bei mir im Krankenhaus? Seine Freunde haben mich doch so übel zugerichtet?

Doch ich kann nicht richtig denken, die Schmerzen überstrahlen jeden Gedanken. Ich versuche, meinen Körper zu bewegen und stöhne vor Schmerzen auf.

Das Geräusch macht das Mädchen wach.

Es kommt sofort an mein Bett.

Ich versuche zu sprechen und es geht, wenn auch nur schwer verständlich. Ich frage: »Was ist passiert?«

Das Mädchen merkt offenbar, wie schwer mir das Sprechen fällt. Sie legt mir einen Finger auf den Mund und ich spüre ihn. Sie sagt: »Du musst nicht sprechen«, und streichelt mir mit der Hand über den Mund. Ich empfinde die Berührung als angenehm.

»Ich will aber sprechen! Bloß ich habe so furchtbare Schmerzen.« Nur mit großer Anstrengung formuliere ich den Satz.

»Warte, ich hole den Arzt«, sagt sie und verschwindet.

Nach kurzer Zeit kommt sie mit dem Arzt und einer Krankenschwester wieder. Ich sage dem Arzt, dass ich entsetzliche Schmerzen habe, und das Mädchen übersetzt.

Ich bekomme eine Spritze gegen die Schmerzen. Morphium. Der Arzt sagt noch, es sei gut, dass ich

Schmerzen habe, das bedeute, dass die Lähmungen etwas zurückgehen.

Dann geht er. Das Mädchen bleibt.

Nach kurzer Zeit lassen die Schmerzen nach und ich fühle mich wie in Watte gepackt.

Ich spreche das Mädchen an.

»Komm bitte zu mir, setz dich ans Bett und gib mir deine Hand.«

Sie setzt sich aufs Bett aber nimmt meine Hand nicht. Sie kann sie nicht nehmen, denn nur meine Fingerspitzen gucken aus dem Gipspanzer heraus, der meinen ganzen Körper umhüllt. Sie berührt die Fingerspitzen und ich fühle es.

»Erzähl' mir bitte alles, was passiert ist! Wie heißt du, und wieso sprichst du so gut deutsch? Und warum bist du hier?«

»D'accord!«, sagt sie.

»Michelle und ich, ich heiße übrigens Nadine, und deutsch kann ich, weil ich aus dem Elsass stamme und meine Eltern deutsch sprechen. Also Michelle und ich haben zugesehen, wie die Jungs dich zusammengeschlagen haben. Wir fanden das nicht sonderlich gut, weil wir eigentlich nichts gegen dich hatten. Wir hatten uns natürlich auch geärgert, dass man uns aus dem Lokal gewiesen und mit der Polizei gedroht hatte, aber der Ärger war längst verraucht. Bei den Jungs war das anders. Die haben sich da richtig hineingesteigert und waren ganz schön wütend. Und je mehr Alkohol sie tranken, umso wütender wurden sie.

Schließlich haben sie beschlossen, zurück zum Strand zu gehen, um dort richtig Randale zu machen. Da kamst du ihnen entgegen. Das war natürlich ein gefundenes Fressen, sie waren nicht mehr zu halten. Philippe, das ist der, dem du zwischen die Beine getreten hast, ist noch eine Zeitlang auf dir herum gesprungen, lange nachdem du dich nicht mehr gerührt hast. Dann sahen wir überall Blut und Pierre, Jean, Gerard und Claude, so heißen die anderen, haben Philippe von dir weggezogen. Michelle ist zu dir gegangen und hat sich über dich gebeugt. Und auf einmal hat sie geschrien: Er ist tot! Ihr habt ihn umgebracht! Und dann sind wir alle in Panik davongerannt. Ich konnte bald nicht mehr und hab' mich einfach auf den Boden geworfen und geheult. Aber die anderen sind weitergerannt. Dann hab' ich gedacht, du kannst doch den Toten da nicht einfach so liegen lassen, vielleicht ist er ja auch nicht ganz tot, vielleicht hat Michelle sich in ihrer Panik geirrt. Sie hat dich ja auch gar nicht angefasst. Ich bin zurückgegangen. Zuerst habe ich mich nicht an dich heran getraut, es war ja alles voller Blut. Doch dann hab' ich mich neben dich gekniet und versucht, deinen Puls zu fühlen. Aber da war nichts. Dann bin ich wieder aufgestanden und wollte weggehen. Und da hast du auf einmal gestöhnt. Darauf bin ich wie eine Wilde ins Dorf gerannt und habe Hilfe geholt.

Dann bin ich bei dir geblieben. Ich fühlte mich mitschuldig und wollte irgendetwas wieder gut machen. Ich habe denen gesagt, ich hätte dich so gefunden. Ich habe ihnen nichts von den Jungs erzählt.

Als sie dich abtransportierten, wollten sie mich fortschicken. Aber ich hab' ihnen erzählt, ich sei deine Freundin. Da haben sie mich bei dir gelassen.

Du hast mir so leidgetan und ich habe mich verantwortlich gefühlt.«

Sie blickt mich sorgenvoll und irgendwie lieb aus ihren großen braunen Augen an und fährt fort:

»Die Ärzte haben dich einen ganzen Tag lang operiert, es war alles Mögliche gebrochen und innere Verletzungen hattest du auch. Auch dein Kopf war schwer verletzt. Die Ärzte konnten nicht sagen, ob du durchkommst, aber als du nach vier Tagen zu ersten Mal zu Bewusstsein kamst, sagten sie, dass du wohl am Leben bleiben würdest.

Dann sind sie gekommen und wollten deinen Namen wissen. Ich hab' gesagt, du hießest Peter und ich hätte dich erst hier im Urlaub kennengelernt. Deinen Nachnamen wüsste ich nicht, nur dass du aus Freiburg in Deutschland seist. Mir fiel nichts anderes ein und du hattest ja keine Papiere bei dir, jedenfalls haben sie nichts gefunden. Sie wollten wissen, warum ich nicht dabei war, als du überfallen wurdest. Ich sagte ihnen, wir hätten einen kleinen Streit gehabt, und du seist davongelaufen. Dann hätte ich dich gesucht. Sie haben mich ziemlich lange verhört. Aber ich konnte nichts anderes sagen. Ich wollte auch meine Freunde nicht verraten.«

Sie hält einen Moment inne. Dann bricht es aus ihr heraus.

»Oh, es ist alles so schrecklich! Die anderen habe ich inzwischen auch gesehen. Sie sind furchtbar aufgeregt und es tut ihnen ganz entsetzlich leid. Weißt du, wenn sie nüchtern sind, sind sie ganz okay. Nur, wenn sie etwas getrunken haben, flippen sie regelmäßig aus. Aber so etwas, wie das jetzt, ist noch nie passiert. Sie möchten gern helfen, aber sie trauen sich nicht, sich blicken zu lassen.«

Nach einer kurzen Atempause fällt ihr wohl ein, dass sie überhaupt nichts von mir weiß und stellt die Frage:

»Sag mal, wie heißt du eigentlich wirklich?«

Ich nenne ihr meinen richtigen Namen.

Nadine sieht mich sehr bekümmert an.

»Oh, Florian«, sie sagt es mit der nasalen Endung und es klingt irgendwie nett, »ich will alles tun, was ich kann, damit du möglichst schnell wieder gesund wirst. Doch nun versuch zu schlafen.«

Sie hat bemerkt, dass die Spritze mir nicht nur die Schmerzen genommen hat, sondern mich auch schläfrig gemacht hat. Ich würde schon gern wissen, was an meinem Körper überhaupt noch heil ist, aber das Morphium bewirkt, dass mir im Augenblick alles ziemlich egal ist. Ich dämmere langsam in einen tiefen Schlaf hinüber.

Als ich wieder aufwache, ist es Nacht. Die Schmerzen sind wieder da, aber lange nicht mehr so stark. Ich kann jetzt auch den dicken Verband um meinen Kopf fühlen, der nur Augen, Nase und Mund frei lässt.

Ich bin allein. Nadine ist gegangen.

Ich beginne, über meine Lage nachzudenken. Erst einmal sollte ich herausfinden, was mit meinem Körper ist, und dann muss ich irgendwie Verbindung zum Schiff aufnehmen. Selena könnte sich Sorgen machen, schließlich bin ich, wenn ich Nadines Bemerkungen richtig erinnere, mindestens seit acht Tagen im Krankenhaus. Es ist natürlich die Frage, ob sich ein Computer überhaupt so etwas wie Sorgen machen kann?

Nur, wie kann ich Verbindung zu Selena aufnehmen?

Ich versuche meine Gedanken intensiv auf Selena und das Schiff zu konzentrieren, aber es zeigt sich keine Reaktion. Dies Krankenhaus wird weiter entfernt sein, denn der kleine Ort an der Atlantikküste, in dem ich zusammen geschlagen wurde, hat sicherlich kein Krankenhaus.

Ich müsste an meine Uhr kommen, wenn sie überhaupt noch da ist. Aber ich könnte ja nicht einmal einen Notruf absenden, ich kann meine Hände nicht bewegen.

Ich verbringe ein paar unruhige Stunden bis zum Morgen.

Dann kommt der Arzt und untersucht mich gründlich. Ich löchere ihn mit Fragen nach meinem Zustand und erfahre, dass außer etlichen Knochen- und Rippenbrüchen sowie inneren Verletzungen auch ein Lendenwirbel in Mitleidenschaft gezogen ist. Da liege auch das Problem. Sie können nicht sagen, inwieweit meine volle Bewegungsfähigkeit wieder herzustellen sei oder ob ich gelähmt bleiben werde. Alles andere sei nur eine Frage der Zeit. Die stundenlangen Operationen hätten alles wieder so ziemlich an die richtige Stelle gerückt.

Dann sagt er noch, dass draußen zwei Herren von der Polizei warten, die mich sprechen wollen. Ob ich mich dazu in der Lage fühle.

In mir kommt Panik auf. Wenn es irgendeine Möglichkeit gibt, mit Hilfe von Selena von hier zu verschwinden, dann darf ich auf keinen Fall meine wirkliche Identität preisgeben. Ich habe Selenas Bemerkung über meine allgemeine körperliche Unzulänglichkeit im Hinterkopf. Wenn mir jemand schnell und gründlich helfen kann, dann ist es vermutlich die überlegene medizinische Fähigkeit der Rasse, die Selena und das Raumschiff konstruiert hat. Aber mir ist auch klar, dass ich der Konfrontation mit der hiesigen Polizei kaum aus dem Wege werde gehen können. Also dann am besten gleich jetzt.

Ich bekomme noch eine Spritze und dann sind die Polizisten auch schon im Zimmer. Der eine stellt sich als Kommissar vor, der zweite ist ein Dolmetscher.

Ich gebe einen falschen Namen und eine frei erfundene Adresse an, halte mich aber an die von Nadine bereits erteilten Auskünfte. Meine Papiere haben mir natürlich die Schläger weggenommen. Die Beschreibung der jungen Leute, die ich abgebe, passt auf alle und jeden, nur nicht auf die fünf jungen Männer. Ich denke dabei an Nadine und was sie für mich getan hat. Sie hat mir schließlich das Leben gerettet.

Dann sind die Polizisten fort.

Die werden sich vermutlich jetzt mit der deutschen Polizei in Verbindung setzen und sehr bald herausbekommen, dass ich sie angeschwindelt habe. Sie werden mir zwar nichts tun können, aber es wird einen Haufen unangenehme Fragen geben, vielleicht bringen sie ja sogar etwas über den Streit im Lokal in Erfahrung. Es gab weiß Gott genug Zeugen.

Ich brauche Nadines Hilfe.

Den Vormittag verbringe ich mit Warten auf Nadine. Ob sie überhaupt wiederkommt?

Dann endlich geht die Tür auf.

Aber herein kommt eine Schwester mit dem Essen in Form einer dünnen Suppe, die ich mit einem Strohhalm zu mir nehme. Sie schmeckt scheußlich.

Kaum bin ich mit der Suppe fertig, als die Tür erneut geöffnet wird und Nadine den Kopf hereinsteckt und ankündigt, es sei noch jemand da. Ob ich mich für Besuch fit fühle.

Ich fühle mich fit genug und bin neugierig.

Hinter ihr tritt ein hübsches brünettes Mädchen ein.

Michelle!

Verlegen kommt sie an mein Bett und stellt einen großen Strauß Blumen ab. Von den Jungs! Und es täte ihnen ganz furchtbar leid und sie wünschen mir gute Besserung. Wenn ich sie anzeigen würde, dann sei das schon okay, aber sie hätten das wirklich nicht gewollt.

Ich erzähle ihnen von dem Verhör am Vormittag und, als ich auf die falsche Beschreibung zu sprechen komme, leuchten ihre Augen vor Dankbarkeit.

Michelle und Nadine bleiben den ganzen Nachmittag. Als sie sich am Abend verabschieden wollen, rufe ich Nadine zurück und bitte sie, noch etwas zu bleiben. Michelle wirft Nadine und mir einen erstaunten Blick zu, sagt dann aber, es mache ihr nichts aus, allein nach Hause zu gehen.

Kaum hat sie das Zimmer verlassen, als ich Nadine bitte, nach meiner Armbanduhr zu suchen.

Sie schaut mich zweifelnd an.

»Ich kann dir auch so sagen, wie spät es ist.«

»Bitte Nadine, tue mir den Gefallen, ich brauche sie dringend. Ich erklär’ es dir später. Du würdest es mir sowieso nicht glauben.«

Sie schaut mich an, als würde sie an meinem Verstand zweifeln, aber sie beginnt, alle Schränke im Raum zu durchsuchen.

»Ist sie das?« Sie hält meine Uhr hoch.

Mir fällt ein Stein vom Herzen.

Sie kommt mit der Uhr ans Bett.

»Also umbinden wirst du sie wohl kaum können«, bemerkt sie mit einem verschmitzten Lächeln.

»Nein, ich weiß. Nadine. Siehst du die vier Knöpfe an den Seiten? Kannst du sie bitte in der folgenden Reihenfolge drücken.

Bitte frag nicht«, fahre ich fort, weil ich sehe, dass sie wieder den Sinn meiner Anweisungen in Frage stellen will. »Tue es einfach. Bitte! Du hilfst mir damit sehr.«

Mit gerunzelter Stirn drückt sie endlich die Knöpfe nach meinen Anweisungen. Einen Augenblick herrscht Stille. Dann kommt plötzlich Selenas unnachahmliche Stimme aus der Uhr.

»Was ist los? Ich habe lange nichts von dir gehört.«

Nadine schaut mich mit weit aufgerissenen Augen an.

»Selena, ich bin in großen Schwierigkeiten! Kannst du bitte direkten Kontakt zu mir aufnehmen.«

Wieder ertönt die Stimme.

»In Ordnung, ich habe dich geortet. Für den direkten Kontakt bin ich noch zu weit weg, aber ich komme näher, es dauert noch einen Augenblick.«

Dann ist die Stimme weg und Nadine mit ihren wunderhübschen tiefbraunen Augen, immer noch riesengroß, stammelt verwirrt.

»Wer war das? Woher kam die Stimme?«

Dann nach kurzer Pause.

»Wer bist du? Bist du vom Geheimdienst oder so etwas? War das etwa deine Frau oder deine Partnerin? Hat ja eine irre Stimme! Und was redet die für einen Quatsch?«

Es wird nicht leicht werden, Nadine eine glaubhafte Erklärung zu geben.

Ich versuche es trotzdem.

»Nadine, ich weiß, dass das, was ich dir jetzt erzählen werde, für dich schwer zu glauben sein wird, aber versuche es bitte trotzdem. Und wenn du es nicht glauben kannst, so vertraue mir bitte, auch dann, wenn ich dir nicht alles erklären kann.

Ich bin nicht vom Geheimdienst oder etwas Ähnlichem. Die Stimme kam von einem Computer – eine künstliche Intelligenz, so unwahrscheinlich das auch klingen mag. Dieser Computer kann mir wahrscheinlich helfen, auch, wenn ich dir nicht erklären kann, wie. Ich bin auch nicht in irgendeiner geheimen oder nicht geheimen Forschung tätig. Ich verspreche dir, dass ich dir später einmal erklären werde, wer ich bin und was ich mache, aber zum jetzigen Zeitpunkt kann ich das nicht. Ich werde auch gleich ganz furchtbar intensiv nachdenken müssen, um herauszufinden, wie dieser Computer mir helfen kann. Ich werde eine Zeitlang nicht ansprechbar sein, aber bleib' bitte da. Ich brauche deine Hilfe.«

Ich rechnete nämlich jeden Augenblick damit, Selenas Stimme unmittelbar in meinem Kopf zu hören, sobald sie dicht genug herangekommen ist, deshalb habe ich Nadine auf meine bevorstehenden geistige Abwesenheit vorbereitet.

»Bitte, Nadine, glaub mir oder vertraue mir wenigstens. Ich kann dir ansehen, dass du mich für verrückt hältst, aber ich habe dich sehr gern und ich würde dich niemals belügen oder dich an der Nase herumführen!«

Meine eindringlichen Bitten und meine flehenden Blicke scheinen sie endlich zu überzeugen, denn sie antwortet ebenso bestimmt.

»Okay, ich glaube dir, aber bitte enttäusche mich nicht.«

Und leiser hinterher.

»Ich mag dich inzwischen nämlich auch sehr gern, und es würde mir sehr weh tun, wenn du mich zum Narren hältst.«

Dabei beugt sie sich über mich und gibt mir einen sanften Kuss auf das vom Verband freigelassene Stück Mund. Mich durchströmt ein unglaubliches Glücksgefühl. Ich würde sie jetzt zu gern in den Arm nehmen, aber mein Gipspanzer lässt das nicht zu. Also bleibe ich hilflos liegen und schaue sie nur unendlich warm an.

Selenas Stimme in meinen Kopf bringt mich abrupt in die Realität zurück.

»Was ist passiert?«

Ich berichte ausführlich über die Ereignisse der letzten acht Tage.

Dann teile ich ihr mit, was alles mit mir, beziehungsweise mit meinem Körper los ist, wenn die Informationen des Arztes stimmen.

»Könntest du das wieder in Ordnung bringen«, ist meine bange Frage.

»Ich glaube schon, auf dem Schiff ist das wohl kein Problem«, erwidert Selena, »aber dazu muss ich dich erst einmal herausholen lassen. Dein Zimmer hat leider keinen Balkon, von dem ich dich abholen könnte. Das Mädchen in deinem Raum müsste dich aus dem Krankenhaus herausschaffen und ins Schiff bringen. Ich könnte anschließend ihre Erinnerung löschen.«

Das will ich nun aber auf keinen Fall. Außerdem würde mein Verschwinden einigen Wirbel verursachen, schließlich bin ich bewegungsunfähig ans Bett gefesselt.

Auf Nadine würde man zuerst kommen und sie fürchterlich in die Mangel nehmen.

Außerdem, wie soll sie mich unbemerkt samt Bett ins Freie schaffen?

Es musste eine andere Lösung gefunden werden.

Wenn wir Nadines Hilfe brauchen, muss ihr ein absolut sicheres Alibi für ihre Abwesenheit verschafft werden. Ich teile Selena meine Bedingungen und Bedenken mit, und sie hat natürlich die Lösung.

Die Art, wie Nadine mich beobachtet, zeigt deutlich, dass sie nicht so recht weiß, was sie von der ganzen Sache halten soll. Ich wende mich ihr wieder zu.

»Glaubst du, dass du deine Freunde dazu bringen könntest, mir zu helfen. Sie sollen mich in der nächsten Nacht hier heraus ins Freie bringen.«

Sie setzt an, um Protest anzumelden, aber dann schüttelt sie resigniert den Kopf.

»Das glaube ich ganz bestimmt, sie sind dir etwas schuldig. Ich weiß nur nicht, wie sie am Pförtner und an der Nachtschwester vorbeikommen sollen.«

»Beide werden zur vereinbarten Zeit schlafen. Dafür kann ich sorgen.«

»Du«, erwidert Nadine mit Zweifel in der Stimme, »du kannst doch noch nicht einmal einen kleinen Finger rühren!«

Es hat keinen Zweck, ihr zu sagen, dass Selena vor hat, ein kleines künstliches Insekt zu bauen, das den Pförtner und die Nachtschwester zur richtigen Zeit eine kleine Injektion geben und sie etwa eine halbe Stunde außer Gefecht setzen wird.

Sie würde es nicht glauben.

Ich möchte sie aber auch nicht beschwindeln.

Also muss ich wieder an ihr Vertrauen appellieren.

»Nadine, ich bekomme noch Hilfe von anderer Seite, aber denen ist es nicht möglich das Krankenhaus zu betreten. Ich brauche deine Freunde.«

Dann haben wir unseren ersten kleinen Streit, denn ich möchte auf keinen Fall, dass sie bei der Aktion dabei ist, sie braucht ein sicheres Alibi für die Zeit. Aber darauf lässt sie sich nicht ein.

»Ich will dabei sein. Was ist, wenn dir etwas passiert. Nein, mich kannst du nicht ausschließen. Ich würde vor Sorgen umkommen. Außerdem werde ich dich auf keinen Fall draußen allein lassen. Du bist doch völlig hilflos.«

Dagegen komme ich nicht an. Andererseits bin ich natürlich sehr gerührt, dass sie sich um mich Sorgen macht.

Sie wird also dabei sein. Um ihr Alibi muss ich mir dann eben noch Gedanken machen.

»Hör zu! Das Ganze soll starten, unmittelbar nachdem die Nachtschwester zuletzt nach mir gesehen hat. Das wird schätzungsweise so etwa gegen halb zwölf sein. Einer von euch muss unten in der Empfangshalle sitzen und darauf warten, dass der Portier einschläft. Wenn er angesprochen wird, soll er irgendeinen Grund angeben, warum er wartet. Es wird euch schon etwas einfallen.

Der Pförtner wird sehr plötzlich und abrupt einschlafen, aber keine Sorge, es geschieht ihm nichts. Sobald er schläft könnt ihr sicher sein, dass auch die Nachtschwester auf dieser Station schläft. Dann kommt ihr mit dem Fahrstuhl nach oben und bringt mich mitsamt Bett nach unten. Da gibt es links vom Eingang eine Wiese. Dort stellt ihr mich ab und verschwindet dann schleunigst, bevor euch jemand entdeckt. Meinst du, dass ihr das hinkriegt?«

Nadine ist sicher, dass sie ihre Freunde dazu überreden kann.

Wir verabreden uns für den nächsten Nachmittag, damit sie mir mitteilen kann, ob alles klappt. Dann verabschiedet sie sich mit einem liebevollen Kuss auf das bisschen Gesicht, das von mir zu sehen ist und sagt noch schnell: »Ich weiß nicht, ob das richtig ist, was wir da machen, aber ich tue es dir zuliebe.«

Dann geht sie.

Der nächste Morgen vergeht mit einer Reihe von Untersuchungen. Dann stehen zwei zornige Herren an meinem Bett. Genau genommen ist nur der eine zornig, der Kommissar. Der Dolmetscher soll nur den Zorn für mich verständlich machen. Aber ich brauche ihn gar nicht. Dem Gesichtsausdruck und der Gestik, die den Redeschwall des Kommissars begleiten, kann ich den Inhalt seiner Rede entnehmen. Außerdem weiß ich sowieso, was los ist. Die haben den Schwindel ziemlich schnell herausbekommen.

So lange ich hier schwer verletzt liege, kann mir die Polizei überhaupt nichts anhaben, ich kann also beruhigt sein.

Das weiß der Kommissar natürlich auch, und genau das macht ihn so wütend.

Es bleibt mir nichts übrig, als eine neue Geschichte zu erfinden, wobei es mir ziemlich egal ist, ob der Kommissar sie glaubt oder nicht.

Ich bekenne daher reumütig, dass ich schon meiner Freundin gegenüber einen falschen Namen angegeben hätte, da ich zu Hause verheiratet sei. Ich hieße nicht

Peter Kramer und wohne auch nicht in Freiburg, sondern sei ein russischer Emigrant aus Heidelberg mit Namen Boris Godunow.

Der Kommissar, in Musik wohl nicht sehr bewandert, schluckt vorerst meine Geschichte.

Beim Hinausgehen lässt er es sich jedoch nicht nehmen, mir zu drohen, dass ich ihn kennenlernen würde, wenn ich wieder gelogen hätte.

Da ich ihn ja nun schon kenne, macht diese Drohung wenig Eindruck auf mich.

Kurz nach dem Mittagessen kommt Nadine. Sie sieht toll aus. Sie trägt einen ledernen Motorradanzug, der ihre Figur stark betont.

Die Freunde sind bereits in der Stadt. Sie sind alle mitgekommen, Pierre, Jean, Gérard, Louis und Michelle und sogar Philippe, und zwar in einem alten Auto und mit zwei Motorrädern.

Es hatte keine Schwierigkeiten gegeben, sie zur Mithilfe zu überreden. Obwohl sie den Sinn der Aktion nicht einsahen, waren sie bereit, mir einen Gefallen zu tun. Nadine hatte eine Menge Überzeugungsarbeit geleistet.

Wir verbringen den Nachmittag und den Abend zusammen. Nadine hält meine freien Fingerspitzen. Ich fühle mich wohl.

Die Schmerzen spüre ich kaum, solange sie da ist.

Dann bereite ich sie auf das Kommende vor.

»Du wirst heute Nacht einige merkwürdige Dinge zu sehen bekommen. Aber sei unbesorgt. Es wird dir und mir nichts geschehen. Vertraue mir und tue bitte alles genau so, wie ich es sage.«

Sie verspricht es, bevor sie geht.

Die Nachtschwester kommt heute schon um zehn Uhr. Das bringt unseren Plan durcheinander. Sie muss unbedingt kurz vor meinem Verschwinden noch in meinem Zimmer gewesen sein.

Um diese Zeit ist es in den Fluren auch noch viel zu belebt.

Sie schiebt mir Tabletten in den Mund und kontrolliert die Apparate.

In einem unbeobachteten Moment spucke ich die Pillen wieder aus. Vermutlich sind auch Schlaftabletten dabei. Die kann ich nun überhaupt nicht gebrauchen.

Dann geht sie.

Ich rufe sie zurück und suche fieberhaft nach einer Möglichkeit, die sie veranlassen könnte, später noch einmal hereinzuschauen. Verdammt, warum fällt mir nichts ein! Sie kommt bis dicht an mein Bett und beugt sich herunter. Es vergehen einige Sekunden, die mir unendlich lang vorkommen. Sie will sich kopfschüttelnd wieder abwenden, als ich endlich den rettenden Einfall habe.

Mit meinem schlechten Französisch bitte ich sie, die Fensterklappe noch offen zu lassen, ich könne sonst so schlecht einschlafen. Aber so etwa gegen halb zwölf möchte sie es doch bitte schließen. Sie hat mich verstanden und nickt. Dann geht sie endgültig.

Puh, das war knapp, manchmal scheitern doch Pläne an kleinen Nebensächlichkeiten!

Das Warten zieht sich hin. Mir gehen lauter „Was-Wäre-Wenn-Fragen" durch den Kopf und ich zähle die Sekunden.

Zwischendurch nehme ich Kontakt zu Selena auf und sage ihr, dass Nadine wohl vorerst mit an Bord kommen muss. Sie hat keine Einwände.

Dann endlich geht die Tür auf und die Nachtschwester kommt, um das Fenster zu schließen. Sie ist erstaunt, mich noch wach vorzufinden und macht eine Bemerkung dazu. Ich lächle sie an und tue so, als ob ich nichts verstanden hätte.

Fünf Minuten später kommt die Nachricht von Selena, dass das kleine Insekt seine Arbeit getan hat. Kurz darauf geht die Tür auf und Nadine hastet mit Pierre und Gérard ins Zimmer. Der eine hält die Tür auf und, ohne ein Wort zu sagen, schieben sie mich auf den Flur.

Es ist kein Mensch zu sehen.

In der Fahrstuhltür steht Michelle und verhindert, dass sich die automatischen Türen schließen.

Wir sind kaum drin, als ich rufe.

»Nadine, die Armbanduhr!«

Nadine schlüpft durch die sich schließende Fahrstuhltür zurück in den Flur und ruft über die Schulter.

»Ich komme nach! Fahrt runter!«

Dann geht es nach unten. Keiner sagt etwas, aber ich spüre, dass alle furchtbar aufgeregt sind.

Die Eingangshalle ist bis auf einen jungen Mann, der an der Pförtnerloge lehnt, leer. Es ist Jean.

Er eilt zu uns und hilft mit, das schwere Krankenbett durch die Eingangstür zu dirigieren. Vor dem Eingang stehen Claude und Philippe und haben Wache gehalten. Sie fassen mit an, um das Bett vom Kiesweg auf den Rasen zu bekommen. Im Gras haben sie alle Mühe mich voran zu bringen. Das Bett rollt hier kaum. Vor uns ist ein Gebüsch.

»Los, hinter die Büsche! Man darf das Bett vom Eingang aus nicht sehen!«

Dann kommt Nadine über den Rasen gehetzt. Sie hat die Uhr.

»Los, haut ab! Man hat mich oben gesehen! Ich kümmere mich um ihn«, ruft sie völlig außer Atem.

Und zu mir gewandt: »Der diensttuende Arzt hat mich im Fahrstuhl verschwinden sehen und hat noch etwas hinterhergerufen, aber ich hab's nicht mehr verstanden!«

Dann verschwimmt die Wirklichkeit.

Nadine schaut mich entsetzt an.

Das Schiff hat uns in seine Tarnung aufgesogen.

Selena hat die Schwerkraft im Schiff auf ein Minimum reduziert. Daher bereitet es den beiden kleinen Robotern keine Mühe, mich in den Raum zu bugsieren, der mich schon einmal aufgenommen hat, als ich das Schiff lenken lernte. Der ›Sessel‹ von damals hat einer Liege Platz gemacht, auf der ich wie ein Brot im Ofen abgelegt werde.

Nadine folgt unsicher, da sie Schwierigkeiten hat, mit der verminderten Schwerkraft zurechtzukommen, aber sie sagt kein Wort. Erst als die Tür sich schließt und Selena wieder normale Schwerkraft herstellt, ruft sie: »Wir müssen weg, die haben mich gesehen!«

»Nadine, wir sind schon weg«, beruhige ich sie.

Sie schaut mich nur groß an und kriegt nur noch ein »Oh« heraus. Doch dann kann sie nicht mehr an sich halten.

»Florian, wer bist du? Bist du ein Außerirdischer?«

»Nein«, versuche ich sie zu beruhigen, »ich bin ein Mensch, genauso wie du. Wenn ich das nicht wäre, hätten das die Ärzte spätestens bei den Operationen gemerkt.

Aber das Schiff ist nicht von der Erde. Doch du kannst beruhigt sein. Auf dem Schiff gibt es außer uns beiden kein lebendiges Wesen. Die beiden kleinen Roboter, die mich hier herauf gebracht haben, sind Teil des Schiffscomputers. Er hat das Ganze bewerkstelligt. Aber wir haben jetzt keine Zeit für weitere Erklärungen, du musst wieder hinaus.«

»Warum?«

»Weil man dich gesehen hat. Wir verschaffen dir ein absolut sicheres Alibi. Dann wird der Arzt zugeben müssen, dass er sich geirrt hat. Wir sind jetzt sechzig Kilometer weit weg über dem kleinen Ort am Atlantik, in dem wir uns damals begegnet sind, und es sind gerade fünf Minuten vergangen. Wir lassen dich hier raus und du meldest dich sofort bei der Polizei hier im Ort. Sag ihnen, dass man dir auf der Promenade dein Geld gestohlen hat. Mach eine Anzeige und, wenn sie das nicht aufnehmen wollen, mach so viel Wirbel, dass sie dich und die Uhrzeit in genauer Erinnerung behalten. Lege ihnen möglichst deinen Ausweis vor. Es ist übrigens gar nicht so schlecht, dass der diensttuende Arzt aufmerksam wurde. So können sie noch genauer den Zeitpunkt meiner Flucht bestimmen. Und du kannst ja nach menschlichem Ermessen nicht im Krankenhaus der Stadt gewesen sein und zehn Minuten später hier im Ort.«

Ich muss grinsen, soweit es der Verband zulässt.

»Ich möchte das Gesicht des Kommissars sehen, wenn seine eigenen Kollegen dir ein Alibi geben.«

»Und was ist mit dir«, fragt Nadine besorgt.

»Der Computer hat Möglichkeiten, die mir wahrscheinlich wieder auf die Beine helfen werden. Ich nehme sofort Verbindung zu dir auf, wenn ich wieder okay bin. Das wird vermutlich ein paar Wochen dauern. Dann ist dein Urlaub zu Ende, daher musst du mir deine Adresse geben.«

Nadine schreibt mir ihre Adresse hastig auf einen kleinen Zettel, gibt mir einen zärtlichen Kuss und verschwindet nach draußen.

»Okay«, wende ich mich an Selena, »dann sieh zu, dass du meinen Körper wieder zusammenflickst! Und sollten dabei ein paar Verbesserungen herausspringen, die bei der Evolution schlicht vergessen wurden, so werde ich mich nicht beschweren.«

UPDATE

Drei Wochen sind vergangen und ich bin wieder fit.

Wobei ›fit‹ maßlos untertrieben ist. Selena hat mich nicht nur wieder hingekriegt, sie hat auch etliche alten ›Fehler‹ ausgebügelt und tatsächlich verschiedene Korrekturen vorgenommen. Wobei die Operation, wie ich sie einmal nennen will, nur die wenigste Zeit in Anspruch genommen hat. Der größte Zeitanteil fiel auf das erneute Lernen sämtlicher Bewegungen meines ›neuen‹ Körpers. Ich musste sogar neu gehen lernen.

Als erstes hatte ich mich im Spiegel betrachtet und war mit dem Ergebnis zufrieden. Äußerlich war kaum eine Veränderung wahrzunehmen, außer, dass alle Muskeln sehr viel straffer waren, sämtliche Zähne waren wieder meine eigenen und auf die Lesebrille konnte ich nun verzichten.

Verschiedene Tests hatten gezeigt, dass meine Gliedmaßen ungeheuer leistungsfähig geworden sind, Bei olympischen Spielen hätte ich die Goldmedaillen nur so abgestaubt und meine Reaktionszeiten übertrafen um ein Vielfaches die eines normalen Menschen. Trotzdem fühlte ich mich nicht als ein Monstrum, Selena hatte nur die mir gegebenen Möglichkeiten verbessert, hatte aber keine neuen Gelenke oder dergleichen geschaffen.

Selena erklärte mir, das ein Adrenalinausstoß in meinem Gehirn bewirken würde, dass ich meine Umgebung in Zeitlupe wahrnehmen könnte, wobei meine Reaktionen aber für mich in Normalzeit ablaufen würden. Damit könnte ich im Notfall einem abgeschossenen Pfeil ausweichen und sogar einer Gewehrkugel, allerdings nur, wenn der Abschuss weit genug entfernt wäre und ich ihn sehen würde, da Gewehrkugeln sich üblicherweise schneller als der Schall bewegen.

Ich war beeindruckt. Allerdings verspürte ich nicht die geringste Lust, dergleichen auszuprobieren.

Selena hat mich nun soweit wieder hergestellt, dass ich jetzt das tun kann, worauf ich drei Wochen lang sehnlichst gewartet habe, nämlich Nadine wiedersehen.

Noch vor ein paar Wochen hätte ich nicht geglaubt, dass mir eine Frau jemals wieder so viel bedeuten würde, hatte ich doch vor gar nicht langer Zeit vom weiblichen Geschlecht die Nase gestrichen voll. Dazu hatte vor allem meine Exfrau Sylvia beigetragen.

Es scheint so, als ob ich wieder richtig verliebt bin. Wobei ich mir allerdings nicht ganz sicher bin, wie weit Nadines Zuneigung zu mir geht.

War es nur Mitleid oder bedeutete ich ihr mehr? Schließlich ist sie jünger als ich. Verständlich, dass ich mit erheblichem Herzklopfen der Begegnung entgegensehe.

Es ist dunkel geworden und ich lande in einem Park in einem Außenbezirk von Straßburg, Nadines Heimatstadt. Es ist unproblematischer bei Dunkelheit zu landen, das Schiff muss weniger Licht absorbieren beziehungsweise umleiten. Insbesondere das Umleiten erfordert einen ziemlich großen Energieaufwand.

Ich habe mir neue Kleidung besorgt, die leicht und warm ist. Zudem habe ich mir den Weg zu Nadines Wohnung auf einem Stadtplan vorher genau eingeprägt.

Nach etwa zehn Minuten Fußmarsch stehe ich vor einem wenig einladenden Appartementhaus aus den sechziger Jahren des vorigen Jahrhunderts mit einer endlosen Reihe von Klingelknöpfen. Zu den einzelnen Wohnungen führen offene Laubengänge vom Treppenhaus ausgehend. Ich spüre mein Herz im Hals klopfen, als ich die Klingel betätige.

Verzerrt durch die schlechte Gegensprechanlage höre ich Nadines Stimme.

»Ich bin's, Florian!«

Dann vernehme ich einen freudigen Aufschrei.

»Komm' schnell, dritter Stock, ganz auf der linken Seite«, höre ich aus der Gegensprechanlage. Dann geht der Türsummer. Ich warte nicht auf den Fahrstuhl sondern laufe die Treppen hinauf, mit jedem Schritt zwei Stufen nehmend.

In der offenen Tür, beleuchtet vom Licht, das hinter ihr aus der Wohnung fällt, steht Nadine.

Als sie mich sieht, läuft sie auf mich zu und ich schließe sie in die Arme.

Wir halten uns ganz fest und küssen uns lange und innig. Ich habe das Gefühl, als ob ein Teil von mir zu mir zurückgekommene ist.

»Nicht so fest, du erdrückst mich ja«, japst sie nach einiger Zeit.

Oh verdammt, ich muss mit meinen neuen Kräften vorsichtig sein. Ich habe mich wohl doch noch nicht so ganz daran gewöhnt.

Nadine nimmt meine Hand und zieht mich in die Wohnung. Dann hält sie mich mit beiden Händen ausgestreckt vor sich und betrachtet mich.

»Bist du wieder völlig okay? Alles wieder in Ordnung?«

»Ich bin so fit wie nie zuvor«, sage ich und nehme sie, diesmal etwas vorsichtiger, wieder in die Arme.

»Ich glaube, ich liebe dich wahnsinnig.«

»Ja«, sagt Nadine und drückt ihren jungen Körper an meinen.

»Ich begehre dich, wie ich noch nie einen Menschen begehrt habe.«

»Ja«, sagt Nadine und fängt an mein Hemd aufzuknöpfen.

»Du weißt gar nicht, wie ich mich danach gesehnt habe, dich zu berühren.«

»Doch«, sagt Nadine und lässt ihr letztes Kleidungsstück auf den Boden fallen.

»Ich möchte jeden Zentimeter deiner Haut auf meinen Lippen spüren.«

»Tue es«, sagt Nadine und zieht mich auf ihr Sofa.

»Ich glaube, ich will nie wieder etwas Anderes tun, als dich zu lieben.»

»Tue nie wieder etwas Anderes», sagt Nadine.

Wir lieben uns.

Wir können gar nicht anders.

Die ganze Nacht hindurch.

Gegen Morgen fallen wir in einen tiefen, aber zu kurzen Schlaf.

Nadine muss zur Arbeit. Sie arbeitet als Simultan-übersetzerin und Fremdsprachen-Korrespondentin bei einer europäischen Behörde.

Als sie Slip und Hose anziehen will, verzieht sie schmerzhaft das Gesicht.

»Mein Gott, ich kann keinen Slip und keine Hose anziehen, es ist alles wund. Wie soll ich mit dem Motorrad zur Arbeit fahren?«

Sie schaut mich schelmisch an.

»Ich hoffe, dass es dir auch nicht besser geht!«

Es geht mir auch nicht besser.

Ganz vorsichtig schlüpft sie in Slip und Hose und macht unter leichtem Stöhnen breitbeinig ein paar Schritte.

»Wenn man erst drin ist, geht es; aber ich glaube, ich bekomme die Beine nie wieder zusammen«, lacht sie verschmitzt und stakst durch die Wohnung.

Wir verabschieden uns zärtlich voneinander und bevor sie geht, drückt sie mir eine drei Wochen alte französische Zeitung in die Hand.

»Hier! Die habe ich für dich aufbewahrt. Da steht alles über deine Flucht aus dem Krankenhaus drin. Alles andere erzähle ich dir heute Abend.«

Also vertiefe ich mich in die Zeitung. Ich habe keine Mühe, die französische Zeitung zu lesen. Das wundert mich.

In der Zeitung steht nur eine relativ kurze Notiz.

Mysteriöses Verschwinden aus dem Krankenhaus
Gestern Abend verschwand ein Schwerverletzter spurlos aus dem städtischen Krankenhaus in Bayonne. Die Polizei steht vor

einem Rätsel. Es handelte sich um einen etwa 30 bis 35-jährigen Deutschen, der völlig bewegungsunfähig im Gipstorso lag. Der Mann hatte der Polizei falschen Namen und Adresse angegeben. Ungeklärt ist, ob der Unbekannte entführt wurde oder sein Verschwinden arrangiert war. Dem Vernehmen nach soll die Polizei eine Verhaftung vorgenommen haben, eine junge Frau, die sich als Freundin des Verschwundenen ausgegeben haben soll. Der diensttuende Arzt glaubte, sie zum Zeitpunkt des Verschwindens gesehen zu haben. Sie wurde jedoch wieder auf freien Fuß gesetzt, da kein Tatverdacht bestand. Sowohl Nachtschwester als auch Portier können sich an nichts erinnern.

Das leere Krankenbett wurde auf dem Rasen vor dem Krankenhaus gefunden.

Es war alles wie geplant gelaufen.

Ich verbringe den Tag mit Warten und fühle mich sehr wohl dabei. Ich genieße es, mich in Nadines Wohnung aufzuhalten. Alles hier riecht nach ihr.

Kurz bevor ich mit ihrer Rückkehr rechne, mache ich uns etwas zu essen. Dann kommt sie.

Sie schließt die Tür auf und wir nehmen uns zärtlich in die Arme.

Beim Essen erzählt sie von ihrer Verhaftung. Gleich am nächsten Morgen seien sie gekommen und hätten sie ohne ein Wort zu erklären mitgenommen. Man hatte sie in die Stadt gebracht und fast drei Stunden in einer Zelle sitzen lassen. Dann wurde sie zum Verhör geführt. Der Kommissar glaubte ihr kein Wort, da er die Aussage des Arztes vorliegen hatte. Nur widerwillig hatte er das Telefon zur Hand genommen und sich bei seinen Kollegen erkundigt. Als die Nadines Aussage bestätigen mussten, wurde er stinksauer. Er misstraute ihr, musste sie aber gehen lassen. Ein paar Tage später hatte man sie noch einmal geholt, um sie wiederholt über mich auszuquetschen. Da sie aber bei ihrer bisherigen Aussage blieb, nämlich mich erst kennengelernt zu haben und sonst nichts über mich wüsste, musste man sie wiederum gehen lassen.

Die Freunde wollten natürlich wissen, wie wir es geschafft hatten, zu verschwinden. Sie hatte denen gesagt, dass ich vom Geheimdienst wäre und dass sie nichts verraten dürfe. Und das hat sie dann auch nicht getan, obwohl insbesondere Michelle ganz furchtbar gedrängt hatte.

Dann war ihr Urlaub zu Ende und sie waren alle heimgefahren.

Nach dem Essen lieben wir uns wieder, aber diesmal wie ein Igelpärchen; ganz, ganz vorsichtig. Es bleibt uns auch gar nichts anderes übrig.

Dann erzähle ich Nadine die ganze Geschichte mit dem Raumschiff. Sie ist fasziniert und begeistert. Am liebsten möchte sie jetzt gleich mit mir ins Schiff, aber wir sind beide zu müde und schlafen eng aneinander gekuschelt ein.

Es ist Samstag und wir haben ein langes Wochenende und eine ganze Woche vor uns, denn Nadine hat frei genommen. Nach einem verliebten Frühstück fahren wir mit dem Bus weit aus der Stadt heraus und suchen ein einsames Plätzchen, wo wir ohne Aufsehen zu erregen, das Schiff besteigen können. Die Lichtung eines kleinen Wäldchens erscheint uns geeignet. Wir vergewissern uns, dass keine Menschenseele in der Nähe ist. Dann nehme ich Kontakt zu Selena auf. Kurz darauf landet das Raumschiff bei voller Tarnung. Das Schiff wird für einen kurzen Moment sichtbar, der ausreicht, dass wir an Bord gehen können. Es vergeht keine Minute und wir sind bereits auf dem Weg ins All.

Wir verbringen zwei traumhaft schöne Tage und Nächte miteinander. Ich mache Nadine mit dem Schiff und mit Selena vertraut. Selena bringt uns beide ziemlich durcheinander, denn jedes Mal, wenn sie mit Nadine spricht, ertönt eine angenehme, und wie Nadine sagt, sehr erotisch wirkende Männerstimme, mir gegenüber behält sie ihre betörend weiblich klingende Stimme bei. Wir einigen uns bald darauf, dass der Schiffscomputer weiterhin mit einer etwas neutraleren weiblichen Stimme reden soll. Er behält auch für uns beide den von mir gewählten Namen.

Wir sind das erste Liebespaar, das einen richtigen Mondspaziergang macht. Der eng anliegende Raumanzug bringt Nadines perfekte weibliche Formen deutlich zur Geltung. Gesicht und Haar sind zwar durch den von außen undurchsichtigen Helm verdeckt, aber der Anzug sitzt wie eine zweite Haut auf ihrem Körper. Wir laufen über die staubige Mondebene und hüpfen wie die Verrückten immer wieder in die Höhe. Durch die verminderte Schwerkraft bringen wir es zu beachtlichen Sprüngen. Dann kehren wir erschöpft zum Schiff zurück, liegen im Wohnraum und haben alle »Fenster-Monitoren« eingeschaltet. Wir begeistern uns an dem klaren Sternenhimmel und dem Anblick der über dem

Mondhorizont aufgehenden Erde und lieben uns bei geringer Schwerkraft. Das ist eine ganz neue und aufregende Erfahrung. Wir versuchen es auch bei völliger Schwerelosigkeit, aber dabei wirbeln wir nur so durch den Raum und stoßen dabei an allen Ecken und Enden an, dass wir bald mit blauen Flecken übersät sind.

Schließlich beschließen wir, zu mir nach Hause zu fliegen. Es wird Zeit, dass ich mich mal wieder bei meinen Bekannten melde.

Zu Hause erwartet mich eine unangenehme Überraschung.

Ich bin pleite.

Der Briefkasten ist voller unbezahlter Rechnungen und Mahnungen und mein Konto ist restlos überzogen.

Na ja, so schlimm ist es noch nicht, ich habe ja immer noch das Haus und könnte leicht eine Hypothek aufnehmen. Aber ich komme nicht darum herum, mir Gedanken darüber zu machen, wie es weitergehen soll.

Nadine und ich sind uns einig, dass wir unser »Geheimnis« vor der Öffentlichkeit bewahren wollen. Wir können uns gut ausmalen, was passieren würde, wenn es bekannt würde. Sämtliche Geheimdienste der Welt wären wie der Teufel hinter uns her, um an die technischen Möglichkeiten des Schiffes zu kommen.

Doch dann geschieht etwas, das alle unsere Überlegungen zunichtemacht.

Rettung

Wir sitzen beide gemütlich auf dem Sofa und schauen uns die Abendnachrichten im Fernsehen an. Dann kommt eine Meldung, die uns beide schlagartig kerzengerade vor dem Bildschirm sitzen lässt.

Ein amerikanischer Shuttle ist auf dem Weg zur Raumstation von einem Meteor getroffen worden. Der Meteor hat zwar die Kabine mit drei Besatzungsmitgliedern unversehrt gelassen, aber der Raumgleiter ist nicht mehr manövrierfähig und es wurden wichtige Versorgungsleitungen zerstört. Der Raketenantrieb, der auf vollen Schub geschaltet war, lässt sich nicht abstellen. Der Shuttle schießt mit zunehmender Geschwindigkeit aus dem Schwerkraftfeld der Erde hinaus. Man hat bereits berechnet, dass zu dem Zeitpunkt, an dem der Treibstoff verbrannt sein wird, die Geschwindigkeit so hoch ist, dass das Raumfahrzeug eine Bahn im interplanetarischen Raum ziehen wird. Doch durch die Beschädigung der Versorgungseinrichtungen reicht der Sauerstoffvorrat für die drei Männer nur noch für etwa acht Stunden, davon sind bis zur jetzigen Sendung bereits sechs vergangen.

Dann werden Bilder der drei Astronauten in ihrem Shuttle gezeigt: Peter Young, 32 Jahre, verheiratet, zwei Kinder, James Scott, 28 Jahre, ledig und John Lammert, 40 Jahre, verheiratet und drei Kinder.

Alle drei sehen sehr gefasst aus.

Sie wissen, dass sie keine Chance haben.

Die Bodenstation beauftragt sie mit Arbeiten im Shuttle und ein Psychologe betreut sie über Bild und Ton.

Dann werden Bilder der Ehefrauen, der Freundin von Scott und der Kinder gezeigt.

Nadine und ich sehen uns an. Wir denken beide dasselbe.

Ohne ein Wort zu sagen, rennen wir ins Raumschiff.

Selena hat Bedenken.

»Erstens ist diese Aktion schwieriger als die berühmte Suche nach der Nadel im Heuhaufen. Habt ihr eine Vorstellung von der Größe des abzusuchenden Raumes? Und wenn wir sie wirklich finden, dann setzt ihr eure Tarnung aufs Spiel. Ist euch klar, was alles passieren kann, wenn die Existenz des Raumschiffs bekannt wird? Außerdem sterben auf der Erde täglich Hunderttausende, die könnt ihr auch nicht alle retten.«

Aber wir haben die fünf Kinder der Astronauten vor Augen und entschließen uns zur Rettungsaktion. Ich habe auch schon einen Plan, wie wir uns aus der ganzen Aktion einigermaßen heraushalten können. Ob es allerdings so klappt, wird sich zeigen. Ich bin da durchaus nicht sicher.

Auf dem Flug in den Orbit, versucht Selena die Funkfrequenz des havarierten Gleiters zu finden. Das gelingt ihr in relativ kurzer Zeit. Damit besteht der Heuhaufen nur noch aus ein paar Halmen, denn nun bereitet es uns keine Schwierigkeit, den Shuttle anzupeilen.

Es geht darum, bis auf einige zehn Kilometer heranzukommen und dann aus der Tarnung aufzutauchen. Es muss für die drei Männer so aussehen, als ob wir uns ihnen mit nur wenig größerer Geschwindigkeit als ihrer eigenen nähern.

Kurz vor unserem Auftauchen, haben wir uns in ihr Kommunikationssystem eingeschaltet. Wir haben sowohl die Bodenstation als auch die drei Besatzungsmitglieder auf unseren Schirmen. Gespannt warten wir auf ihre Reaktion.

Die drei Männer arbeiten schweigend an irgendwelchen Geräten in ihrer Kapsel. Alle paar Sekunden murmelt James Scott das Wort »Scheiße« vor sich hin. Schließlich haut er mit der flachen Hand auf eine Strebe.

»Ach, Scheiße, was soll's. Wir haben noch eine halbe Stunde zu leben und machen hier irgendwelchen Mist, der keinen Sinn und Verstand hat!«

John Lammert unterbricht seine Arbeit und wendet sich ihm zu.

»Immer noch besser als vor lauter Grübeln den Verstand verlieren. Ich möchte jedenfalls bei Verstand sein, wenn ich sterbe. Außerdem sind wir im Moment so etwas wie Versuchskaninchen für die da unten. Die beobachten uns doch, wie wir uns im Angesicht des nahen Todes verhalten. Ich jedenfalls will in Würde sterben.«

Peter Young hält die Verbindung mit dem Raumfahrtzentrum auf der Erde aufrecht. Er unterhält sich mit einem Priester über Gott und den Sinn des Lebens.

Scott zuckt die Schultern und wendet sich ab. Er lässt sich in der Kabine herum trudeln.

Er sieht uns als erster und schreit los.

»Was ist das für ein heller Stern?«

Die anderen beiden kommen an sein Sichtfenster. Sie sehen uns bisher nur als einen hellen Punkt, der aber schnell größer wird.

Lammert stöhnt.

»Das muss noch ein Meteor sein, und der ist auf Kollisionskurs, wenn mich nicht alles täuscht. Na, dann ist vielleicht alles ganz schnell zu Ende.«

In der Bodenstation sind die Leute von ihren Sitzen aufgesprungen. Young hat die Kamera in der Hand und richtet sie in unsere Richtung. Auf einem unserer Schirme sehen wir unsere eigene Annäherung.

Und wieder ist es Scott, der als erster den Irrtum von Lammert erkennt.

»Das ist kein Meteor, das ist künstlich. Das ist rund! Eine Kugel!«

Alle drei Astronauten quetschen ihre Gesichter von innen gegen Scotts Sichtluke.

Im amerikanischen Raumfahrtzentrum herrscht das Chaos. Alle schreien durcheinander, so dass man kein einzelnes Wort verstehen kann. Leute rennen durch den Verbindungsraum, andere hängen vor den Bildschirmen. Dann setzt sich eine Stimme durch.

»Los Young, halte die Kamera auf das Objekt und du, Scott, berichte alles, was du sehen kannst.«

»Das ist ein Raumschiff, es ist jetzt nur noch etwa 100 Meter von uns entfernt, aber es hat keine Fenster oder Luken oder so was. Ist das von den Russen?«

»Nein, so ein Ding haben die nicht, und von uns ist das auch nicht«, kommt es von der Bodenstation. »Das ist nicht von der Erde!«

»Jetzt ist es dicht neben uns, etwa zwanzig Meter. Mein Gott, da ist jemand draußen! Aber ich habe keine Öffnung gesehen!«

»Wahrscheinlich ist der Ausstieg auf der uns abgewandten Seite«, mischt sich Lammert ein.

»Ich werd’ verrückt«, schreit Scott ins Mikrofon, »seht ihr auch, was ich sehe! Oder hab’ ich schon Halluzinationen! Das ist eine Frau!!

UND NACKT!!

– Nein, nicht nackt, das ist ein ganz enger Anzug, und der Kopf ist ’ne Kugel.

Mensch, hat die einen Körper!

Die kommt auf uns zu! An unsere Luke!

Wie kann die da draußen am Leben bleiben? Die hat keine Sauerstofftanks oder so etwas Ähnliches!«

»Ich glaube, wir sind die ersten Menschen, die in diesem Augenblick Kontakt zu Außerirdischen herstellen«, wirft wieder Lammert mit einem Beben in der Stimme ein.

Der Lärm in der Bodenstation ist einer absoluten Stille gewichen. Die Wissenschaftler und Techniker hängen wie Trauben vor den Bildschirmen und lauschen atemlos dem Worten der Astronauten aus dem All. Hinter den großen Fenstern des Kommunikationsraumes sieht man Leute hektisch telefonieren.

Scotts Stimme dröhnt in die Stille.

»Sie macht uns Zeichen. Wir sollen rauskommen und in ihr Raumschiff überwechseln!«

Es gibt eine Diskussion mit der Bodenstation über mögliche Folgen des Umsteigens. Lammert beendet die Gespräche mit der lakonischen Bemerkung.

»Es bleibt uns gar nichts anderes übrig. Wenn wir nicht sterben wollen, haben wir keine andere Wahl.«

Während die drei Männer in ihre unförmigen Raumanzüge steigen, bekommt Young die Anweisung, unbedingt die Kamera mitzunehmen und solange zu filmen, wie noch eine Verbindung zum Sender im Shuttle besteht.

Es dauert fast zwanzig Minuten, bis alle drei Astronauten durch die geöffnete Luke ihr Fahrzeug verlassen haben. Nadine hat inzwischen eine Verbindungsleine zum Shuttle gespannt, an der sich die Männer zu uns herüberhangeln können. Dann gibt sie Young Zeichen die Kamera fortzuwerfen. Er zögert erst, befolgt dann aber ihren Befehl und die Kamera trudelt in der Leere davon.

Im Erdkontrollraum fluchen einige vor sich hin als sie nur einen sich drehenden Sternenhimmel auf ihren Monitoren haben.

Wir hätten natürlich alles einfacher bewerkstelligen können. Wir hätten uns ohne weiteres in ihr Kommunikationssystem einschalten und mit ihnen reden können, auch die Leine war völlig überflüssig. Durch Einschaltung einer sehr schwachen Gravitation wären sie einfach zu uns herüber gefallen, aber wir wollen so wenig wie möglich von unseren technischen Fähigkeiten preisgeben.

Die Männer sind sehr verblüfft, als sie einfach durch unsere Wand hindurch in die Schleuse gleiten. Unsere

Anzüge habe ich vorsichtshalber aus dem Raum entfernt. Dann bedeutet Nadine ihnen, dass sie ihre Anzüge ausziehen sollen. Sie zögern, dann schraubt Lammert als Erster den Helm auf. Ihm ist klar geworden, dass sein Luftvorrat sowieso nicht mehr lange gereicht hätte.

Nachdem seine beiden Gefährten gesehen haben, dass er tief durchatmet, ohne dass ihm etwas geschieht, steigen auch sie aus ihren klobigen Anzügen.

Nadine behält ihren Raumanzug an und führt die Männer in einen der kleinen Schlafräume, der mit einem Tisch, zwei Sitzen und zwei Schlafkojen ausgestattet ist.

Young platzt heraus. »Das glaubt uns keiner, die haben hier sogar Schwerkraft und die Einrichtung ist wie gemacht für uns. Guck dir 'mal die Liegen an. Genau unsere Länge!«

»Und dann diese Frau«, kann Scott nicht an sich halten, »ein Wahnsinnskörper!«

»Warte ab, wie sie unter der Kugel aussieht«, stichelt Lammert, »vielleicht hat sie ein Stielauge, ein Fischmaul, Schuppen im Gesicht und atmet durch Kiemen.«

»Das glaub' ich nicht«, antwortet Scott, »hier ist doch eine Sauerstoffatmosphäre, die atmet nicht durch Kiemen.«

»Warum hat sie dann die Kugel um den Kopf, das ist doch bestimmt ein Helm«, kontert Lammert, »die Atmosphäre haben sie vielleicht nur hier für uns gemacht.«

Nun mischt sich auch Young ein.

»Das ist alles Quatsch, was ihr da redet. Wenn sie eine Außerirdische ist, und das hat den Anschein, und ihr Körper so aussieht, wie ein menschlicher Körper, muss auf ihrem Heimatplaneten die Evolution ähnlich wie bei uns abgelaufen sein. Dann muss sie auch im Gesicht sehr menschenähnlich aussehen. Vielleicht ist es nur geringfügig anders, aber dadurch für uns abschreckend. Möglicherweise weiß sie das, und zeigt sich mit Rücksicht auf uns nicht. Oder ihre Atmosphäre hat eine etwas abweichende Zusammensetzung und ihr würde bei unserer Luft schlecht werden. Schließlich sind wir es ja gewohnt, einen ganz schönen Dreck einzuatmen, bei unserer Luftverschmutzung auf der Erde. Mag ja auch sein, dass sie sich vor unseren Viren und Bakterien schützen will. Jedenfalls sag ich euch eins: Die sieht genauso aus wie wir, und vermutlich wird sie sogar verdammt hübsch aussehen, wenn ihr Gesicht so ist wie ihr Körper.«

Wie Recht er doch hat!

»Ich bin verdammt gespannt, was sie mit uns vorhat. Ob sie uns zurückbringen wird? Übrigens, wo ist unsere Schöne denn geblieben?«

Nadine hat die Astronauten unbemerkt verlassen und kommt zu mir in den Kommandoraum.

Ich habe die Kabine unserer Gäste auf dem Monitor und kann verfolgen, was sie tun und sagen. Auf dem anderen Monitor ist immer noch die Bodenkontrollstation zu sehen. Man hält die Verbindung zum leeren Shuttle weiterhin aufrecht. Es herrscht allgemeine Ratlosigkeit. Wir belassen sie in ihrem Rätselraten und widmen uns unseren Passagieren. Mit Selenas Stimme wende ich mich an sie.

»Willkommen an Bord, meine Herren. Ich hoffe, Sie fühlen sich einigermaßen wohl. Leider haben wir nur zwei Schlafmöglichkeiten für Sie zur Verfügung (das stimmt zwar nicht), sodass einer von Ihnen jeweils wachen muss. Das wird Ihnen sicherlich recht sein. Sie können Ihren Raum verlassen und finden gegenüber eine Toilette. Alle anderen Räume können Sie nicht betreten.

Sie werden von uns zur Erde zurückgebracht. Und zwar werden Sie in zwei Tagen, also Dienstag gegen 22 Uhr Ortszeit, in Ihrem Raumfahrthafen eintreffen. Sie brauchen keine Sorge um Ihr Überleben zu haben, Sie werden mit Nahrung und Trinken versorgt werden. Sie werden von jetzt an bis zur Ankunft auf der Erde sich selbst überlassen. Ich wünsche Ihnen eine angenehme Heimreise.«

Ich breche den Kontakt ab. Die drei Männer versuchen noch eine Zeitlang Verbindung mit uns aufzunehmen, indem sie uns immer wieder laut ansprechen, aber wir reagieren nicht. Schließlich geben sie es auf und unterziehen ihren Raum, den Flur und die angrenzende Toilette einer eingehenden Untersuchung. Schließlich legen sich zwei, wie von uns erwartet, in die Kojen während der dritte Wache hält.

Wir fliegen so schnell wie möglich zurück zur Erde und landen spät in der Nacht in Straßburg. Ich lasse Nadine aussteigen. Sie wird die nächsten zwei Tage ganz normal zur Arbeit gehen.

Dann geht es heim, denn auch ich werde die nächsten beiden Tage mein normales Leben aufnehmen und mich bei meinen Bekannten sehen lassen. Das Schiff startet wieder in den Raum, zusammen mit den drei Astronauten, die glauben, sich auf dem Rückweg zur Erde zu befinden.

Militär

Ich nutze die Tage, um mit den Banken über eine Hypothek zu verhandeln, denn ich brauche dringend Geld, damit ich die Rechnungen und die laufenden Kosten für das Haus bezahlen kann.

Es erweist sich als schwieriger, als ich gedacht habe.

Da meine Einnahmen aus den Tantiemen äußerst spärlich fließen, will man mir kein Geld geben.

Erst die fünfte Bank ist bereit, mir zu ziemlich miesen Konditionen mit dem Haus als Sicherheit Geld zur Verfügung zu stellen. Damit sind meine finanziellen Sorgen erst einmal um ein halbes Jahr verschoben.

Irgendwie muss es doch eine Möglichkeit geben, mit Hilfe von Selena an Geld zu kommen. Die Schwierigkeit ist allerdings, dass jede Form von Illegalität nicht in Frage kommt. Es ist auch klar, dass ich die Möglichkeiten, die mir das Raumschiff bietet, nicht für irgendwelche aggressiven persönlichen Zwecke missbrauchen darf. Aber ich brauche Geld, und das möglichst bald.

Am Montagabend habe ich mich mit meinen alten Skatfreunden getroffen und wir redeten bei ein paar kühlen Halben und einigen Schnäpsen über alte Zeiten. Es wurde sehr spät, doch trotz des vielen Alkohol ging ich einigermaßen gerade nach Hause.

Heute Morgen geht es mir blendend, was mich sehr wundert. Eigentlich hätte ich einen verdammt dicken Kopf haben müssen nach dem Alkoholkonsum am letzten Abend. Bisher konnte ich nie viel Alkohol vertragen.

Schon nach fünf Bieren war mir meist speiübel und den nächsten Tag konnte ich vergessen. Vermutlich ist dies auch eine Folge meines Körper-Updates.

Es wird Abend und ich hole Nadine ab. Im Schiff ist alles in Ordnung. Die drei Männer haben abwechselnd geschlafen. Selenas kleine Helfer haben sie mit Essen und Trinken versorgt. Die drei haben mehrfach versucht, Kontakt aufzunehmen. Aber Selena hat keine Reaktion gezeigt.

Nadine und ich machen es uns im Kommandoraum bequem und nehmen mit dem Schiff eine Position im Orbit ein.

Wir schalten uns mühelos in die Raumfahrtzentrale ein, denn die Verbindung zum Shuttle besteht immer noch. Man hofft wohl irgendeine Nachricht zu erhalten.

Dann wenden wir uns an unsere Passagiere. Alle drei zucken zusammen, als Selenas Stimme in ihrem Raum ertönt.

»Meine Herren, Ich hoffe, Sie haben sich gut ausgeruht. Wir werden in etwa zwei Stunden in Ihren Raumfahrtzentrum landen. Sie können dort das Raumschiff verlassen und werden ihre Anzüge mitnehmen. Ich werde Sie dann nach draußen führen.«

Damit beenden wir den Kontakt, schalten unsere Tarnung ab und beobachten die Reaktion der Bodenstation.

Es ist, als ob wir in einen Ameisenhaufen gestochen haben. Die gleichförmige Routine im Kontrollzentrum weicht schlagartig einer unglaublichen Hektik, als die Meldung durchkommt, dass ein unbekanntes Flugobjekt von einem Beobachtungssatelliten geortet worden ist.

Als man unsere Flugbahn berechnet und als wahrscheinliches Ziel die Bodenstation ausgemacht hat, ist das Chaos perfekt.

Wir haben natürlich unsere Geschwindigkeit erheblich gedrosselt und nähern uns im Schneckentempo. Doch was für das Schiff Schneckentempo ist, lässt die Flugingenieure im Kontrollzentrum den Atem anhalten. Nach ihren Berechnungen müssten wir in der Atmosphäre verglühen. Doch dem Material und dem Schutzschirm unseres Schiffes macht die Reibungshitze nicht das Geringste aus. Im Gegenteil, das Schiff nimmt die Reibungsenergie vollständig auf und speichert sie für eigene Zwecke.

Sehr bald hat man uns als das Objekt erkannt, das die drei Raumfahrer aufgenommen hat.

Selena nimmt beim Näherkommen das gesamte Kontrollzentrum sowie seine nähere Umgebung ins Visier. Sie berichtet, dass in aller Hektik militärische Verbände um das Zentrum zusammengezogen werden und in Kürze das ganze Gelände von einem Ring aus schweren Armeehubschraubern umkreist wird. Überall auf dem Boden rennt bewaffnetes Militär durcheinander.

»Was machen wir, wenn sie auf uns schießen?«, fragt Nadine besorgt.

»Wir haben einen Schutzschirm, den sie nicht so ohne weiteres durchbrechen können«, beruhige ich sie. »Außerdem hauen wir dann sofort ab und setzen die drei Astronauten irgendwo aus. Die müssen dann sehen, wie sie zu ihren Leuten kommen.

Aber auf jeden Fall solltest du eine Betäubungswaffe mitnehmen, wenn du die drei nach draußen begleitest.«

Wir haben so etwas an Bord. Es sind kleine handliche Strahler, die Lebewesen bis auf eine Entfernung von etwa 20 Metern für einige Zeit betäuben. Töten können die Strahler nicht. Sollten die da unten allerdings in Schutzanzügen mit Atemgeräten auftauchen, so sehen wir ziemlich alt aus. Aber das werden wir ja sehen. Wir können dann immer noch reagieren.

Also achten wir bei der Landung verstärkt auf Militär in Schutzanzügen.

Wir haben Glück. Das Landegebiet ist zwar hermetisch abgeriegelt, aber wir sehen keine Schutzanzüge.

Selena ist dabei, die Frequenz ausfindig zu machen, auf der das Militär untereinander in Verbindung steht. Es vergeht keine Minute, dann können wir sämtliche militärischen Gespräche und Anweisungen verfolgen. Wir haben auch die Stelle ausgemacht, an der sich die Befehlshaber befinden. Offensichtlich haben Raumfahrttechniker und Wissenschaftler im Augenblick nichts mehr zu sagen. Die ganze Sache ist vom Militär übernommen worden. Uns ist nicht ganz wohl dabei, wissen wir doch, dass das Konfliktpotential beim Militär um ein Vielfaches höher ist, als bei Zivilisten.

Es ist jedoch die strikte Anweisung herausgegeben worden, auf keinen Fall zu schießen. Die Soldaten haben den Befehl erhalten, abzuwarten.

Selena meldet, dass man dabei ist, schweres Geschütz heranzufahren, doch die brauchen noch etwa 20 Minuten bis sie einsatzbereit sind.

Ebenso sind von den umliegenden Basen mit Raketen bestückte Flugzeuge gestartet, aber auch die dürften erst in einiger Zeit bei uns sein.

Während die drei Astronauten sich in Nadines Beisein auf den Ausstieg vorbereiten, lande ich in einem von Hubschraubern und Soldaten freigelassenen Kreis von 500 Metern Durchmesser.

Sie halten respektvoll Abstand.

Dann wird das Schiff von hellen Scheinwerfern angestrahlt.

Ich werfe einen Blick auf den Monitor vom Kommandozentrum. Der befehlshabende Offizier starrt nach draußen auf das Schiff und mahnt seine Leute zur Ruhe. Ihm stehen Schweißperlen in seinem bulligen Gesicht. Er befindet sich in einer Situation, auf die er offenbar nicht vorbereitet ist. Ich hoffe nur, dass er oder seine Leute nicht durchdrehen.

Dann schweben Nadine und die drei Astronauten auf den Boden unter dem Schiff. Nadine hat einen Gürtel mit dem Betäubungsstrahler um ihre Hüften geschnallt und geht vor den drei Männern, die schwer an den jetzt nicht mehr benötigten Anzügen, Sauerstoffflaschen und Helmen tragen. Dann bleibt die Gruppe stehen.

Ich blicke auf den Monitor, auf dem die Befehlshaber zu sehen sind, wie sie die Gruppe mit ihren Feldstechern beobachten. Nadines Auftreten hat die von uns erwartete Wirkung. Beim Anblick ihrer nicht zu übersehenden weiblichen Formen in ihrem engen Raumanzug entspannt sich das bisher verkrampfte Gesicht des Oberbefehlshabers. Die normale menschliche Reaktion, nämlich, dass man auf Frauen nicht schießt, zeigt ihre Wirkung. In seinem Gesicht kämpft offene Bewunderung mit militärischer Härte, die solche Bewunderung nicht zulassen darf.

Immerhin ist die Situation erst einmal entschärft.

Aus dem Ring der umgebenden Menschen löst sich eine Gruppe von fünf Leuten und schreitet langsam auf Nadine und ihre drei Begleiter zu. Ich lasse den Monitor dicht heranzoomen.

Gott sei Dank, es sind Zivilisten.

Selena gibt durch, dass allerdings zwei von ihnen bewaffnet sind. Offenbar Sicherheitsleute. Kurz vor Nadine bleiben sie stehen. Nadine erkennt an dem Verhalten der Männer sofort, wer der Ranghöchste ist, macht drei Schritte auf ihn zu und streckt ihm die Hand entgegen. Etwas verlegen und nervös, wegen ihres provozierenden Anblicks, reicht er ihr ebenfalls die Hand, räuspert sich ein paar Mal und stellt sich vor.

»Ich bin Niclas Brown, der Leiter dieses Raumfahrtzentrums. Diese beiden Herren neben mir sind Regierungsbeauftragte. Seien Sie herzlich willkommen auf der Erde. Wir wissen nicht, wie wir Ihnen für die Rettung unserer Jungs danken können. Ich weiß auch nicht, ob Sie mich verstehen können. Jedenfalls würden wir uns freuen, wenn Sie unser Gast sein würden.«

Er macht eine Geste zu den Gebäuden hin, die seine Worte unterstreichen soll.

In der Zwischenzeit haben die Soldaten einen engeren Kreis um das Schiff und die Gruppe gezogen. Insbesondere haben sich einige von ihnen zwischen der Gruppe und dem Schiff aufgebaut.

Das gefällt mir gar nicht. Man will wohl der Einladung Nachdruck verleihen und, wenn möglich, verhindern, dass die Fremde wieder in ihrem Schiff verschwindet, bevor man sich näher mit ihr befassen kann.

Nur so lassen sich die Befehle der Militärführer interpretieren.

Dann ertönt plötzlich ein Schrei und eine Person läuft aus dem Dunkel von der Seite auf die Gruppe zu. Nadine erschrickt und dreht sich zu der Person hin. Dabei erkennt sie aus den Augenwinkeln, dass ihr der Rückweg zum Schiff durch Soldaten versperrt ist.

Einer der Soldaten verkennt offenbar völlig die Situation, hebt gegen den ausdrücklichen Befehl seiner Vorgesetzten die Waffe und schießt.

Weder er noch die meisten anderen in seiner unmittelbaren Nähe postierten Soldaten sehen, dass es sich bei der Person, die auf die Gruppe im Scheinwerferlicht zuläuft, um die Ehefrau von Lammert handelt, die es nicht mehr ausgehalten hat, und endlich ihren schon tot geglaubten Mann in die Arme schließen will.

Nadine wird von dem Schuss umgerissen. Auf dem Boden liegend reißt sie ihren Strahler hoch und feuert beim Aufstehen auf die Soldaten, die ihr den Rückweg zum Raumschiff versperren. Ein paar kippen bewusstlos um. Dann läuft sie los.

Obwohl keiner den Befehl zum Schießen erhalten hat, entwickelt die Situation eine Eigendynamik. Mehrere Soldaten feuern Salven auf das laufende Mädchen ab. Sie wirbelt getroffen durch die Luft, knallt hin, steht wieder auf, wird erneut getroffen, wobei die Wucht der Geschosse ihr die Gelenke verdrehen und den Helm gewaltig hin und her schlagen lassen. Dann stürzt sie wieder zu Boden und bleibt regungslos liegen.

Ich bin sekundenlang unfähig, irgendetwas zu tun. Um meine Brust krampft sich alles zusammen. Ich habe das Gefühl, als würde mir jemand das Herz mit der Faust zerquetschen, als ich zusehen muss, wie der Mensch, den ich unendlich lieb habe, zusammengeschossen wird. Auch die Astronauten und das Empfangskomitee stehen fassungslos und bestürzt da.

Dann dröhnt über Lautsprecher die Stimme des Oberbefehlshabers über den Platz:

»Sofort aufhören mit schießen, ihr Idioten! Wer hat den Befehl zum Schießen gegeben?«

Damit erwache auch ich aus meiner Lethargie. Ich starte das Schiff und bringe es direkt über dem reglosen Körper zum Schweben. Die Menge der Soldaten weicht zurück. Dann verstärke ich die Schwerkraft des Transportfeldes, sodass es die Erdenschwerkraft ein wenig übertrifft. Das bewirkt, dass Nadines lebloser Körper nach oben ins Schiff fällt.

Während die Roboter sie ins Innere bringen, starte ich. Wir entfernen uns mit der gleichen Geschwindigkeit, mit der wir angekommen sind. Daher begleitet uns auch ein Geschwader von Militärmaschinen.

Aber das ist mir egal. Sie werden sowieso abdrehen müssen, wenn wir in große Höhen vorstoßen.

Weit außerhalb des Luftgürtels der Erde verschwinde ich dann auch von ihren Ortungsschirmen.

Inzwischen ist Nadines Körper mit Hilfe von Selenas Elektroden und Analysegeräten untersucht worden und sie gibt mir Bericht.

Sie lebt. Keines der Geschosse hat ihren Körper durchdringen können. Der dünne Anzug ist absolut kugelsicher. Aber die Wucht der Geschosse hat den Anzug teilweise so eindrücken und die Gelenke so verdrehen können, dass etliche Rippen und Knochen gebrochen und Gelenke aus den Gelenkpfannen gesprungen sind. Am meisten aber hat der Kopf abbekommen. Er ist so im Helm hin und her geschlagen, dass außer einigen Knochenbrüchen auch die Halswirbel in Mitleidenschaft gezogen wurden.

Auf meine angstvolle Frage, ob Selena das wieder hinbekommen kann, beruhigt sie mich. »Es wird zwar einige Zeit dauern, aber sie wird wieder völlig gesund werden.«

Zum ersten Mal seit der Schießerei kann ich wieder tief durchatmen und die Faust um meinen Brustkorb löst sich langsam.

Dann sagt Selena. »Aber du kannst nicht dabei sein. Meine Helfer werden sie auseinandernehmen müssen. Ich glaube nicht, dass du den Anblick ertragen kannst.«

Das sehe ich widerwillig ein. Ich beuge mich noch einmal über Nadines reglosen Körper und bedecke ihr blutverschmiertes Gesicht mit Küssen. Dann verlasse ich schweren Herzens den Raum und lasse mich zu Hause absetzen, nicht ohne Selena zu sagen, dass sie mich sofort rufen soll, wenn Nadine aus ihrer Bewusstlosigkeit erwacht.

Ein starkes Paar

Die letzten zwei Monate sind wie im Flug vergangen. An den ersten fünf Tagen bin ich zu Hause fast ununterbrochen ruhelos hin und her gerannt. Mein Verstand sagte mir zwar, dass Selena Nadine schon wieder hinkriegen würde, aber mein Gefühl wurde von Zweifeln geplagt.

Was wäre, wenn die Geliebte völlig verändert sein würde oder wenn sie sich an nichts mehr erinnern könnte?

Würde Selena von sich aus Veränderungen vornehmen, die aus Nadine eine völlig andere machen würden?

Am sechsten Tag tauchte das Raumschiff dann bei mir auf und ich durfte Nadine sehen. Sie lag nackt auf einer Liege und war körperlich unversehrt, konnte sich aber kaum bewegen. Die Raumtemperatur entsprach exakt der normalen Körpertemperatur. Aber sie konnte sprechen.

»Na, wie gefalle ich dir?«, fragte sie mich mit einem schelmischen Blick. Ich blickte sie verständnislos an. Doch dann nahm ich die Veränderungen wahr. Ihre vorher recht üppigen Brüste waren etwas kleiner geworden und hatten die Festigkeit von denen eines fünfzehnjährigen Mädchens, der Po sah knabenhafter aus und ihre vorher langen Beine wirkten noch etwas länger, die Oberschenkel waren schmaler.

Insgesamt wirkte sie aber deutlich muskulöser.

»Hat Selena ...?«, begann ich, wurde aber von Nadine unterbrochen.

»Selena hat meinem Gehirn meine Wünsche, die ich schon immer an meinen Körper hatte, entnommen und ihn entsprechend verändert. Ich fand schon immer, dass ich viel zu große Brüste hatte. Na, was sagst du?«, wiederholte sie.

Ich sah sie liebevoll an.

„Du siehst einfach toll aus. Ich gebe zu, dass ich deine großen Brüste mochte, ich fand sie wahnsinnig aufregend. Aber so wie du jetzt bist, mag ich dich auch. Ich werde dich immer mögen, sogar ohne Brüste und mit Hänge-Po, aber so gefällst du mir natürlich besser.«

Nadine lächelte mich an.

»Das bezweifele ich aber! Ohne Brüste? Das glaubst du doch selbst nicht. So wie du damit umgehst!«

»Hör auf, Nadine! Es ist jetzt viel wichtiger, dass du wieder vollständig gesund wirst.«

Damit beendete ich die Diskussion um ihren Körper und wandte mich dem zweiten wichtigen Thema zu.

»Weißt du, dass dein Bild das am meisten abgedruckte Titelbild auf diesem Planeten ist?«, fragte ich sie und hielt die Titelseiten aller von mir gekauften Zeitungen und Zeitschriften über ihren hübschen Kopf. Auf fast allen prangte Nadine in Großaufnahme in ihrem Raumanzug, wie sie aus dem Raumschiff kam, wie sie über das Landefeld schritt und wie sie dem Leiter des Raumfahrtzentrums die Hand reichte.

Zuerst hatten die Amerikaner versucht, die ganze Sache geheim zu halten. Aber das klappte nicht. Zu viele Leute waren zugegen gewesen. Und wie sollten sie der

Öffentlichkeit die Rettung der Astronauten plausibel machen? Ein großer Fernsehsender kam zuerst dahinter, wahrscheinlich hatte er Informationen von einem oder mehreren der Beteiligten erhalten. Und dann ging die Sache um die ganze Welt.

Die Ereignisse hatten die Menschheit in diverse Lager gespalten.

Die einen sahen Nadine als außerirdisches Monster, das die Astronauten gefangen genommen und zu Studienzwecken untersucht hatte, und letztlich nur darauf aus war, die Erde zu erobern. Und nur der kühne Einsatz der Amerikaner hatte dies vorerst verhindert.

Die anderen sahen das Schiff als den Retter der Astronauten, das versuchte, friedlich Kontakt aufzunehmen und das der Menschheit Frieden und Fortschritt bringen wollte. Und die Amerikaner hatten in ihrer Angstpsychose, vor der Überlegenheit anderer, alles vermasselt.

Eine dritte Gruppe schließlich, und dazu zählten vor allem die den USA schon von je her feindlich gesinnten Staaten, hielt das Ganze für einen ausgemachten Bluff, mit dem die Amerikaner die Entwicklung und Fertigstellung einer neuen Waffe vertuschen wollten.

Eine kleine offenbar frauenbewegte Minderheit sah in Nadine den zurückgekehrten Heiland und Erlöser der Christenheit. Und der Erlöser war natürlich weiblich. Allerdings hatte man ihren ausgesprochen erotisch wirkenden Körper auf dem Foto retuschiert, die Brüste waren nur noch ansatzweise vorhanden. Durch den Helm schimmerte ein Madonnengesicht mit einem Heiligenschein.

Und wieder einmal, so berichtete die Presse, war eine kleine Gruppe religiöser Fanatiker auf einen hohen Berg gestiegen und wartete nun seit Tagen auf das von ihnen angekündigte Ende der Welt, das sie dort zu überleben hofften.

Jedenfalls hatten Science Fiction und Diskussion über fremde Intelligenzen Hochkonjunktur in den Medien. Die Regenbogenpresse setzte allem die Krönung auf, indem sie die Frau im Raumanzug zu einem sexbesessenen Weltraumweib hochstilisierte – Barbarella mit Jane Fonda als Darstellerin ließ schön grüßen –, die nur deswegen einen Helm trug, weil sie sonst mit ihrem Medusenblick allen Männer sofort den Lusttod durch einen Superorgasmus bereitet hätte.

»Da siehst du's!« Nadine zeigte auf ein entsprechendes Bild von ihr.

»Mein Busen ist viel zu üppig, und der Po ist auch zu dick!«

Womit wir wieder beim alten Thema waren.

Soweit unser erstes Wiedersehen. Doch dann begann eine herrliche Zeit. Nadine lernte Schritt für Schritt, mit ihrem neuen Körper umzugehen. Bald liefen und sprangen wir wie wild um die Wette, balgten und liebten uns immer wieder.

Einem geheimen Beobachter wären sicher die Augen aus dem Kopf gefallen, wenn er gesehen hätte, zu welchen Hochleistungen wir fähig waren. Und zwar immer dann, wenn der Körper angeregt wurde, Adrenalin auszustoßen. Sämtliche Bewegungen sowie unsere gesamte Reaktion beschleunigten sich dann um ein Vielfaches.

Wir liefen und sprangen olympische Rekorde, die jeder dem Bereich der Fantasie zugeordnet hätte, und wir hatten Kräfte, die weit über das normale Maß der Menschen hinausgingen. Wenn wir »drauf waren«, wie wir es nannten, bewegten sich alle Gegenstände um uns herum für uns in Zeitlupe.

Dann kam der Tag, an dem wir, ob wir es wollten oder nicht, unsere neuen Kräfte und Fähigkeiten unter Beweis stellen mussten.

Es war in der letzten Woche. Wir waren im Kino gewesen und hatten anschließend in einem thailändischen Restaurant hervorragend gegessen und getrunken. Danach fuhren wir mit der U-Bahn nach Hause.

Kurz vor der Endstation passierte es. Eine Gruppe ziemlich dümmlich aussehender und randalierender Halbwüchsiger stürmte, Bierflaschen schwenkend am anderen Ende des Wagens in unser Abteil. Außer uns saßen in dem Wagen nur noch drei Menschen. Die Jugendlichen grölten und rülpsten und fingen an, die Passagiere anzupöbeln. Einer von ihnen begann, mit einem Messer einen der Sitze zu bearbeiten.

Dann hielt der Zug an der nächsten Haltestelle und die drei Fahrgäste verließen fluchtartig das Abteil.

Als der Zug anfuhr und sich die Randalierer nach neuen Opfern umsahen, fiel ihr Blick auf uns am anderen Ende des Wagens. Insbesondere aber fixierten sie Nadine.

»Eh Al'er, guck dir mal die Tussi an, 'n echt geiler Feger!«

Die Gruppe kam schwankend näher.

»Die nehmen wir uns! Und den Alten machen wir fertig! Hier, willste mal 'ne scharfe Nummer sehn?«

Er baute sich breitbeinig vor Nadine auf und fuchtelte mit dem Messer vor ihrer Brust. Die anderen hatten uns inzwischen grinsend umringt. Ein zweiter hantierte ebenfalls mit einem aufgeklappten Messer herum, während ein dritter mit zwei kleinen Metallkugeln spielte, die mit einem Draht verbunden waren. Drei weitere standen etwas weiter hinten, setzten hin und wieder ihre Bierdose an den Mund und beobachteten das Ganze scheinbar äußerst gelangweilt.

Wir waren beide aufgestanden. Ich wandte mich an die Gruppe.

»Lasst uns in Ruhe und haut ab. Ihr seid betrunken und wisst nicht, was ihr tut. Und lasst das Mädchen in Ruhe. Sie hat euch nichts getan!«

Doch meine Worte hatten die gegenteilige Wirkung, die ich erhofft hatte.

»Guck dir mal den Scheißer an, der hat aber 'ne große Klappe. Dir werd' ich mal die Visage aufschlitzen!«

Mit diesen Worten wollte er mir das Messer über das Gesicht ziehen. Doch bevor er auch nur seine Waffe in meine Nähe gebracht hatte, schlug ich ihm blitzschnell auf die Hand und zwar so schnell, dass er meine Bewegung nicht einmal hatte wahrnehmen können. Das Messer flog in hohem Bogen davon und er hielt vor Schmerzen aufheulend sein Handgelenk. Ich hatte ihm, ohne es zu wollen, das Handgelenk gebrochen.

Inzwischen hatte Nadine dem zweiten, der auf ihre unglaublich schnelle Bewegung kaum hatte reagieren können, eine Ohrfeige versetzt, die ihn durch den halben Wagen fliegen ließ. Dort blieb er vorerst mit schiefem Hals liegen.

Diese Niederlage stachelte jedoch die anderen erst richtig an. Die drei Burschen, die dem Ganzen bisher bierselig amüsiert zugesehen hatten, wurden ausgesprochen aktiv.

»Eh Al'er, die Kleine hat ja 'nen dollen Bums drauf! Der werd' ich jetzt mal einen bumsen«, lallte der eine in seinem typisch eingeschränkten Wortschatz.

»Al'er, der werd' ich die Titten schlitzen und ihr dann die Fotze aufreißen«, gab der andere lüstern von sich.

»Al'er, ich schneid dem Opa den Sack ab«, ergänzte der dritte in der ebenso reduzierten Sprache und zog, wie seine Vorredner, ein Klappmesser aus der Hose. Dann gingen alle vier auf uns los.

Doch sie hatten nicht die geringste Chance. Der Adrenalinausstoß tat seine Wirkung.

Unsere Angreifer bewegten sich für uns in Zeitlupe, so dass wir rechtzeitig auf alles reagieren konnten. Die zwei Kugeln mit dem Draht bewegten sich extrem langsam von vorn auf mich zu und von hinten näherte sich im gleichen Tempo eine Hand mit einem Messer in Richtung meines Rückens. Es bereitet mir keine Mühe zwischen beiden Angreifern abzutauchen. Der Draht wickelte sich, für den Besitzer völlig unverständlich, um das Handgelenk des Messerhelden und schnitt eine tiefe Fleischwunde.

Drei Messer wirbelten fast gleichzeitig durch die Luft, als Nadine nacheinander gegen die Handgelenke der Angreifer schlug. Die Bande hielt sich vor Schmerzen ihre gebrochenen beziehungsweise eingeschnittenen Gelenke.

Wir sammelten die Waffen ein und gingen dann drohend auf die am Boden sitzenden und liegenden Randalierer zu. Die U-Bahn hatte gerade die Endstation erreicht.

»Haut ab, oder wir brechen euch auch noch das andere Handgelenk!«

Daraufhin verließen sie fluchtartig die Bahn und rannten unter den etwas verwunderten Blicken des Stationsvorstehers den Bahnsteig entlang zum Ausgang.

Wir gingen Arm in Arm aus der Bahn, und zeigten uns dem fassungslos dreinblickenden Beamten als ein verliebtes Pärchen. Über die Schulter konnten wir gerade noch sehen, wie der Mann in dem offenen Wagen auf das am Boden liegende Waffenarsenal blickte und die Welt nicht mehr verstand.

Als wir gut hundert Meter von dem U-Bahn-Ausgang entfernt waren, bremsten zwei Polizeiwagen mit quietschenden Reifen vor der Station und die Beamten stürmten auf den Bahnsteig.

Die drei, in der vorletzten Station angstvoll geflüchteten Mitfahrer, hatten offenbar doch so viel Mut aufgebracht, die Polizei zu benachrichtigen.

Wir beide machten uns schleunigst davon.

Durch Nadines Fähigkeiten und unser Training lernte ich meine eigenen neuen Möglichkeiten erst richtig kennen und gebrauchen. So sprach ich, seit Selena an mir herumgedoktert hatte, fließend Französisch und vermutlich auch fast alle anderen Sprachen. Im Englischen war es mir nicht aufgefallen, als wir im amerikanischen Raumfahrtzentrum waren, da ich schon vorher recht gut englisch sprechen und verstehen konnte. Aber im Nachhinein wurde mir bewusst, dass ich dort alles wie in meiner Muttersprache aufgenommen hatte. Wir sind zwar weder zu einem *Superman* noch zu einem *Supergirl* geworden. Unsere Kräfte und Fähigkeiten waren gewaltig, aber begrenzt. Wir waren in der Bewegung sehr schnell, aber fliegen, wie der Held im Comic-Heft, das konnten wir nicht.

Je länger wir zusammen waren, umso deutlicher wurde mir, dass ich Nadine wahnsinnig liebte.

Ich liebte es, zuzusehen, wie sie sich bewegte, wie sie ihren Arm hob, wie sie ihre Hand gebrauchte, wie sie ging und wie sie sich setzte. Mir kam es vor, als ob ich einen Menschen zum ersten Mal sich bewegen sah. Sie wirkte auf mich unglaublich anmutig. Ich glaubte, nicht mehr auch nur eine Minute ohne sie verbringen zu können. Das Schönste aber war, dass alle meine Gefühle erwidert wurden.

Doch mit unserem persönlichen Glück schritt unser finanzielles Desaster einher. Nachdem Selena uns gestern gesagt hatte, dass Nadine wieder voll hergestellt sei, flogen wir nach Straßburg und mussten feststellen, dass man ihr fristlos gekündigt hatte. Sie war acht Wochen ohne Entschuldigung der Arbeit ferngeblieben. Damit mussten wir eine Entscheidung über unsere Zukunft treffen.

Deswegen sitzen wir heute im Kontrollraum unseres Schiffes und halten mit Selena Kriegsrat. Ein Wort, das Selena übrigens außerordentlich missfällt.

Wir versuchen Selena verständlich zu machen, dass wir uns nicht von der Erde, von unseren Mitmenschen und unseren Freunden lösen wollen und können, um mit ihr davonzufliegen. Außerdem wissen wir nicht, ob wir in der Zukunft nicht doch einmal eine Handlung vornehmen, die Selena dazu zwingt, uns sozusagen hinaus zu schmeißen und unser Gedächtnis zu löschen. Schließlich gehören wir unbestreitbar einer recht aggressiven Rasse von intelligenten Wesen an.

Auf irgendeine Weise müssen wir unsere Existenz auf der Erde weiterführen.

Ich habe schon eine Vorstellung davon, aber ich traue mich nicht, es Selena vorzuschlagen.

Zu meiner Verwunderung kommt Selena selbst damit. Sie hat die logische Konsequenz aus meiner merkwürdigen Handlungsweise gezogen, als ich die Astronauten glauben ließ, wir würden uns beständig auf dem Rückweg zur Erde befinden. Tatsächlich waren wir ja inzwischen zu Hause gewesen und hatten uns bei unseren Bekannten sehen lassen.

Wir werden uns also gelegentlich mit dem Raumschiff der Öffentlichkeit zeigen. Unser Plan sichert uns eine finanzielle Existenz und wird hoffentlich den Menschen Recht geben, die glauben, dass die Außerirdischen mit ihrem Raumschiff zum Fortschritt der Menschheit beitragen werden.

Weder Selena mit ihrem Computergehirn, dass die Aggressivität der Menschen nicht begreifen kann, noch wir beide, die wir glauben, unsere Mitmenschen zu kennen, ahnen zu diesem Zeitpunkt, dass unser Vorhaben sich für uns als lebensbedrohend entwickeln wird. Hätten wir heute die Folgen absehen können, wäre uns gewiss eine andere Lösung für unser finanzielles Problem eingefallen.

Kontaktaufnahme

Der erste Teil unseres Plans besteht darin, unser zukünftiges Doppelleben zu organisieren und abzusichern.

Nadine und ich kratzen unsere gesamte Barschaft zusammen, egal ob eigenes Geld oder geliehenes. Dann suchen wir geeignete Räumlichkeiten, um eine Firma zu eröffnen.

Wir finden ein kleines Büro in der Stadt. An der Tür befestigen wir ein großes Messingschild mit der nichtssagenden Aufschrift:

Gesellschaft für internationale Verbindungen
Planung und Organisation

Wir besorgen uns eine Zulassung als Kaufmann. Ich stelle den Inhaber dar. Nadine arbeitet als meine Sekretärin. Das Büro lassen wir entsprechend ausstatten.

Dann fliegen wir mit einer Linienmaschine in die Schweiz und eröffnen ein Konto bei einer Schweizer Bank. Gleichzeitig vereinbaren wir eine regelmäßige Überweisung auf ein Konto unserer Firma, sobald das erwartete Geld eingetroffen sein wird.

Der Bankangestellte ist etwas misstrauisch, aber wir versichern ihm, dass das Geld nicht aus irgendwelchen dunklen Kanälen kommen werde, sondern ganz offiziell von höchsten Regierungsstellen. Das werde er nachprüfen können. Und es werde selbstverständlich versteuert werden.

Damit haben wir ihn erst einmal beruhigt.

Gegen Einzahlung einer Summe, die fast unsere gesamte Barschaft aufbraucht, erhalten wir das gewünschte Nummernkonto.

Nun geht es daran, Kontakt mit Stellen aufzunehmen, die mit Weltraumforschung zu tun haben. Also schreiben wir Briefe an die amerikanische NASA und die europäische Raumfahrtbehörde ESA. Wir teilen darin mit, dass die Wesen des fremden Raumschiffs mit uns in Verbindung getreten seien und uns gebeten hätten, für sie als Beauftragte mit interessierten Regierungsstellen zu verhandeln. So könnte es möglich werden, einer kleinen Gruppe von Wissenschaftlern verschiedener Nationen, den Flug zu einem benachbarten Planeten, zum Beispiel zum Mars, anzubieten. Die Kosten würden nur einen Bruchteil dessen betragen, was für dieses Projekt bisher veranschlagt sei. Als Kontaktstelle gaben wir meine Gesellschaft an, die nur zu diesem Zweck gegründet sei.

Dann legen wir ein Foto bei, das Selena für uns gemacht hat. Es zeigt die drei amerikanischen Astronauten, wie sie gerade aus ihrem Shuttle aussteigen, um sich an der Leine zu unsrem Schiff zu hangeln.

Nachdem die Schreiben abgegangen sind richten wir uns aufs Warten ein.

Wir warten einen Monat und nichts passiert.

Langsam geht uns das Geld aus.

Wir befürchten, dass die Schreiben gar nicht erst an die richtigen Stellen gekommen sind, sondern als Äußerungen irgendwelcher Spinner im Papierkorb gelandet sind. Schließlich gibt es bei jedem größeren Ereignis Trittbrettfahrer, die versuchen, sich einzuklinken und auf irgendeine Weise Kapital daraus zu schlagen. Das Foto allerdings hätte sie stutzig machen müssen.

Eine weitere Woche vergeht, dann stehen eines Morgens zwei Herren vor unserer Tür. Nadine geleitet sie in mein Büro und schaltet dann von ihrem Platz aus die Gegensprechanlage ein. Sie will natürlich jedes Wort mitbekommen.

Die beiden Herren stellen sich als ein Mr. Tyler und Mr. Brown vor. Sie sprechen deutsch mit deutlich amerikanischem Akzent. Und sie kommen sofort zur Sache.

Mr. Tyler holt aus seiner Tasche das von uns verschickte Foto und legt es vor mich auf den Schreibtisch.

»Kommt das von Ihnen?«

Ich nicke.

»Woher haben Sie das?«

»Das hat mir eine Frau gegeben, die dem außerirdischen Mädchen aus den Zeitungen von vor drei Monaten glich.

Warten Sie«, ergänze ich schnell, denn ich sehe, dass er eine Frage stellen will.

»Ich erzähle Ihnen die ganze Geschichte!

Es war vor genau zwei Monaten. Ich saß abends zu Hause vorm Fernseher und habe mir einen Film angesehen. Es war exakt halb elf Uhr, als plötzlich das Fernsehbild verschwand und stattdessen das Mädchen aus der Zeitung auf dem Bildschirm auftauchte. Es hatte, genau wie in der Zeitung, einen eng anliegenden silbernen Anzug an und um den Kopf eine undurchsichtige dunkle Kugel. Zumindest sah die Gestalt genau so aus, wie das Mädchen in der Zeitung.

Ich habe ja gelesen, dass eure Leute sie erschossen haben sollen. Also habe ich mir gedacht, entweder haben die Zeitungen mal wieder dummes Zeug geschrieben oder vielleicht sehen die alle so aus. Ich meine, die Außerirdischen.

Denn das ist sie ja wohl.

Na, jedenfalls hat die Gestalt im Fernsehen mich persönlich angesprochen und gefragt, ob ich Lust hätte, für sie zu arbeiten. Und dann hat sie gesagt, dass sie Schwierigkeiten hätte, mit den Menschen Kontakt aufzunehmen und ob ich ihr dabei helfen wollte.

Ich konnte mich richtig mit dem Fernsehbild unterhalten. Sie hat verstanden, was ich gesagt habe und hat auf meine Fragen geantwortet.

Ich habe natürlich zuerst gezögert. Es könnte ja sein, dass ich missbraucht werde, um den Menschen irgendwie zu schaden. Aber sie hat mich vor allem damit überzeugt, dass ihr Erscheinen und ihre Handlungen bisher nur Menschen gerettet haben. Und die Amerikaner hätten nur geschossen, weil da einer verrückt gespielt hat. Sie wüsste, dass das nicht beabsichtigt gewesen sei.

Ja, und dann hat sie mir erklärt, was ich tun soll. Ich sollte eine Firma aufmachen und damit Verbindung zu den Raumfahrtzentren aufnehmen, und eben dieses Raumfahrtprojekt anbieten. Außerdem würde ich sehr gut bezahlt werden.

Da ich zurzeit ziemlich knapp bei Kasse bin, habe ich selbstverständlich angenommen.

Und damit ich sicher bin, dass ich das Ganze nicht geträumt habe, würde ich am nächsten Morgen einige Fotos im Briefkasten finden, die aus einer Perspektive aufgenommen wurden, aus der man schließen muss, dass sie unmöglich die Astronauten gemacht haben können.

Am nächsten Morgen lagen dann tatsächlich die Fotos im Briefkasten. Vier Stück. Zwei davon habe ich noch.«

Damit holte ich zwei weitere Fotos aus der Schreibtischschublade.

Mr. Brown greift sich sofort ein Bild und vergleicht es mit ihrem. Dann wendet er sich an mich.

»Okay, wir haben das Foto analysiert. Das Papier hat eine sehr ungewöhnliche Zusammensetzung. Wir haben keine Firma ausfindig machen können, die solch ein Fotopapier herstellt. Und dies hier scheint das gleiche Papier zu sein.

Das Papier ist überhaupt der einzige Grund, warum wir zu Ihnen gekommen sind. Was meinen Sie, wie viele Briefe bei uns ankommen, die zum Teil sogar Ihrem sehr ähnlich sind. Auch das Foto kann man heutzutage leicht elektronisch aus dieser Perspektive herstellen.

Aber das Papier! Das hat uns stutzig gemacht.

Vielleicht ist an Ihrer Geschichte etwas dran und wir kommen ins Geschäft. Was ich aber wissen will, inwieweit dürfen Sie eigentlich im Namen Ihres Auftraggebers sprechen?«

»Ich habe alle Vollmachten, ein Raumfahrtprojekt zu organisieren. Ich bin in diesem Fall der Verhandlungspartner.«

»Aber dann müssen Sie doch Kontakt zu den unbekannten Fremden aufnehmen! Wie machen Sie das?«

Er sieht mich an, wie eine Schlange ihr Beutetier.

Ich habe vor, nur so wenig Informationen wie möglich zu geben.

»Es tut mir leid, darüber darf ich nichts sagen. Ich habe diesen Job angenommen und fühle mich meinem Auftraggeber, wer immer es auch sein mag, unbedingt loyal. Dafür werde ich bezahlt und zwar sehr gut.«

Ich vermute, dass die beiden Leute oder ihre Hintermänner sehr schnell herausbekommen werden, wie es um meine Finanzen steht. Deswegen will ich die Sache lieber gleich klären. Also ergänze ich.

»Das hoffe ich jedenfalls.«

Die beiden Männer schauen überrascht auf.

»Soll das heißen, dass Sie noch gar kein Geld bekommen haben?«

»Das ist richtig. Ich nehme an, dass ich von dem Geld bezahlt werde, das Ihre und die anderen Regierungen für das Projekt vermutlich zu zahlen bereit sein werden.

Sollten Sie Interesse haben, erwarte ich eine Vermittlungsgebühr von 10.000 Dollar im Voraus auf mein Firmenkonto. Als Sicherheit biete ich Ihnen das Erscheinen des fremden Raumschiffes zu einen zu vereinbarenden Ort und Zeitpunkt an. Damit hätten Sie die Bestätigung, dass ich mit den Fremden in Kontakt bin.«

Die beiden Männer stehen zögernd auf.

»Gut, wir werden uns mit unseren Vorgesetzten in Verbindung setzen. Sie werden dann von uns hören. Dürfen wir das Fotos mitnehmen?«

Damit bin ich einverstanden. Dann rufe ich Nadine, und sie begleitet die beiden Herren hinaus.

Als sie wieder hereinkommt, sprudelt es aus ihr heraus.

»Jede Wette, dass die vom amerikanischen Geheimdienst sind. Und Tyler und Brown heißen die bestimmt auch nicht.

Das Papier muss sie unheimlich aufgescheucht haben. Das hat Selena hergestellt. So etwas gibt es auf der ganzen Erde nicht.«

Ich nehme sie in die Arme und wirbele sie herum.

»Das soll uns doch egal sein. Jedenfalls haben sie angebissen. Die kommen bestimmt wieder. Dann kommen wir endlich an etwas Geld. Die Rechnungen und Mahnungen stapeln sich schon auf unserem Schreibtisch. Übrigens, kein Wunder, dass sich die Europäer nicht gemeldet haben. Wenn sie das mit dem Papier nicht gemerkt haben, ist unser Brief längst bei denen im Papierkorb gelandet. Dabei wollte ich dir noch sagen, dass ich das mit dem Geld mit Absicht gesagt habe. Die sollen ruhig denken, dass wir nicht besonders schlau, ja sogar ein bisschen naiv sind und vor allem geldgierig. Dann wird es uns leichter fallen, irgendwelche Maßnahmen, die sie vorhaben, zu durchschauen.«

Drei Tage später ist mein Haustürschloss kaputt.

Die Tür ist nicht verschlossen.

Jemand ist in der Wohnung gewesen, aber es fehlt nichts, nur der Fernseher geht nicht. Er steht auch anders. Jemand hat daran herumgefummelt.

Nadine schaut mich vielsagend an und setzt an, etwas zu sagen. Ich lege ihr den Finger auf den Mund und bedeute ihr zu schweigen. Dann ziehe ich sie nach draußen. Über die Armbanduhr nehme ich Verbindung zu Selena auf.

»Selena, kannst du feststellen, ob in der Wohnung eine Wanze ist? Ich meine einen kleinen Sender, mit dem man unsere Gespräche abhören kann.«

»Moment«, kommt die Antwort. Dann gibt sie Entwarnung. In der Wohnung ist kein Sender oder etwas Ähnliches.

Als wir wieder im Haus sind, sagt Nadine:

»Sie haben den Fernseher und das Empfangskabel untersucht. Also glauben sie uns die Geschichte.«

»Es sieht so aus. Aber wir sollten vorsichtig sein. Selena soll mit dem Raumschiff in der Nähe bleiben und ständig unsere Umgebung überwachen. Ganz besonders in Hinblick auf Wanzen oder Richtmikrofone. Ich glaube, die wollen zu gern wissen, wie wir Verbindung mit unserem angeblichen Auftraggeber aufnehmen.

Ich hätte übrigens nicht gedacht, dass sie so schnell reagieren. Wetten, dass wir schon innerhalb der nächsten Tage etwas von ihnen hören werden.«

Ich sollte Recht behalten, in zweifacher Hinsicht.

Drei Tage später vereinbaren die beiden mutmaßlichen CIA-Agenten telefonisch ein Treffen mit ihren Vorgesetzten, auf meinen Wunsch in unserem Büro, und am Tag nach dem Einbruch werden wir beschattet.

Es war reiner Zufall, dass wir es bemerkten.

Wieder war ein Tag im Büro zu Ende gegangen, an dem wir nichts zu tun hatten. Obwohl wir schon tagelang keine Beschäftigung hatten, langweilten wir uns niemals. Wir hatten uns immer etwas zu erzählen. Von

unserem früheren Leben, als wir uns noch nicht kann-
ten, von unseren Träumen und Wünschen, von unseren
Vorstellungen, schlicht von allem, was wir dachten und
fühlten.

Gegen vier Uhr Nachmittag schlossen wir das Büro
ab und machten uns mit der U-Bahn auf den Heimweg.
Mein Auto war übrigens längst verpfändet. Nadine war
aus einem unerfindlichen Grund ausgesprochen fröhlich
und lustig und blieb alle paar Minuten stehen, um mich
zu umarmen und zu küssen. Wir blieben dann minuten-
lang auf einem Fleck stehen. Beim sechsten Mal fiel mir
auf, dass derselbe Mann schon zum vierten Mal an uns
vorbeigegangen war. Bei der nächsten Umarmung flüs-
terte ich Nadine zu.

»Ich glaube, man verfolgt uns. Achte einmal auf den
Mann mit dem hellen Mantel und beigefarbenen Hut.
Er ist schon mindestens viermal an uns vorbeigegan-
gen.«

»Du Schuft«, gab Nadine leise zurück, »auf was ach-
test du eigentlich, wenn ich dich küsse.«

Sie war natürlich nicht ernsthaft böse, sondern beo-
bachtete sofort aus den Augenwinkeln die Umgebung.

Und tatsächlich, der Mann observierte uns. Wenn wir
gingen, hielt er ständig einen bestimmten Abstand zu
uns ein. Blieben wir stehen, so ging auch er nicht weiter.
Wenn wir allerdings länger auf einer Stelle verharrten,
schlenderte er gemütlich weiter an uns vorbei. Dann sah
er sich ein Schaufenster an und wartete, bis wir ihn wieder überholt hatten. Als wir in die U-Bahn stiegen,
konnten wir gerade noch sehen, wie er in einen anderen
Wagen einstieg.

»Gut«, sagte ich zu Nadine, »wir müssen uns darauf einstellen, dass wir beobachtet werden. Aber wir dürfen sie es auf keinen Fall merken lassen. Solange wir es wissen, können wir sie notfalls abschütteln. Wenn sie aber merken, dass wir es wissen, stellen sie es vielleicht geschickter an, und wir werden Probleme haben, ins Schiff zu kommen, wenn es erforderlich sein wird.

Trotzdem sollten wir darauf achten, ob er vielleicht nicht der Einzige ist.«

Also taten wir so, als würden wir nichts bemerken, beobachteten aber unsere Umgebung unauffällig, ob es nicht noch einen weiteren Schatten gab, der geschickter vorging. Wir konnten aber keinen ausmachen.

Jetzt ist unser kleines Büro überfüllt. Die Amerikaner sind gleich mit fünf Mann erschienen. Zwei offenbar hohe Tiere, die kein deutsch sprechen, haben ihren Dolmetscher mitgebracht. Dann quetschen sich Brown und Tyler zusammen in einen Sessel, wobei allerdings der eine mit der Armlehne vorlieb nehmen muss. Nadine habe ich als meine Sekretärin und Übersetzerin dazu geholt.

Die Besucher haben dagegen keine Einwände. Sie wissen ja sowieso durch ihre Leute, dass wir nicht wie Chef und Angestellte zueinander stehen.

Die Tatsache, dass ich ausgezeichnet englisch spreche, muss ich ihnen ja nicht auf die Nase binden. Der Dolmetscher übersetzt jedoch ausgesprochen korrekt. Nicht zuletzt, weil Nadine anwesend ist, von der die Besucher um ihre Englischkenntnisse wissen. Sie haben natürlich unsere Vergangenheit durchleuchtet, soweit es ihnen möglich war.

Nach zwei Stunden ist mein Büro bereits wieder leer. Und wir haben immer noch keine endgültige Zusage. Aber wir sind ein Stück weiter.

Wir haben vereinbart, dass das Raumschiff in zwei Tagen genau um 12 Uhr mittags über einem bestimmten Punkt in Alaska erscheinen wird. Ich habe auf einem relativ menschenleeren Ort bestanden. Unmittelbar darauf soll dann die Vermittlungsgebühr überwiesen werden.

Erst nach Erscheinen des Schiffes will man uns als autorisierte Vermittler akzeptieren. Sollte alles wie verabredet vor sich gehen, werden wir beide nach Washington fliegen und dort alle Einzelheiten des Marsprojektes mit den verantwortlichen Stellen besprechen.

Ich habe schon jetzt darauf bestanden, dass an diesem Gespräch auch Vertreter der europäischen, russischen und japanischen Raumfahrtbehörden teilnehmen.

Das passte dem amerikanischen Verhandlungsführer gar nicht. Aber ich ließ ihm keine Wahl. Entweder sind mehrere führende Raumfahrtnationen an dem Projekt beteiligt, oder es findet nicht statt.

Kaum hat die Delegation den Raum verlassen, als sich Selena meldet. Doch diesmal nicht über die Armbanduhr, sondern direkt in meinem Kopf. Genau wie damals auf der Insel im Pazifik. Ich zucke vor der unerwarteten Stimme zusammen und sehe, wie auch Nadine zusammenzuckt. Sie muss die Stimme ebenso im Kopf haben.

»Vorsicht! Im Sessel, in dem die beiden Agenten saßen, ist eine Wanze!«

»Danke, Selena«, dachte ich zurück, »wir werden aufpassen!« Und laut sagte ich zu Nadine:

»Komm, lass uns für heute Schluss machen. Morgen Vormittag setzen wir uns mit unserem Auftraggeber in Verbindung.«

Damit verlassen wir das Büro und verbringen den Rest des Tages mit einem Schaufensterbummel, ständig begleitet und beobachtet von unserem Schatten.

Am nächsten Morgen im Büro unterhalten wir uns über belanglose Dinge. Gegen 10 Uhr ziehe ich mir einen Jogginganzug an und sage Nadine, dass ich im Stadtpark ein bisschen laufen will.

Im Bus zum Stadtpark ist mein Schatten rechtzeitig zur Stelle. Als wir aussteigen, sehe ich, dass er mit einem anderen Mann kurz ein paar Worte wechselt.

»Aha«, denke ich, »er hat Verstärkung bekommen. Na, dann will ich die beiden ’mal scheuchen!«

Ich falle in einen leichten Trab. Hin und wieder kann ich feststellen, dass sie zwar weit zurückbleiben, um nicht gesehen zu werden, aber ebenfalls mein Tempo halten. Dann steigere ich auf Sprint-Tempo. Ich weiß, dass dies Tempo kein Mensch, außer Nadine und mir, über einen langen Zeitraum durchhalten kann.

Richtig, nach einer halben Stunde bin ich ziemlich sicher, dass ich sie abgehängt habe.

Ich laufe zurück in die City und gehe in ein Kino. Ich suche mir einen Film aus, der schon etwa eine halbe Stunde läuft und setze mich so, dass ich den Eingang beobachten kann. Bis zum Ende des Films betritt niemand den Raum. Jetzt bin ich endgültig sicher, dass sie mich verloren haben. Dann fahre ich ins Büro zurück.

»Alles okay«, sage ich zu Nadine, »das Raumschiff wird am vereinbarten Ort auftauchen. Lass uns nach Hause gehen, Wir haben hier nichts mehr zu tun!«

Irgendwo in dieser Stadt wird ein Geheimdienstchef ganz fürchterlich toben, weil seine Leute im scheinbar wichtigsten Augenblick, nämlich dem der Kontaktaufnahme zwischen mir und den Aliens, versagt haben. Bei dem Gedanken überkommt mich eine leichte Schadenfreude.

Trotzdem müssen wir auf der Hut sein und dürfen diese Leute nicht unterschätzen. Wenn sie ein bisschen Verstand haben, werden sie darauf kommen, dass meine Joggingaktion nur dazu da war, sie abzuhängen. Und dann werden sie wissen, dass wir ihre Beschattung bemerkt haben. Und die nächste Überwachung werden sie dann sehr viel geschickter anstellen. Wir müssen in Zukunft davon ausgehen, dass wir ständig beobachtet werden, auch wenn wir nichts davon merken sollten.

Auf dem Weg nach Hause teilt uns Selena mit, dass im Haus drei Wanzen versteckt sind, eine hinter dem Geschirrschrank, die zweite hinterm Schlafzimmerschrank und die dritte unter der Couch. Die Eingangstür ist völlig unversehrt.

Die Leute werden besser.

Mir wird es jetzt langsam zu dumm. Ich hole aus dem Keller eine Verlängerungsschnur und lege an einem Ende die beiden Drähte frei. Dann stecke ich die Schnur in die Steckdose und halte die beiden freien Enden nacheinander an die kleinen Metallplatten der Abhörgeräte. Es gibt jedes Mal einen Kurzschluss und die Miniatursender geben keinen Mucks mehr von sich. Die Sicherung muss ich allerdings jedes Mal wieder einschalten, da sie bei jedem Kurzschluss herausspringt.

Dann baue ich das Verlängerungskabel wieder zusammen, und wir können drei ungestörte Tage verbringen.

Am vierten Tag kommen das Geld und eine ausgesprochen höfliche Einladung zu einer Konferenz von Vertretern der von mir gewünschten Nationen in Washington, denn Selena war mit dem Raumschiff, wie vereinbart, erschienen. Außerdem liegen zwei Flugtickets bei, sowie eine Reservierung einer Luxussuite in einem der besten Hotels in Washington. Die Regierung gibt sich die Ehre, uns einzuladen.

Wir spielen zwei Wochen ein bisschen Katz und Maus mit unseren Beschattern, wobei wir nicht immer sicher sind, ob wir auch die richtigen Leute zum Narren halten. Wir haben vier verschiedene Leute ausgemacht, die sich die Aufgabe unserer Überwachung teilen, vermutlich sind es aber noch mehr.

Seit der kalte Krieg mit der ehemaligen Sowjetunion beendet ist, haben sie vermutlich reichlich unterbeschäftigte Leute.

Noch zweimal macht uns Selena auf erneut angebrachte Wanzen in der Wohnung aufmerksam, die ich auf die gleiche Weise funktionsunfähig mache. Dann haben es unsere Überwacher aufgegeben, neue Abhörgeräte in unserer Wohnung zu installieren. Wobei es ihnen sicherlich ein Rätsel ist, wieso alle Wanzen in der Wohnung zerstört werden, während die Wanze im Büro unentdeckt bleibt. Wir haben die Hoffnung, man würde uns jetzt allmählich in Ruhe lassen und die Überwachung einstellen, aber da täuschen wir uns leider.

Ben

Inzwischen sitzen wir im Flugzeug nach Washington und lassen uns von der Stewardess in der ersten Klasse verwöhnen. Auch hier lässt man uns nicht aus den Augen. Mindestens zwei der übrigen Mitreisenden sind vom amerikanischen Geheimdienst, so vermuten wir. Was sie nicht wissen ist, dass wir zwei kleine Geräte bei uns haben, die absolut sicher jede Art von Abhören anzeigen, sei es direkt durch Wanzen, sei es durch entferntere Richtmikrofone, und die die Horchgeräte aufspüren können.

Selenas kleine Helfer waren fleißig. So braucht sie mit dem getarnten Raumschiff nicht immer in unserer unmittelbaren Nähe zu sein.

In Washington begegnet man uns mit ausgesuchter Höflichkeit. Am Flughafen empfängt uns ein Regierungsvertreter, der sich mit Ben vorstellt. Er hat die Aufgabe, uns zu begleiten und unseren Aufenthalt so angenehm wie möglich zu gestalten.

Ben ist uns von Anfang an sympathisch. Seine roten Haare deuten auf eine irische Abstammung hin und die vielen Lachfalten um seine blaugrünen Augen lassen auf einen fröhlichen Charakter schließen.

Er schleust uns ohne Formalitäten durch den Zoll. Dann überreicht er uns zwei auf unseren Namen ausgestellte Kreditkarten mit den Worten, damit den Staat zu schädigen, wo wir nur können. Denn sie haben praktisch unbegrenzten Verfügungsrahmen. Lachend erzählt er uns, dass immer, wenn er versucht, den Staat zu schädigen, sie das Steuerhinterziehung nennen würden. Er würde sich darauf freuen, nun mit uns ganz legal den Staat ausnehmen zu können.

Vor dem Flughafen wartet bereits eine dunkle Limousine von enormen Ausmaßen, die uns in unser Hotel bringt. Ben erzählt uns, dass man sich überschlagen hat, um uns zufrieden zu stellen. Man hat uns die beste Suite im Hotel reserviert und mit einem Augenzwinkern ergänzt er, dass sie nur einen einzigen Nachteil hätte: Sie sei sehr hellhörig.

Tatsächlich, auch im Hotel überschlagen sich die Leute vor Höflichkeit. Man hat uns offensichtlich als sehr wichtige Persönlichkeiten angekündigt und dieser Ankündigung noch von Regierungsseite Nachdruck verliehen.

Die Hotelsuite ist ein Traum in blau und blassgelb. Sie besitzt zwei Schlafzimmer mit zwei Luxusbädern mit vergoldeten Wasserhähnen, einen pompösen Wohn- und Aufenthaltsraum und ein angrenzendes Konferenzzimmer.

Kaum hat uns Ben verlassen, um sich bei seiner Dienststelle zu melden, stellen wir fest, wie Recht Ben hatte. Die Wohnung ist restlos verwanzt. Nach der Ortung von zehn Abhörgeräten hören wir auf zu zählen und lassen den Hotelmanager kommen. Wir erzählen ihm, dass die Suite zwar sehr schön sei, aber Nadine von der Farbzusammenstellung leider immer entsetzliche Kopfschmerzen bekomme. Ob er uns nicht andere Räume zur Verfügung stellen könne und zwar möglichst so schnell wie ein Hundert-Dollar-Schein von meiner Hand in seine wandert.

Es geht zwar nicht ganz so schnell, aber nach zehn Minuten haben wir eine etwas kleinere Suite zwei Stockwerke höher.

Ben grinst, als er zurückkommt und uns in einem anderen Appartement vorfindet.

»Donnerwetter, habt ihr aber schnell festgestellt, was mit der vorigen Suite los war. Meinen Glückwunsch! Ich freue mich schon darauf, wie ihr meine lieben Kollegen beschäftigen werdet. Übrigens, die rätseln immer noch daran herum, wieso sämtliche Wanzen in eurem Haus einen Stromschlag bekommen haben.«

Er war bestens informiert.

»Wenn ihr nichts dagegen habt, gehen wir jetzt einkaufen. Ihr braucht dringend neue Klamotten«, sagt er mit einem missbilligenden Blick auf unser nicht gerade exklusives Outfit. »Außerdem seid ihr zum Abschluss zu einem Empfang beim Präsidenten geladen. Dafür braucht ihr Abendkleidung.«

Wir lassen uns gern von ihm führen und beraten.

Ben kleidet uns völlig neu ein. Ganz aus dem Häuschen gerät er, als Nadine mit einem einfach geschnittenen, aber extrem eleganten Abendkleid aus der Umkleidekabine auftaucht.

»Mein Gott«, stammelt er fassungslos, »das ist ja wahnsinnig, wie du aussiehst. Damit stichst du ja die bestbezahlten Mannequins aus. Also, wenn du so auf dem Empfang auftauchst, werden alle Frauen vor Neid erblassen. Was die Männer denken oder tun, traue ich mich gar nicht sagen.«

Dann sagt er etwas, was uns zu Ölgötzen erstarren lässt.

»Mensch, bei deinem Körper könnte man dich glatt für die Frau aus dem Raumschiff halten!«

Wir sehen uns an. Dann sehen wir Ben an. Aber Ben lacht und erfreut sich ganz offensichtlich an ihrem Anblick. Keine Spur in seiner Mimik oder Gestik deutet darauf hin, dass er den letzten Satz auch nur ein bisschen ernst gemeint hat. Also übergehen wir seine Bemerkung. Aber Nadine entscheidet sich dann doch für ein Kleid, in dem sich ihr Körper nicht ganz so deutlich abzeichnet.

Ben ist etwas enttäuscht. »Also, das andere Kleid fand ich besser. Aber verstehen kann ich dich schon. Es ist sicher nicht gerade angenehm, sich mit Frauen zu unterhalten, die einen mit ihren Blicken am liebsten erdolchen würden und Männer um sich zu haben, die mit Schaum vorm Mund einen ständig ansabbern.« Dabei fährt er sich mit dem Arm über den Mund, um sich imaginären Schaum mit dem Ärmel abzuwischen.

Bepackt mit Schachteln und Tüten kommen wir ins Hotel zurück.

Im Appartement zurück, grinse ich Ben an und sage nur: »Pass auf!« Dann schraube ich die Stehlampe von ihrer Schnur ab und halte die blanken Enden der Schnur an ein kleines Metallplättchen unterm Tisch. Es gibt einen kurzen Knall, und unsere Lauscher sind wieder einmal taub. Dann ruft Nadine den Zimmerservice, damit der Strom wieder eingeschaltet wird.

Das Grinsen auf Bens Gesicht könnte nicht breiter sein.

»Danke für die Vorführung. Jetzt hab' ich einen Stein im Brett bei meinen Leuten. Wie hast du das eigentlich so schnell herausgefunden?«

»Wird nicht verraten«, antworte ich. Ich hatte unseren Orter aktiviert, als Ben Nadines Einkaufstüten im Nebenzimmer ablegte. So hatte er davon nichts mitbekommen.

«Kann ich noch irgendetwas für euch tun? Wenn nicht, dann lasse ich euch jetzt allein und melde mich morgen Nachmittag zurück. Ihr könnt euch ordentlich ausschlafen. Morgen machen wir dann eine Sightseeing-Tour, wenn ihr mögt.«

Damit zieht Ben sich zurück, um seinen Leuten Bericht zu erstatten.

Wir haben Zeit für uns.

Zwei Tage später ist es soweit. Wir betreten das Konferenzzimmer, in dem über die Einzelheiten verhandelt werden soll. Ben ist zum ersten Mal nicht dabei.

Wir hatten allerdings eine ungewöhnliche Führung durch Washington hinter uns.

Bens Erläuterungen und Kommentare waren herzerfrischend locker und amüsant. Er verstand es immer wieder, uns zum Lachen zu bringen. Obwohl er oft sich selbst, seine Mitmenschen, die amerikanische Geschichte und den amerikanischen »way of life« auf die Schippe nahm, merkte man ihm trotzdem an, dass er sein Land liebte. Er machte sich über viele Dinge lustig, aber es war eine liebevolle Art des Lustigmachens. Wir fühlten uns in seiner Gegenwart wohl und ihm war deutlich anzumerken, dass er uns auch mochte. Besonders mochte er natürlich Nadine und machte aus seiner Bewunderung für sie keinen Hehl. Nadine genoss diese offene und ehrliche Bewunderung.

Da sitzen sie nun, die hohen und höchsten Regierungsvertreter. Die Europäer sind mit einem Deutschen, einem Engländer und einem Franzosen erschienen, alle drei arbeiten im europäischen Raumfahrtzentrum in Kourou, die Japaner haben zwei Vertreter geschickt und die Amerikaner stellen die größte Gruppe mit vier Personen. Der eine von ihnen kommt uns bekannt vor. Es ist Mr. Brown, der Leiter der amerikanischen NASA. Mit ihm hatte sich Nadine damals unterhalten, bevor die Schießerei losging.

Die Russen fehlen. Sie entschuldigen sich damit, dass sie zurzeit massive innenpolitische Probleme haben und deshalb auf die Teilnahme vorerst verzichten.

Wir verhandeln zwei Stunden. Das heißt, eigentlich verhandeln wir nicht, sondern nennen lediglich unsere Bedingungen. Die meiste Zeit verbringen wir mit Rückfragen zu Einzelheiten. Wir kommen zu folgender Vereinbarung:

Es ist eine Landung auf dem Mars vorgesehen.

Der Flug wird in zwei Monaten stattfinden.

Drei Passagiere werden befördert, aus jedem der vertretenen Länder einer.

Die Kosten betragen drei Millionen Dollar pro Person und müssen vor der Rückkehr der Astronauten auf das Konto in der Schweiz überwiesen sein. Zehn Prozent der Summe werden allerdings vorher fällig. An Fracht darf jede Person so viel mitnehmen, wie sie ei-

genhändig tragen kann. Für Verpflegung sorgt das
Raumschiff. Auch die Raumanzüge werden vom Schiff
zur Verfügung gestellt. Die Astronauten haben sich be-
dingungslos den Anweisungen der Besatzung des Schiffes unterzuordnen. Es ist absolut verboten, Innenauf-
nahmen des Raumschiffs zu machen, sowie die für die
Passagiere vorgesehenen Bereiche des Schiffes zu verlassen. Sollte einer der Teilnehmer gegen die Regeln
verstoßen, so muss er damit rechnen, dass er von dem
Unternehmen ausgeschlossen wird. Wie das im Einzelnen geregelt wird und welche Konsequenzen das für die
teilnehmende Nation hat, entscheidet die Besatzung des
Schiffes. Die Teilnehmer unterliegen der Gerichtsbarkeit des Schiffes, vertreten durch den Kapitän, wer immer das ist. Diese Gerichtsbarkeit entspricht in etwa
der, der meisten demokratischen Länder der Erde und
ist ausgerichtet an den von der UNO deklarierten Men-
schenrechten.

Das Unternehmen unterliegt keiner Geheimhaltung.
Die Forschungsergebnisse des Unternehmens müssen
jedem Land der Erde zugänglich gemacht werden, das
daran Interesse zeigt.

Als ich auf die Dauer der Reise zu sprechen komme,
gerät die Konferenz vor Aufregung aus den Fugen. Wir
haben einen Zeitraum von einem Monat vorgesehen mit
einem dreitägigen Aufenthalt auf der Marsoberfläche.

Einige der Anwesenden rechnen hektisch nach und
werden bleich. Sie wissen, dass der Mars zum Zeitpunkt
der Reise nicht gerade die günstigste Entfernung zur
Erde hat.

Der Vertreter der amerikanischen Raumfahrtbehörde kann nicht an sich halten und platzt heraus.

»Mein Gott, was würden wir darum geben, einen solchen Antrieb kennenzulernen! Das stellt ja alles in den Schatten, was wir uns nur vorzustellen vermögen!«

Wenn er wüsste, dass dies für das Schiff ein absolutes Schneckentempo bedeutet!

Als alles geregelt ist, wird Champagner gebracht, und wir feiern den Abschluss der Verhandlungen.

Zwei Tage später ist ein offizieller Empfang im Weißen Haus vorgesehen und die Öffentlichkeit soll informiert werden.

Damit wird für uns beide ein neuer Abschnitt unseres Lebens beginnen. Wir werden uns wohl oder übel damit abfinden müssen, ab jetzt ständig im Rampenlicht der Öffentlichkeit zu stehen. Doch, dass es so schnell gehen wird, wie es dann geschieht, haben wir nicht erwartet.

Kaum haben wir das Konferenzgebäude verlassen, als unsere Augen von einem Blitzlichtgewitter geblendet werden. Vor dem Haus drängeln sich Unmengen von Fernseh- und Zeitungsleuten. Obwohl der amerikanische Regierungsvertreter sie auf eine in einer Stunde beginnende Pressekonferenz hinweist, werden wir von Reportern bestürmt. Alle wollen Einzelheiten wissen. Ganz besonders interessiert man sich für unser Verhältnis zu den Außerirdischen. Ob wir sie schon gesehen haben, wie sie aussehen, und so weiter.

Plötzlich zieht uns jemand nach hinten und schiebt uns aus der Menge heraus ins Haus zurück. Es ist Ben.

»Kommt mit! Hier auf dem Dachgeschoß gibt es eine ganz passable Kantine. Da vermutet euch keiner und dort können wir etwas essen und trinken und uns die Zeit bis zur Pressekonferenz totschlagen. Man wird einen von euch dabei haben wollen.«

Also fahren wir mit dem Fahrstuhl hinauf zur Kantine und stärken uns für die Pressekonferenz.

Später sitzen wir auf einem erhöhten Podium in einer Reihe. In der Mitte sitzen drei Pressesprecher der jeweiligen Regierungen und neben ihnen Mr. Brown von der NASA. Rechts davon hat ein Vertreter des Verteidigungsministeriums der USA Platz genommen. Links von den Pressesprechern sitzt eine attraktive junge Frau vom Forschungsministerium, die mir gleichzeitig als Dolmetscherin dienen soll, und daneben ist mein Platz. Hinter und neben uns stehen einige gelangweilt aussehende Herren mit ungewöhnlich breiten Schultern und unter den Achseln ausgebeulten Jacken, offenbar Sicherheitsbeamte.

Ben und Nadine halten sich hinter dem Podium auf und verfolgen die Szene über Monitore.

Der Pressesprecher der Amerikaner informiert vorab über die Ergebnisse der Konferenz und Mr. Brown ergänzt Einzelheiten. Dann hagelt es Fragen aus den Reihen der unten Sitzenden. Insbesondere geht es um Fragen der Sicherheit.

An der Art der Fragen merke ich, dass in vielen Köpfen noch die Vorstellung von bösartigen außerirdischen Monstern spuckt, die die Welt der Menschen erobern wollen. Hier tut sich ganz besonders ein junger pickelgesichtiger Reporter einer rechtsgerichteten Boulevardzeitung hervor. Er will wissen, ob die Regierung nicht einkalkuliert hätte, dass das Geld vielleicht nur dazu dienen könnte, einen Stützpunkt der Außerirdischen auf der Erde einzurichten.

In der Antwort weist der Pressesprecher der Regierung darauf hin, dass sie grundsätzlich und immer Vorsichtsmaßnahmen treffe und Mr. Brown ergänzt, dass das fremde Raumschiff bisher allein zur Rettung von Menschen in Erscheinung getreten und dass die Aggression, wenn auch nicht beabsichtigt, leider von der Erde ausgegangen sei.

Dann nimmt das Pickelgesicht mich ins Visier.

»Sind Sie eigentlich sicher, dass Sie noch Sie selbst sind? Könnte es nicht sein, dass die Außerirdischen längst Ihren Verstand übernommen haben, um sie als Werkzeug zur Vernichtung der Menschheit einzusetzen!«

Und mit einem arroganten Unterton fügt er hinzu.

»Falls Sie mich überhaupt verstehen können!«

Er hat sehr wohl bemerkt, dass meine Nachbarin ständig dabei ist für mich zu übersetzen. Von ihr weiß ich auch seinen Namen.

Ich schaue ihn freundlich an und antworte zu seiner Verblüffung in akzentfreiem Englisch.

»Ich bin absolut sicher, was meinen Verstand angeht. Allerdings bin ich in keiner Weise sicher, Mr. Hiller, ob nicht gewisse Science-Fiction-Literatur der dümmsten und primitivsten Art von Ihren Verstand Besitz ergriffen und nichts mehr übrig gelassen hat.«

Meine Antwort ruft bei den Anwesenden Erheiterung gemischt mit Schadenfreude hervor. Ich habe immerhin erreicht, dass der Rest der Pressekonferenz in freundlicherer Atmosphäre abläuft. Besonders interessiert man sich natürlich für die Art meines Kontaktes zu den Außerirdischen und warum die Fremden nicht den direkten Weg gewählt haben. Ich bin jetzt fast dankbar für das Fiasko bei der Rückkehr der vom Kurs abgekommenen Astronauten.

»Meine Damen und Herren, sie alle wissen, wie die erste Kontaktaufnahme vor sich gegangen ist. Haben Sie bitte daher Verständnis dafür, dass meine Auftraggeber sehr vorsichtig geworden sind. Genau so vorsichtig wie auch die andere Seite, wenn ich Sie an die vorhin geäußerten Worte des Regierungssprechers erinnern darf. Was meinen Kontakt angeht, so treffe ich mich mit meinem Auftraggeber zu vorher festgesetzten Zeiten. Und wenn Sie mich fragen, wie er aussieht, so muss ich antworten, so wie Sie ihn oder besser wohl sie, aus den Aufnahmen der ersten Kontaktaufnahme kennen. Ich kann Ihnen auch nicht sagen, ob meine Kontaktperson dieselbe Person ist, auf die geschossen wurde und die dabei getötet wurde oder auch nicht. Es ist auch denkbar, dass die Fremden alle so aussehen. Mehr kann ich Ihnen dazu leider nicht sagen, da ich nicht mehr weiß. Und wenn Sie fragen, warum gerade ich ausgesucht wurde, so kann ich auch nur Vermutungen anstellen. Denkbar wäre einerseits ein reines Zufallsprinzip, andererseits aber auch meine Abneigung gegenüber Menschen mit der Einstellung, allem Fremden gegenüber misstrauisch zu sein. Eine Haltung übrigens, die sich heutzutage leider wieder auf unsere Erde immer mehr ausbreitet und die viel Unheil anrichtet und auch in der Vergangenheit angerichtet hat.«

Meine kleine Spitze gegen Pickelgesicht Mr. Hiller ist bei den Anwesenden gut angekommen, wie ich an dem zustimmenden Klopfen vieler Presseleute erkennen kann.

Dann ist die Pressekonferenz zu Ende und Ben schafft es, uns ohne weitere Belästigungen ins Auto zu verfrachten und ins Hotel zu bringen.

Doch auch vor dem Hoteleingang stehen sie schon mit aufgebauten Kameras. Wir fahren am Eingang vorbei zum Lieferanteneingang. Von dort aus gelangen wir unbehelligt in unsere Räume. Erschöpft lassen wir uns in die Polster fallen.

»Meine Leute stehen unten im Foyer und lassen keinen herein«, erklärt Ben uns. »Hier seid ihr erst einmal vor neugierigen Reportern sicher!«

Nachdem wir uns etwas ausgeruht haben, schaltet Ben den Fernseher an. Die Pressekonferenz wird weltweit übertragen.

»Du hast einige Pluspunkte gemacht bei deiner Auseinandersetzung mit dem jungen Schnösel von Reporter«, bemerkt Ben. »Aber mach' dich darauf gefasst, dass sie dich in seiner Zeitung in der Luft zerreißen werden. Aber das sollte nicht so viel ausmachen, denn die Kommentare der Fernsehreporter sind durchweg positiv. – Da, sieh! Das macht dich vollends glaubwürdig!«

Der Sender blendet gerade die Szene ein, in der Nadine zusammengeschossen wird. Der Himmel weiß, wie sie daran gekommen sind.

Damit sind die Sympathien vollends auf unserer Seite. Und die Auswirkungen erfahren wir in den nächsten Wochen.

OPERATION MARS

»Himmel, war das ein Trubel!« Mit lautem Aufseufzen lässt sich Nadine auf meinen Schoß fallen. Wir sitzen in unserem Haus und genießen den ersten ruhigen Abend seit vier Wochen. Wir haben wirklich eine hektische Zeit hinter uns.

Es fing an mit der Einladung ins Weiße Haus.
Ben holte uns ab.
Nadine sah hinreißend aus in ihrem Abendkleid. Das fand auch Ben. Wir hatten darauf bestanden, dass Ben mit eingeladen wurde. Er war uns inzwischen ein sehr guter Freund geworden, und außerdem glaubten seine Agentenkollegen, uns auf diese Weise ständig unter Aufsicht zu haben.

Unsere Ankunft wurde von dem mittlerweile üblichen Blitzlichtgewitter begleitet. Es machte uns nichts mehr aus.

Nachdem die nötigen Empfangsformalitäten und Reden erledigt waren, machten sich die anwesenden Herren der Schöpfung über Nadine her. Sie war umringt von einer Schar befrackter Männer, die sie mit Komplimenten überschütteten.

Obwohl Ben lieber in Nadines Nähe geblieben wäre, hatte er den Auftrag bekommen, nicht von meiner Seite zu weichen. So machte er mich ständig mit neuen Leuten bekannt, die überwiegend die wirtschaftliche Seite der Vereinigten Staaten, in erster Linie aber ihre eigenen Interessen vertraten. Von mehreren Seiten wurden mir horrende Summen angeboten, wenn ich einen entsprechenden Raumflug für die eine oder andere Gesellschaft oder auch für Privatleute vermitteln würde. Man konnte es einfach nicht begreifen, wieso den Regierungen ein Flug für lächerliche neun Millionen angeboten worden war, während sie doch bereit wären, ein Vielfaches dafür zu bezahlen.

Ich merkte, wie Ben sich insgeheim darüber amüsierte, wie die Wirtschaftsbosse sich in Angeboten überschlugen und allesamt bei mir gegen eine Wand liefen. Er konnte diese Typen wohl genau so wenig leiden wie ich.

Es dauerte lange, bis sie merkten, dass sie bei mir nichts erreichen konnten. Danach verloren sie das Interesse und überließen mich der Damenwelt, die nur darauf gewartet hatte, sich auf mich zu stürzen.

Ich fühlte mich wie zu Weihnachten. Die Damen glitzerten mit ihren umgehängten Kostbarkeiten wie mit Lametta behängte Weihnachtsbäume bei mir zu Hause. Und alle fanden mich wahnsinnig aufregend, himmelten mich an und hingen an meinen Lippen, als ob ich die ultimativen Weisheiten dieser Welt verkünden würde.

Doch das rief Nadine auf den Plan. Bevor ich es richtig wahrgenommen hatte, stand sie neben mir, hängte sich bei mir ein und begann sofort, sich in die Gesprächsrunde einzumischen. Sie wollte allen deutlich zeigen, wo ich hingehörte.

Ben grinste breit, und ich war stolz darauf, dass sie wohl ein kleines bisschen eifersüchtig zu sein schien.

Dann verstummte auf einmal die Runde um uns herum. Die Damen und Herren wichen zur Seite und gaben so eine Gasse für einige Männer und eine einzelne Frau frei. Es waren der Präsident mit seiner Gattin und den Sicherheitsbeamten sowie ein Rattenschwanz von sogenannten politischen Größen.

Wir wurden dem Präsidentenehepaar vorgestellt. Mr. Präsident gab sich außerordentlich jovial und sie, eine gepflegte Frau mittleren Alters, die in ihrer Jugend eine ausgesprochene Schönheit gewesen sein muss, betrachtete mich neugierig.

Bei der Begrüßung konnte der Präsident seine Augen nicht von Nadine losreißen. Er war offenbar kein Kostverächter, wie man seinen bewundernden Blicken entnehmen konnte. Daher fiel auch die Begrüßung seiner Frau gegenüber Nadine entsprechend kühl aus.

Dann begann der übliche »small-talk«. Man tauschte nichtssagende Höflichkeiten aus, während die uns umringenden breitschultrigen Herren mit den im Achselbereich ausgebeulten Jacken uns wie die Klapperschlangen vor dem Kaninchenbau fixierten.

Doch auch der »small-talk« konnte nicht darüber hinweg täuschen, dass die Atmosphäre außerordentlich gespannt war. Und dazu trugen nicht nur die Klapperschlangen bei, sondern auch die Präsidentengattin selbst. Es gelang ihr nur schwer, die Missachtung für die offensichtliche Schwäche ihres Mannes gegenüber dem weiblichen Geschlecht und ganz besonders gegenüber Nadine zu verbergen.

Doch als die gesamte Begrüßungszeremonie dann für die Fotografen der Presse wiederholt wurde, war der Präsident völlig »gentleman-like«, und sie zeigte ihr strahlendstes Lächeln. Sie waren eben Polit-Profis.

Nachdem der mächtigste Mann der Vereinigten Staaten eine kurze Ansprache für die Presse gehalten hatte, in der er kurz die Vereinbarungen skizzierte und eine erfolgreiche Zusammenarbeit beschwor, zog sich das Präsidentenehepaar zurück und überließ uns wieder den Damen und Herren der amerikanischen Gesellschaft, das heißt mich den Damen und Nadine den Herren.

Natürlich kam man immer wieder auf das Hauptthema zu sprechen, nämlich unseren Kontakt zu den Aliens, und immer wieder kam auch Misstrauen auf. Die vielen schlechten Science-Fiction-Romane spukten in den Köpfen noch zu vieler Leute herum.

Doch die positiven Stimmen überwogen. Man erinnerte sich an die spektakuläre Rettungsaktion der amerikanischen Astronauten und die unrühmliche Rolle, die das Militär dabei gespielt hatte.

Die nächsten Tage vergingen wie im Flug.

Ben schirmte uns so gut wie es ging von allzu Neugierigen ab, und übertraf sich damit, uns weitere Sehenswürdigkeiten Washingtons zu zeigen. Man merkte ihm immer wieder seinen Stolz auf sein Land an, obwohl er durchaus viele seiner Kollegen sehr kritisch sah und sich diebisch freute, wenn es uns wieder einmal gelungen war, den ständigen heimlichen Begleitern eins auszuwischen, indem wir sie abhängten.

Der Nebeneffekt war, dass er bei seinen eigenen Leuten immer unentbehrlicher wurde, war er doch der Einzige, der ständig Kontakt zu uns halten konnte.

So verbrachten wir noch einige entspannte Tage in der amerikanischen Hauptstadt.

Dann ging es zurück nach Deutschland. Man ließ es sich nicht nehmen, uns eigens eine Maschine zur Verfügung zu stellen mit einer hervorragenden Crew, der man nicht anmerkte, dass sie ausnahmslos aus Leuten der CIA bestand.

Ben sollte uns einige Tage später nachfolgen.

Uns war schon klar, dass man ihn eines ausführlichen Verhörs unterzog. Doch wir hatten ausdrücklich darauf bestanden, ihn als unsere Kontaktperson zu behalten, so dass seine Abwesenheit nicht lange dauern dürfte. Wollte man doch weiterhin über alle unsere Schritte informiert bleiben.

Auch die Ankunft in Deutschland gestaltete sich entsprechend unseres neuen Berühmtheitsgrades.

Am Flughafen wurden wir neben dem Blitzlichtgewitter der Presse vom Staatssekretär des Außenministeriums persönlich empfangen und bis zu unserem Firmensitz begleitet. Man stellte uns sogar eine gesamte Mannschaft zur Verfügung die sowohl unseren Firma, als auch mein privates Haus vor Neugierigen abschirmte. Wir hatten keine Zweifel, aus welchen Stellen sich diese Mannschaft rekrutierte.

Nun genießen wir also den ersten ruhigen Abend zu Hause, wohl wissend, dass draußen im Dunkel eine ganze Truppe um das Haus herum wuselt.

Man hat es auch aufgegeben, unsere Umgebung zu verwanzen. Offenbar ist man sich im Klaren darüber geworden, dass wir auf irgendeine unerklärliche Weise jede Wanze finden und unbrauchbar machen können.

Und wir müssen uns daran gewöhnen, dass von nun an jeder unserer Schritte unter den Augen der Öffentlichkeit stattfindet. Immer ist irgendein Reporter im Weg oder Autogrammjäger verfolgen uns, ganz zu schweigen von den Heerscharen der Geheimdienste aus aller Herren Länder.

Doch da sich unser Leben vor den Augen der Öffentlichkeit abspielt, leiden unsere »Aufpasser« unter absoluter Untätigkeit und ihre »geheimen Dossiers« lassen sich meist schon vorher in jeder Boulevardpresse nachlesen.

Wir bekommen ein Problem. Der Kontakt mit Selena ist uns zwar weiterhin möglich, aber es ist uns unmöglich, das Schiff zu betreten oder auch nur herbei zu ordern.

Also erklären wir in aller Öffentlichkeit, dass uns der ganze Trubel ziemlich auf die Nerven gehe und nutzen unsere besonderen Fähigkeiten dazu, die Allgemeinheit daran zu gewöhnen, dass wir gelegentlich von der Bildfläche verschwinden. So können wir weiterhin beim Joggen jeden Verfolger abhängen und werden durch die Verbindung mit Selena auch vor den hartnäckigsten und geschicktesten Beobachtern gewarnt. Sogar Ben, der inzwischen eingetroffen ist, unterstützt uns dabei so gut er kann. So sind wir immerhin ein bis zweimal die Woche für jeden unauffindbar. Sie sollen denken, dass wir in unserer Abwesenheit in Kontakt zu unseren Auftraggebern treten.

Manchmal nehmen wir sogar Ben mit, denn auch er hat Einiges drauf, um unliebsame Verfolger abzuschütteln. Besonders Nadine genießt die Stunden mit uns beiden Männern. Es ist ganz offensichtlich, dass Ben sie nicht nur bewundert, sondern er macht keinen Hehl daraus, dass er sie sehr gern mag. Und Nadine genießt die Bewunderung. Doch ihm würde es nie einfallen, Nadine in irgendeiner Weise anzumachen. Er respektiert die Verteilung der Rollen voll und ganz, und deswegen schätzen wir ihn.

Inzwischen ist die Anzahlung auf unserem Schweizer Konto eingegangen und wir sind mit einem Schlag reich. Wir bezahlen die inzwischen aufgelaufenen Schulden und installieren, auf Bens Rat hin, Sicherheitseinrichtungen in den Räumen unserer Firma, in Nadines Straßburger Wohnung und bei mir zu Hause.

Dann kommt der Tag, an dem die Operation Mars starten soll. Um keinen Zweifel daran aufkommen zu lassen, dass wir nur im Auftrag der Aliens arbeiten und nicht etwa mit ihnen identisch sind, lassen wir den Beginn von Selena allein ausführen.

Wir verfolgen die Aktion im Fernsehen. Es ist ein ungeheurer Wirbel. Das Leben der drei ausgewählten Astronauten, eines Amerikaners, eines Japaners und einer Französin wird bis ins kleinste Detail vor der Fernsehöffentlichkeit ausgebreitet. Zu unserer großen Überraschung ist uns der amerikanische Mitfahrer gut bekannt. Es ist der Astronaut Lammert, den wir gerettet haben.

Das vereinbarte Landefeld ist in fester Hand der Weltpresse, die in solcher Zahl erschienen ist, dass die in hoffnungsloser Minderheit befindlichen Uniformträger, die für die Sicherheit verantwortlich zeichnen sollen, restlos überfordert sind.

Dann taucht, wie aus dem Nichts, das Schiff auf. Die Stimmen der Kommentatoren überschlagen sich, als nach der Landung Nadine in ihrem Anzug aus dem Raumschiff tritt.

Wir schauen uns verblüfft an. Nadine sitzt neben mir, wie kann sie gleichzeitig dort auftreten?

Auch Ben ist völlig aus dem Häuschen. »Guckt sie euch an, guckt sie euch an«, stößt er atemlos hervor, »hat sie nicht die gleiche tolle Figur wie du, Nadine!«

Wir müssen zugeben, dass er nicht ganz Unrecht hat, aber weisen ihn darauf hin, dass ihr Gang nicht ganz der gleiche ist. Irgendwie wirkt er zu hölzern.

Doch dem kann Ben nicht zustimmen, er ist fasziniert von der Frau auf dem Bildschirm.

Zugegeben! In dem hautengen Anzug sieht sie umwerfend aus.

Nadine zeigt sich entsetzt vermischt mit einem Quäntchen Befriedigung.

»Sehe ich wirklich so aus«, flüstert sie mir zu, »solche Brüste und ein viel zu hervorstehender Po? Die sieht ja fast nackt aus! Wer ist die denn?«

Ich flüstere ebenfalls zurück, dass ihre Brüste wunderbar seien und ihr Po überhaupt nicht hervorsteht, sondern klein und knackig sei.

Ben hat nichts von unserem Gespräch mitbekommen, er hat den Fernseher auf volle Lautstärke gestellt und kriecht fast ins Bild hinein.

Nadines Doppelgängerin begrüßt unter dem Blitzlichtgewitter der Weltpresse die drei Mitreisenden und deutet mit einer Handbewegung an, dass sie ihr folgen sollen. Die drei Astronauten schultern ihr Gepäck und marschieren im Gänsemarsch hinter der Fremden zum Schiff, das bewegungslos zwei Meter über dem Landefeld schwebt. Unter dem Schiff angekommen, wendet sich Nadine ihren Begleitern zu und gibt ihnen zu verstehen, dass sie ihr die nun anschließende Bewegung nachmachen sollen, indem sie sie betont langsam ausführt. Sie geht leicht in die Knie, stößt sich vom Boden ab, schwebt nach oben und gleitet durch die scheinbar feste Außenhaut des Schiffes.

Sehr zögerlich, die Mimik voller Zweifel, gleiten nacheinander die beiden Männer nach oben. Nur die Frau tritt ohne zu Zögern unter das Raumschiff, stößt sich anmutig ab, winkt noch einmal kurz den Anwesenden zu und verschwindet ebenfalls im Schiff. Dann beginnt das Schiff völlig geräuschlos Fahrt aufzunehmen und wird kurz darauf von der dichten Wolkendecke verschluckt. Wenig später verschwindet es von den Radarschirmen der zivilen und militärischen Beobachter.

Insbesondere die Szene, in der Nadine die Wartenden begrüßt, wird andauernd wiederholt. Und dabei merken wir, dass irgendetwas nicht stimmt. Nadine hat Recht. Ihre Brüste sind etwas zu groß und ihr Po steht wirklich etwas zu weit nach hinten heraus. Den Unterschied kann natürlich nur jemand bemerken, der Nadine, beziehungsweise ihren Körper, so genau kennt, wie wir beiden.

Die Nadine im Fernsehen gleicht eher einem Pin-up-Girl als dem echten Vorbild. Auch für den leicht hölzernen Gang haben wir die Erklärung. Selena hat, so vermuten wir, einen Roboter umgebaut und dabei wie immer etwas übertrieben.

Wir gehen zu Bett, während Ben sich weiterhin jede Einzelheit der Ereignisse herein zieht.

Die nächsten Wochen werden bestimmt durch die Reise zum Mars. Täglich gibt es eine Schaltung zu den Astronauten, die vom Leben an Bord berichten.

Die Menschheit ist im Weltraumfieber.

Aus den Vereinigten Staaten wird berichtet, dass die Regierung ein 500-Milliarden-Dollar-Programm zur Erforschung der Schwerkraft aufgelegt hat.

Sieh an! Die sind schnell und nicht dumm. Die entsprechenden Fachleute haben sich ihre Gedanken über die scheinbar antriebslose Fortbewegung des Raumschiffes gemacht und die richtigen Schlüsse gezogen.

Während Selena im Schneckentempo durch das Weltall kriecht, organisieren wir mit Bens Unterstützung unsere längeren »Auszeiten«, in denen wir für alle und jeden unerreichbar sind.

Meist verbringen wir die ungestörten Stunden außerhalb der Stadt auf der Lichtung eines kleinen Waldgebietes, wo wir, wenn wir allein sind, Kontakt mit dem Raumschiff aufnehmen können. Wir wollen es uns natürlich nicht nehmen lassen, bei der Ankunft auf dem roten Planeten dabei zu sein. Daher auch der ganze Aufwand mit den »Auszeiten«.

Nach knapp zwei Wochen ist es soweit. Es ist für die Astronauten die letzte Nacht vor der Landung, in der sie mit Selenas Unterstützung eine ausgesprochen ruhige Nacht im über zehn Stunden dauernden tiefen Schlaf verbringen.

In dieser Zeit dreht Selena richtig auf, fliegt zur Erde, nimmt uns an Bord, und gemeinsam geht es zurück zum Mars.

Es bleibt noch etwas Zeit, bis unsere Gäste aus ihrem, von Selena verordneten, Schlaf erwachen und ich nutze die Minuten, um mit dem Schiffscomputer über das 500-Milliarden-Dollar-Programm der Amerikaner zu sprechen.

»Können Sie es schaffen«, frage ich, »die Schwerkraft zu beherrschen und für sich zu nutzen?«

Selena, die offenbar über eine gewisse Radiostation namens Radio Erewan informiert ist, antwortet.

»Im Prinzip, ja! Aber nicht allein und nicht mit lächerlichen 500 Milliarden Dollar. Der Aufwand ist so enorm, dass die gesamte Wirtschaftskraft aller Länder der Erde dafür knapp ausreichen dürfte. Fast alle Regierungen eures Planeten müssten für dieses Projekt zusammenarbeiten und den größten Teil ihres Bruttosozialproduktes dafür opfern.«

»Und was ist mit der Gefahr, die von jeden neuen Forschungsergebnis ausgeht«, wende ich ein, »lässt es sich als Waffe verwenden, um sich gegenseitig zu vernichten. Die Menschheit hat historisch gesehen, eine große Vorliebe dafür entwickelt.«

»Natürlich lässt sich die Beherrschung der Schwerkraft als furchtbare Waffe verwenden«, gibt Selena zu, »aber gegen wen? Wenn man alle dazu braucht, die Sache in den Griff zu bekommen, würde man kaum die Leute, die man braucht, umbringen. Das wäre so etwas wie Selbstverstümmelung. Die Aggression könnte sich höchstens nach außen richten, gegen Fremde, Außerirdische, die vielleicht einmal die Erde erreichen, oder aber, und das könnte als positiv gewertet werden, gegen die Millionen im Sonnensystem herumschwirrenden Kometen und Asteroiden, die eine Gefahr für die Existenz der Erde darstellen und auch in eurer Vergangenheit darstellten, wenn sie auf Kollisionskurs geraten.

Noch etwas. Die Forschung ist im Schwerkraftbereich der Erde gar nicht möglich, man muss also hinaus in den Weltraum. Ihr seid zwar schon auf dem Wege mit euren Raumstationen, aber die sind noch viel zu dicht im Schwerefeld der Erde.

Schließlich sind die Beherrschung der Schwerkraft und der Übergang von der Quanten- zur Makrophysik eng damit verbunden, gewaltige Energiemengen auf kleinstem Raum zu speichern. Aber ich zweifle nicht daran, dass es den Menschen eines Tages gelingen wird. Insbesondere das Erscheinen dieses Schiffes wird die Entwicklung enorm beschleunigen. Aber es wird noch viele Jahrzehnte, wenn nicht Jahrhunderte dauern.«

Nadine unterbricht unser Gespräch.

»Sie wachen auf!«

Alle drei Mitreisenden wachen fast gleichzeitig auf. Sie sind in zwei Schlafräumen untergebracht, die dem Komfort kleinerer Hotelzimmer in nichts nachstehen, zumal die künstliche Schwerkraft vergessen lässt, dass man sich im Weltraum befindet. Sie hatten schon vorher mit Erstaunen über dieses Phänomen nach Hause berichtet.

Wir lassen Selena eine »normale« Funkverbindung zu den Bodenstationen auf der Erde herstellen, sodass unsere Gäste Kontakt aufnehmen können. Und das tun sie, so schnell sie können, denn vor den »durchsichtigen« Wänden hängt fußballgroß der rote Planet.

Schon nach kurzer Zeit füllt er fast den ganzen Wandbereich aus und man kann Einzelheiten erkennen. Die sogenannten Marskanäle entpuppen sich als breite Tiefebenen, von denen viele von ungeheuren Sandstürmen heimgesucht werden.

Das Schiff senkt sich hinab in eine der ruhigen Ebenen und unsere Gäste machen sich bereit, als vermeintlich erste Menschen einen anderen Planeten zu betreten.

Nadine schlüpft in ihren Anzug, setzt den Helm auf und geleitet die drei Reisenden in die Kammer mit den restlichen drei Raumanzügen. Alle sind schwer bepackt mit Gerätschaften aus ihrem Gepäck, das sie von der Erde mitgenommen haben. Die Französin, sie heißt übrigens Viviane, bemerkt sehr wohl die bewundernden Blicke, mit denen ihre beiden männlichen Kollegen Nadine betrachten, lässt sich aber außer einem kleinen spöttischen Lächeln nichts anmerken. Und sie ist es auch, die dafür sorgt, dass die Umkleideprozedur völlig problemlos abläuft. Um in die Raumanzüge zu steigen, müssen sich alle drei nackt ausziehen, denn das gesamte System der Wärme- und Sauerstoffregulierung funktioniert nur, wenn das Anzugmaterial unmittelbaren Kontakt zur Haut hat. Wie selbstverständlich schlüpft sie aus ihren Kleidern und streift sich den Raumanzug über, der sich sogleich völlig ihren Körperformen anpasst. Und diese Formen sind durchaus sehenswert. Sie ist zwar etwas kleiner und kompakter als Nadine und insgesamt etwas rundlicher, aber die Rundungen sitzen genau an den richtigen Stellen. Nun legen auch die beiden Männer ihre Hemmungen ab und ziehen die Raumanzüge an. Das Tragen der hautengen Anzüge ist gewöhnungsbedürftig und die perfekte Wasser- und Wärmeregulierung lässt das Gefühl aufkommen, als trage man nichts auf der Haut. Alle drei betrachten nicht nur sich, sondern auch die jeweils anderen neugierig, denn nicht nur Nadine und die französische Astronautin können mit einem Körper aufwarten, der sich durchaus sehen lassen kann.

Dann deutet Nadine an, die Helme aufzusetzen, die sich fest mit dem Anzugmaterial verbinden.

Über Selena und mit deren Stimme nimmt sie Kontakt zu den Astronauten auf. Alle drei zucken zusammen, als sie zum ersten Mal die fremde Stimme in ihren Helmen vernehmen, obwohl sie ihnen nicht neu sein dürfte. Hatte Selena sie doch während unserer Abwesenheit nicht nur begrüßt, sondern auch in die Verhaltensregeln während der Reise eingewiesen.

Das Gepäck wird geschultert und nacheinander gleiten alle fünf auf den Marsboden, Nadine voran.

Aus dem Kommandoraum beobachte ich sie auf den Monitoren. Alle drei Astronauten stehen einen kurzen Moment völlig erstarrt. Dann macht der Amerikaner einen einzelnen großen Schritt. Ich vermute, er denkt an den kleinen Schritt auf dem Mond, der ein großer Sprung für die Menschheit bedeuten sollte, nach dem Ausspruch des amerikanischen Astronauten Neil Armstrong, der vor vielen Jahren als erster Mensch den Mond betreten hatte.

Der Japaner steht mit vor der Brust gekreuzten Armen wie eine Statue. Seine Haltung drückt Ehrfurcht und tiefe Religiosität aus.

Nadine und die kleine Französin Viviane haben sich beide fast gleichzeitig herunter gebückt und sich eine Handvoll Marssand gegriffen, den sie nun durch ihre Finger rieseln lassen. Beim Aufstehen betrachtet Viviane Nadine eine Zeitlang nachdenklich. Sie muss bemerkt haben, dass Nadine die gleiche Reaktion auf den fremden Planeten gezeigt hat, wie sie selbst.

Doch dann machen sich unsere Gäste an die Arbeit. Es werden Sand- und Gesteinsproben gesammelt, die dünne Marsatmosphäre wird in Plastikbeutel eingeschlossenes, und es werden Gerätschaften aufgebaut, die alles analysieren, was erreichbar ist.

Nadine hat sich bereit erklärt, das Ganze mit der Videokamera des Japaners aufzuzeichnen. Dann beginnen alle drei aus den mitgebrachten Teilen ein Gerät zusammenzubauen, das in der Lage ist, eine Bohrung bis zu zwei Meter Tiefe in den Marsboden vorzunehmen. Schon aus diesem Grund sind wir in einer tiefer gelegenen Region gelandet. Man möchte ermitteln, ob im Marsboden Wasser in freier oder gebundener Form vorkommt.

Man wird sich freuen. Selena hatte längst die Analysen vorgenommen. Unter der Oberfläche des Mars befinden sich große Wasservorkommen, allerdings erst in größeren Tiefen. Doch auch bereits dicht unter der Oberfläche werden sich winzige Wasseranteile nachweisen lassen.

Nach fünf Stunden menschlicher Aktivitäten in der geringeren Schwerkraft senkt sich eine kleine Sonne dem Marshorizont zu. Es wird Nacht.

Der Himmel ist sternenklar und beide Marsmonde, Deimos und Phobos, beleuchten mit ihrem schwachen Licht die Marsoberfläche. Es sind Unmengen an Sternen zu sehen, die aber, wegen der dünnen Atmosphäre nur wenig funkeln.

Etliche Sachen sind im Schiff verstaut und Nadine ist mit den Astronauten noch einmal hinausgegangen, um das ungewohnte Schauspiel am Himmel zu betrachten.

Zwei weitere Tage vergehen mit wissenschaftlichen Arbeiten der Teilnehmer auf der Marsoberfläche. Nadine filmt überwiegend. Gelegentlich assistiert sie auch der französischen Astronautin. Irgendwie hat sie einen Draht zu ihr entwickelt.

Am vierten Tag geht es dann auf die für uns kurze, für den Rest der Besatzung fast zwei Wochen dauernde Rückreise zur Erde.

»Ihr wart diesmal aber lange weg«, empfängt uns Ben. »Tausend Leute haben nach euch gefragt!«

Es stimmt, drei Tage hintereinander waren wir noch nie verschwunden gewesen.

»Mars ist in aller Munde«, berichtet Ben, »die Leute drehen durch.«

Ich grinse ihn an.

»Ich mochte das Zeug noch nie, der eklige Karamellkleister verklebt einem ja den ganzen Gaumen!«

Ben starrt mich an, als sei ich nicht ganz richtig im Kopf. Ich erkläre ihm, dass er hätte sagen sollen »*der* Mars ist in aller Munde«, aber mit den deutschen Artikeln steht er als Amerikaner hoffnungslos auf dem Kriegsfuß. Und natürlich kennt er nicht den von der Werbung so hochgelobten und von den Zahnärzten geliebten Süßigkeitskleister mit dem deutschen Namen »Mars«.

Die Menschen haben sich im Wesentlichen in zwei Lager gespalten, berichtet Ben. Die einen nehmen begeistert alles auf, was von der Marsexpedition veröffentlicht wird, wollen als erste bei der Besiedelung dabei sein, lassen sich schon Fahrkarten andrehen und kaufen alles, auf dem irgendwo das Wort Mars vorkommt. Davon wird der Markt überschwemmt. Es gibt jede Menge kleine grüne Marsmännchen und -Weibchen zu kaufen, wobei die Weibchen eine große Ähnlichkeit mit Nadine in ihrem Raumanzug haben, nur das sie grün sind.

Die Leute, die bei der ersten Ankunft des Raumschiffes auf einen hohen Berg geklettert waren, um auf das nahende Ende der Welt zu warten und inzwischen wieder heruntergeklettert waren, weil es mit dem »Jüngsten Gericht« nichts wurde, hocken schon wieder dort oben und frieren sich den Hintern ab.

Dann gibt es diejenigen, die das Ganze für einen ausgemachten Schwindel halten, für eine geschickte Hollywood-Inszenierung mit Aufnahmen vom Mars, die in Wirklichkeit irgendwo in der Wüste Nevadas gemacht wurden.

Dabei ist die Marsexpedition noch immer auf ihrem Rückweg zur Erde, aber Bilder und erste Analysen sind natürlich per Funk längst angekommen und können im Internet abgerufen werden.

Ach ja, und Bens Leute und die Militärs sind sauer. Die Geheimdienste der größten Nationen sind auf uns angesetzt und durchleuchten unserer Herkunft, haben aber bisher noch nichts Auffälliges finden können.

Das Militär, und damit meint Ben das amerikanische Militär, ist auch sauer auf seinen Präsidenten. Hat er doch, entgegen ihrem Rat, der Operation Mars zugestimmt und das Leben der Menschheit, damit meinen sie die vier Astronauten, völlig schutzlos in die Hände von gefährlichen Fremden gegeben, deren lautere Absichten sehr zu bezweifeln seien. Da das militärische Denken sich nur auf den beiden Gleisen Gut und Böse bewegt und sie selbst natürlich die Guten sind, braucht man kein Wort darüber zu verlieren, wer die Anderen sind.

»Wenn irgendetwas schief läuft«, äußert sich Ben besorgt, »dann machen sie Hackfleisch aus euch! Und aus mir gleich mit.«

Wir ahnen nicht, wie Recht er bekommen sollte.

Jedenfalls mit der Rückkehr der Astronauten läuft nichts schief.

Vorerst sind wir allerdings damit beschäftigt, allen möglichen Reportern Interviews zu geben, soweit sie Ben uns nicht vom Hals halten kann.

Dann nehmen wir Kontakt zu Selena auf und fragen, ob es irgendetwas Ungewöhnliches gegeben habe.

Sie berichtet, dass alles normal verlaufe, die Gäste langweilen sich, wenn sie nicht gerade in Kontakt mit ihren Leuten sind. Zur Unterhaltung habe sie die Fernsehberichte über die Marsreise auf den Monitor im Gemeinschaftsraum der vier geholt. Sie berichtet dabei allerdings über einen kleinen Vorfall, den sie nicht einordnen könne. Als nämlich das gestrige Interview von Nadine und mir übertragen wurde, zeigte sich die kleine Französin völlig verwirrt oder erstaunt und ließ sich kurz darauf von ihren Leuten auf der Erde den genauen Zeitpunkt durchgeben, an dem das Interview stattgefunden hatte.

Die Ankunft der Astronauten auf der Erde wird wie ein globales Volksfest gefeiert, wobei die Astronauten in einem großen gläsernen Kasten, der ein eigenes Luftzirkulationssystem besitzt, wie bei einem Rosenmontagszug unter dem üblichen Konfetti-Regen durch die Straßen New Yorks gezogen werden. Man will sie von der Außenwelt völlig abschirmen bis alle Untersuchungen über mögliche Infektionen mit nichtirdischen Viren oder Bakterien abgeschlossen sind. Sie sollen einer zweiwöchigen Quarantäne unterzogen werden, bei der unter anderem auch die Militärärzte und Psychologen Gelegenheit für eine gründliche Untersuchung bekommen werden. Die amerikanische Psychose, dass es sein könne, dass die Marsfahrer von den »Außerirdischen« genetisch verändert oder gar einer Gehirnwäschen unterzogen oder sonst wie manipuliert würden, ist nicht auszurotten.

Aber erst einmal wird gefeiert. Es werden überall auf der Welt Raketen und Böller wie zu Silvester abgeschossen. Politiker aller Herren Länder machen sich mit Reden über den gewaltigen Fortschritt der Menschheit wichtig und die Fernsehkommentatoren wissen Dinge über die Natur der Außerirdischen zu berichten, von denen Nadine und ich nicht einmal geträumt hätten.

Nur die Endzeitfanatiker hocken immer noch auf ihrem Berg, frieren und halten die Böller für die Trompeten von Jericho, die das »Jüngste Gericht« ankündigen.

Nadine und ich avancieren zu den beiden berühmtesten Menschen dieser Zeit. Sämtliche Talk-Shows reißen sich um uns und wir bemühen uns, nicht in jeder Veranstaltung dasselbe zu erzählen, was uns allerdings recht schwer fällt.

Doch die Berühmtheit hat auch ihre Schattenseiten. Am dritten Tag nach der Rückkehr vom Mars fliegen Molotow-Cocktails durch die Scheiben unserer Firma und setzen die gesamte Büroeinrichtung in Brand. Feuerwehr und Polizei sind zwar Dank der neuen Sicherheitseinrichtungen sofort zur Stelle, aber die Täter können unerkannt entkommen.

Wir sind besorgt, die Polizei allerdings weniger. Bei solchen Berühmtheiten, wie wir es sind, gibt es immer Neider, sagen sie und stellen bald die Ermittlungen ein.

Auch Ben ist besorgt und rät, uns eine Zeitlang aus der Öffentlichkeit zurückzuziehen, mit der Begründung, nach all dem Trubel, einmal ausspannen zu wollen und Urlaub zu machen. Wir können es uns ja inzwischen leisten.

Wir folgen seinem Rat und buchen ganz regulär in einem Reisebüro vierzehn Tage Ferien auf Guadeloupe, einer zu Frankreich gehörenden Karibikinsel. Neben den vereinbarten Reisekosten wenden wir eine gewaltige

Menge Geldes auf, damit sowohl die Leute im Reisebüro als auch alle, von der Fluggesellschaft bis zum Boden- und Flugpersonal, dicht halten. So hoffen wir, einigermaßen unbehelligt auf Guadeloupe anzukommen. Nur Ben weiß Bescheid und wir können uns hundertprozentig auf ihn verlassen. Er ist sowieso inzwischen zu eine Art Manager für uns geworden.

Wir kommen spät abends auf dem Flughafen Point-a-Pitre an, der Hauptstadt von Guadeloupe und suchen uns eine Hotelunterkunft für eine Nacht vor Ort.

Die Insel hat die Form eines Schmetterlings. Der östliche Flügel, Grand-Terre, ist relativ flach. Hier sind die von Touristen bevorzugten Strände, mit nur wenig Wellengang, da die Brandung außerhalb an einem vorgelagerten Riff gebrochen wird. Über Grand-Terre bilden sich erst die Wolken des ständigen Nord-Ost-Passats, die sich dann an den Berghängen des vulkanischen West-Flügels abregnen. Somit ist das Klima Grand-Terres trocken, warm und sonnig, von einigen seltenen und kurzen Regengüssen abgesehen. Basse-Terre, der vulkanische Ostteil der Insel, ist tropisch feucht und mit dichtem Regenwald bewachsen.

Am folgenden Tag finden wir über eine private einheimische Vermittlung ein kleines Häuschen in einem Ort mit einem kleinen Hafen im Nordwesten von Basse-Terre.

Um ganz sicher zu gehen, dass man uns nicht aufspürt, sagen wir am dritten Tag der Vermieterin, dass wir uns zu einem Wanderurlaub durch das vulkanische Gebirge aufmachen wollen und erst in einer Woche zurück sein werden.

Wir besorgen uns die nötige Ausrüstung und vorbei an hellrot blühenden Flammenbäumen, großen Bäumen mit gewaltigen Brettwurzeln und Fensterblattgewächsen mit riesigen Blättern klettern wir in die feucht-tropische Bergwelt. Unter uns liegt das Karibische Meer im Sonnenschein und über uns hängen die Regenwolken in den Bergen, die für die üppige Vegetation sorgen.

Der Aufstieg ist nicht besonders mühsam, da es gut ausgebaute Wanderwege gibt. Wir haben nur leichte Bekleidung und Regenzeug mitgenommen, denn die Temperaturen betragen angenehme 26 Grad Celsius.

Wir kommen an Flüssen und kleinen Wasserfällen vorbei und lassen es uns nicht nehmen, in einem kleinen Bassin zu baden, in das ein etwa 25 Meter hoher Wasserfall rauscht. Auch das Wasser hat hier noch eine Temperatur von 25 Grad, denn der Fluss hat sein Quellgebiet oben am Vulkan und tritt dort mit fast 80 Grad aus den Felsen.

Die Wanderstrecken sind sehr beliebt. Den ganzen Tag begegnen uns Wandergruppen. Erst gegen Abend wird es ruhiger und als sich die Nacht, wie in diesen Breiten immer sehr schnell herabsenkt, sind wir allein.

Wir lassen Selena von ihrer Parkbahn im Orbit kommen, gehen an Bord und verlassen die Insel. Unser Ziel ist meine »Mondsichel-Trauminsel«, die ich auf der ersten Erprobungsfahrt mit dem Raumschiff entdeckt habe. Ich möchte Nadine das kleine Paradies zeigen. Dort ist um diese Zeit noch früher Nachmittag.

Nadine ist hingerissen. Nachdem wir wieder an der Flussmündung gelandet sind, stürmt sie nach draußen, reißt sich die Kleider vom Leib und stürzt sich in die Wellen. Ich folge ihr nach und wir toben in der leichten Brandung und lieben uns anschließend am Strand. Dann liegen wir erschöpft im Sand und genießen die Wärme auf unserer Haut.

Bevor wir uns auf den Weg flussaufwärts machen, besorgen wir uns aus dem Schiff Sonnenschutz und reiben uns gegenseitig ein.

Mein Pfad am Fluss entlang ist noch zu sehen und wir kommen an das Becken mit dem Wasserfall. Ich zeige Nadine die versteckte Höhle und wir springen durch das herabstürzende Wasser hindurch in den kleinen See.

Es sieht fantastisch aus, wenn plötzlich, wie aus dem Nichts, Nadines nass glänzender nackter Körper aus dem Wasservorhang herausschießt und geschmeidig ins Wasser eintaucht. Ich kann mich daran nicht satt genug sehen.

Es gibt auf der Insel weder giftige Insekten, Schlangen oder anderes gefährliches Getier. Und vor allem gibt es keine anderen Menschen.

Am westlichen Horizont ist eine zweite Inseln zu sehen, die ebenfalls, nach Selenas Aussagen, unbewohnt ist.

Unser Paradies ist durch die hohe Steilküste auf der einen Seite und durch das vorgelagerte Riff auf der anderen Seite vom Meer aus fast unzugänglich.

Wir verbringen so eine ganze Woche auf der Insel und bringen sogar die Nächte im Freien zu. Denn auch nachts sinken die Temperaturen kaum unter 28 Grad.

Wir ernähren uns hauptsächlich von Früchten, die auf der Insel wachsen und von ein paar Fischen, die wir mit einer selbst gebastelten Angel fangen und zubereiten. Nur gelegentlich gehen wir an Bord und lassen uns von Selena ein abwechslungsreiches Menü zubereiten.

Die Zeit vergeht wie im Fluge und viel zu schnell müssen wir zurück nach Guadeloupe, bevor uns unsere Vermieterin vermisst. Dort verbringen wir noch ein paar Tage als Touristen und fliegen dann mit der Linienmaschine zurück nach Deutschland.

Unser Büro ist inzwischen wieder hergerichtet.

Am folgenden Tag haben wir Besuch. Drei Chinesen stehen vor der Tür mit einem Koffer in der Hand, in dem sich vermutlich kein Kontrabass befindet. Es sind Regierungsbeamte, wie wir ihren Ausweisen entnehmen können und sie sind ausgesprochen höflich und kommen auch gleich zur Sache.

Ihre Regierung würde es begrüßen, wenn bei der nächsten Expedition Chinesen mit an Bord wären. Sie seien schließlich inzwischen eine der größten Industrienationen und haben es schon als Affront empfunden, bei der Marsexpedition übergangen worden zu sein. Selbstverständlich würden sie auch dafür bezahlen und, um ihren guten Willen zu zeigen, hätten sie eine kleine Anerkennung für uns persönlich, die uns dabei bestärken solle, ihren Wunsch bei unseren Auftraggebern mit Nachdruck vorzutragen.

Damit stellen sie den mitgebrachten Koffer auf den Tisch und öffnen ihn.

Wir schauen auf Bündel von Geldscheinen. Zwei Millionen Dollar, wie sie sagen.

Nadine und ich wechseln einen entsetzten Blick.

Wir waren naiv!

Die Marsexpedition hatte für uns eigentlich nur einen einzigen Grund gehabt. Wir brauchten dringend auf legale Weise Geld. Und das hatten wir nun und zwar mehr als genug. Das war eigentlich alles, was wir wollten.

Wir hatten schlicht nicht bedacht, dass die Dinge eine Eigendynamik entwickeln würden und man selbstverständlich mit weiteren Expeditionen rechnen würde.

Wir müssen Zeit gewinnen.

Also lehnen wir freundlich das Angebot ab, sagen aber zu, dass bei der nächsten Reise ins All ein chinesischer Vertreter sicherlich dabei sein würde. Nur haben wir von unseren Auftraggebern noch keine Informationen darüber, ob und wann die nächste Reise geplant sei.

Damit geben sich die drei Chinesen erst einmal zufrieden, wirken aber zutiefst beleidigt, weil wir das Geld nicht angenommen haben.

Als die drei gegangen sind, atmen wir erst einmal tief durch.

Was machen wir? Was für einen plausiblen Grund könnten wir angeben, um weitere Reisen ins Weltall abzusagen? Die Regierungen, allen voran die Amerikaner, haben Blut geleckt. Die wollen natürlich jede Möglichkeit nutzen, um mehr über das Raumschiff, insbesondere über seinen Antrieb, herauszubekommen. Es war möglicherweise auch ein Fehler, die Chinesen beim ersten Flug nicht zu berücksichtigen.

Können wir einfach sagen, die Außerirdischen seien abgereist? Welchen Grund sollten sie dafür haben? Ich erinnere mich daran, das Selena einmal gesagt hatte, dass ihre Anwesenheit auf der Erde bereits früher von Menschen bemerkt worden war, aber entweder in den Bereich der Spinnerei abgetan oder strikt geheim gehalten wurde. Wenn wir die Außerirdischen nun als abgereist erklären und dann später durch irgendeinen dummen Zufall das Schiff gesichtet würde? Wir sitzen wirklich in der Klemme!

Wir entschließen uns dann doch zu einer zweiten Marsexpedition. Vielleicht fällt uns dabei etwas ein oder es geschieht etwas Unvorhersehbares, das einen plausiblen Grund für die Außerirdischen abgeben könnte, den Kontakt zu dem Menschen abzubrechen.

Dieses Mal beschließen wir, Selena alles machen zu lassen. Kein Auftritt von einem Double von Nadine, kein Kontakt im Schiff oder auf der Marsoberfläche.

Die Zusammenstellung der Reisegruppe erweist sich als außerordentlich schwierig. Wir haben geplant, dass diesmal China, Russland und Indien die Astronauten stellen sollten, aber damit wollen sich die US-Amerikaner auf keinen Fall abfinden. Sie, als die »führende Nation dieser Welt«, dürften auf keinen Fall übergangen werden.

Nach langen Verhandlungen einigen wir uns auf einen Kompromiss. Die Anzahl der Teilnehmer wird um einen erhöht, einen US-Amerikaner. Von den vier Tagen Aufenthalt auf der Marsoberfläche kann der Amerikaner einen Tag draußen verbringen und dafür das indische Teammitglied nur drei. Als Begründung führen wir an, dass nur drei Raumanzüge zur Verfügung stehen. Die irdischen Raumanzüge seien viel zu schwer und zu unsicher und würden von den Außerirdischen nicht akzeptiert werden.

Abflug und Rückkehr werden diesmal auf »neutralem« Boden stattfinden und zwar in der Nähe einer kleinen Stadt in Finnland, etwa 150 Kilometer von der Hauptstadt entfernt.

Wie beim ersten Abflug ist die Weltpresse wieder zugegen. Die Sicherheitsvorkehrungen sind diesmal etwas laxer. Die Finnen sehen das nicht so verbissen, wie die Amerikaner.

Die Teilnehmer haben auch keine Schwierigkeiten, mit dem Transportfeld zurechtzukommen. Man kennt die Funktionsweise bereits und nach wenigen Minuten hat das Schiff abgehoben.

Wir nehmen immer wieder Kontakt zu Selena auf und lassen uns berichten. Die vier Astronauten haben sich in zwei Kabinen eingerichtet und sind die meiste Zeit damit beschäftigt, ihre Experimente und Arbeiten vorzubereiten, die sie nach der Ankunft auf dem Mars durchführen wollen.

Sie machen auch ständig Aufnahmen von draußen, insbesondere von der schnell kleiner werdenden Erdkugel und entsprechend vom Ziel der Reise, das langsam an Größe zunimmt.

Das ist ihnen erlaubt. Nicht erlaubt ist jedoch weiterhin, Aufnahmen vom Inneren des Schiffes zu machen. Auch dürfen sie Kontakt zu ihren jeweiligen Bodenstationen halten, von dem sie ausgiebig Gebrauch machen. Dieser gestaltet sich doch mit zunehmender Entfernung immer schwieriger, da die Funksignale eine immer länger Zeit brauchen bis sie die Erde erreichen, und somit die Pausen zwischen den Antworten immer ausgedehnter werden.

Das gilt natürlich nicht für uns. Wir kommunizieren mit Selena über einen Weg, der außerhalb des vierdimensionalen Raum-Zeit-Gefüges abläuft und auf dem Zeit keine Rolle spielt.

Zwei Tage vor Ankunft auf dem roten Planeten geschieht etwas Folgenschweres, wie uns Selena berichtet.

Das amerikanische Teammitglied hatte sein Quartier verlassen, glitt im Transportfeld nach unten in die tieferen Etagen des Raumschiffes und machte mit einer Nanokamera, also einem mikroskopisch kleinen Gerät, ununterbrochen Aufnahmen vom Schiff, die gleichzeitig zur Erde gesendet wurden.

Obwohl Selena alle Teilnehmer beim Betreten des Schiffes abgecheckt hatte, konnte er dieses Gerät offenbar in seinem Gepäck an Bord schmuggeln. Außerdem hatte Selena sein Verlassen des ihm zugewiesenen Bereichs des Schiffes zuerst nicht feststellen können. Für sie sah es so aus, als würde er sich in seinem Raum befinden. Sie berichtet uns, dass er eine Art Störsender bei sich trug, den sie aber jetzt untauglich machen konnte. Erst die Aktivierung des Transportfeldes hatte ihre Aufmerksamkeit erregt. Aber da lief schon die Übertragung zur Erde. Die ist natürlich jetzt abgebrochen.

Der Astronaut sitzt im Transportraum zwischen zwei Böden fest.

Wir beordern Selena zurück auf die Erde. Es dauert ein paar Stunden, dann können wir an Bord gehen. Nach weiteren Stunden befindet sich das Raumschiff wieder am vorherigen Ort. Die Expeditionsteilnehmer haben von alledem nichts mitbekommen. Selena hat vorübergehend alle Monitore nach draußen abgeschaltet und die Funksignale zur Erde unterbrochen.

Nadine steigt in ihren Raumanzug, betritt das Transportfeld und erscheint bei dem Amerikaner, der hilflos im Raum hängt.

»Sie haben gegen die Vereinbarungen verstoßen, die ihre Regierung mit der Besatzung des Raumschiffes getroffen hat. Sie wissen, dass Sie damit von der Marsexpedition ausgeschlossen werden. Sie werden auf dem Schiff festgesetzt, bis wir zur Erde zurückgekehrt sind. Dort werden Sie ihrer Regierung übergeben. Alles, was Sie an Gepäck und persönlichen Dingen mit aufs Schiff gebracht haben, wird einbehalten. Folgen Sie mir.«

Der Mann hat Mühe, auf den Beinen zu bleiben. Er war etliche Stunden bewegungslos im engen Raum fixiert gewesen. Seine Gliedmaßen sind nahezu erstarrt. Er folgt Nadine widerspruchslos.

Ich habe inzwischen die übrigen Teilnehmer über den Vorfall aufgeklärt und sie gebeten, sich zum Transportraum zu begeben. Sie sollen Zeugen werden, wie Nadine den Mann da herausholt. Es ist keine Frage, dass sie natürlich anschließend sogleich die Geschichte zur Erde berichten.

Wir bleiben an Bord, bis die Schlafperiode für die Teilnehmer beginnt. Dann kehren wir auf demselben Weg, den wir gekommen sind, zurück zur Erde.

Die Nachricht vom Ausschluss des Amerikaners schlägt auf der Erde wie eine Bombe ein. Die US-Regierung streitet sofort ab, dass ihr Mann sich auch nur im Entferntesten etwas zu Schulden habe kommen lassen. Das sei alles von den Aliens inszeniert worden, weil sie sowieso von vornherein gegen die Teilnahme der Amerikaner gewesen seien.

Viele Menschen haben jedoch Zweifel, da die Berichte der anderen Teilnehmer etwas Anderes hergeben.

Als dann schließlich etwas später Bilder vom Inneren des Raumschiffes im Internet auftauchen, die eigentlich nur von dem Expeditionsteilnehmer stammen können, sind die Zweifler vollends in der Überzahl.

Die zweite Marsexpedition verläuft dann wie geplant. Einige Wochen später landet das Schiff mit den Reiseteilnehmern sicher und wieder unter großem Presserummel in Finnland.

Nur der amerikanische Teilnehmer leidet offenbar unter einer teilweisen Amnesie. Er kann sich an nichts erinnern, was mit der Reise zusammenhängt. Selena hat sein Gedächtnis entsprechend gelöscht.

Auch wir beide sind ständig unterwegs und werden andauernd zu unserer Meinung über dem Vorfall auf dem Raumschiff befragt. So erhalten wir Gelegenheit, zu verkünden, dass unsere fremden Auftraggeber wegen dieser Sache bis auf unbekannte Zeit keine Expeditionen mehr anbieten würden.

Denn das ist uns eigentlich ganz recht.

VIVIANE

Wir haben es uns gerade wieder zu Hause gemütlich gemacht, da steht Viviane, die französische Astronautin der ersten Marsexpedition, vor der Tür.

Ich erkenne sie auf dem Monitor und bleibe einen Augenblick wie erstarrt stehen. Da Ben nicht da ist, den ich um Rat fragen könnte, öffne ich langsam die Tür und bekomme kein Wort heraus. Sie betrachtet leicht amüsiert meine Reaktion, genauer meine fehlende Reaktion und sagt:

»Darf ich hineinkommen?«

Ich bekomme immer noch kein Wort heraus, aber bedeute ihr mit einer Armbewegung einzutreten. Sie geht an mir vorbei, zieht ihren Mantel aus, hängt ihn an die Garderobe und marschiert ins Wohnzimmer.

Nadine ist ebenso überrascht wie ich. Doch sie fasst sich bedeutend schneller, begrüßt sie, indem sie sie, wie unter Franzosen üblich, andeutungsweise auf beide Wangen küsst und bietet ihr einen Platz an. Auch ich habe inzwischen meine Fassung wieder gewonnen und frage sie, ob sie etwas trinken möchte. Sie möchte. Ich schenke ihr ein Glas Mineralwasser ein und setze mich zu den beiden.

Sie kommt sofort zur Sache.

»Euer Schiff ist viel schneller als alle denken, nicht wahr!«

Ich sehe Nadine sie mit großen Augen anstarren.

Meine Gedanken überschlagen sich. Sie hat auch noch »*euer Schiff*« gesagt!

»Wer schickt dich? Und wie kommst du überhaupt darauf?«, bekomme ich mühsam heraus.

»Niemand«, ist ihre Antwort. »Ich habe Urlaub und bin aus reiner Neugier gekommen. Man liest ja genug über euch in der Presse.

Darauf gekommen bin ich auf dem Mars. Ich war mir sicher, dass die Frau im Raumanzug genau dieselbe war, deren Bild ich schon öfter in den Nachrichten gesehen habe. Die Art sich zu bewegen und überhaupt die Reaktion beim Betreten des fremden Planeten.

Nennt es weibliche Intuition.

Ich bin mir da absolut sicher. Nur mit der Chronologie der Ereignisse hatte ich so meine Probleme. Ihr konntet nicht mit uns auf dem Mars sein und einen Tag später bereits auf der Erde ein Interview geben. Ich fing an, auf eigene Faust zu recherchieren. Und siehe da, immer, wenn die Fremde aus dem Schiff irgendwo erschien, wart ihr nicht zu Hause. Dagegen aber immer kurz danach.

Nur, wie ihr das Abholen bewerkstelligt habt, ist mir noch ein Rätsel, denn da wart ihr ganz offensichtlich nicht dort.

Dann brauchte ich nur noch zwei und zwei zusammenzuzählen und kam zu dem Schluss, dass das Schiff wahnsinnig schnell sein muss und ihr nicht wollt, dass das bekannt wird.

Aber das Schiff ist wohl eindeutig nicht auf unserer Erde gebaut.«

Sie fährt fort.

»Bleibt die Frage, wo es herkommt und wer es gebaut hat. Ganz sicher keine Menschen, denn von dieser Technik sind wir hier auf der Erde noch weit entfernt.

Und ihr seid keine Aliens! Oder täuscht mich da meine Intuition? Aber ihr bestimmt, wann und wo das Schiff auftaucht und was es macht, nicht wahr.

Wie passt das zusammen? Entweder habt ihr das Schiff sozusagen als »herrenloses Gut« irgendwie in Besitz genommen oder es ist euch übergeben worden, wodurch ihr als eine Art Botschafter dieser Fremden fungiert.«

Uns bleibt die Luft weg. Nadine guckt mich verzweifelt an.

»Okay«, gebe ich zu, »wir sind keine Außerirdischen, das ist wohl klar. Das haben wir auch nie behauptet.

Aber was hast du jetzt vor? Was willst du mit deinen Schlussfolgerungen anfangen? Und was erwartest du von uns?«

»Also, ich habe nicht vor, mein Wissen in alle Welt hinaus zu posaunen. Ich werde doch keine Lawine lostreten, deren Folgen ich überhaupt nicht absehen kann. Aber ich könnte euch vielleicht nützlich sein. Ich bin ausgebildete Astronautin, Physikerin und vor allem Biologin. Möglicherweise plant ihr weitere Expeditionen. Und da ihr beide vermutlich nicht mit einer vergleichbaren Ausbildung aufwarten könnt, könnte ich euch bei der Planung, Organisation und Durchführung solcher Unternehmungen helfen.«

»Nadine schaltet sich ein. »Wenn das alles so wäre und du Recht hättest und du wirklich bei uns mitarbeiten würdest, bist du dir dann eigentlich im Klaren darüber, dass es sehr gefährlich werden könnte. Die Geheimdienste sämtlicher Großmächte sind nämlich unheimlich scharf darauf, etwas über die Technik des Schiffes herauszubekommen. Vielleicht kommen ja einige zu ähnlichen Schlussfolgerungen. Und deren Methoden sind nicht immer zimperlich.«

Ich sehe Nadine verwundert und ein bisschen erleichtert an. Ich wusste bisher nicht, dass sie sich die gleichen Gedanken über unsere Situation gemacht hat wie ich und vor allem, dass sie sich der Gefahr bewusst ist, die uns drohen könnte.

Viviane zeigt ihr eigentümliches Lächeln. »Ihr glaubt doch nicht, dass ich je hätte Astronautin werden können, wenn ich vor Gefahren zurückschrecken würde?«

»Wir müssen über all das nachdenken, was du uns gesagt hast, Viviane. Lass uns etwas Zeit. Hast du etwas dagegen, dass wir uns morgen Abend noch einmal treffen? Wir werden dir dann unsere Entscheidung mitteilen.«

Mit diesen Worten beende ich vorerst das Gespräch und, nachdem wir noch eine halbe Stunde unverbindlich über alles Mögliche geplaudert haben, verlässt uns Viviane.

Kaum ist sie draußen, steht Ben vor der Tür. Er kommt gerade recht.

»Ben, du musst uns einen großen Gefallen tun und zwar sofort«, empfangen wir ihn. »Kannst du bitte die Frau, die gerade das Haus verlassen hat, beschatten. Wir möchten wissen, was sie macht. Und zwar bis morgen Nachmittag.«

Das ist genau das Richtige für ihn. Mit einem »ich bin schon weg« ist er wieder aus der Tür.

Wir sitzen an diesem Abend noch lange zusammen und diskutieren die neue Situation. Viviane ist uns beiden eigentlich sehr sympathisch, aber wir wissen nicht, ob wir ihr vertrauen können.

Dann besprechen wir die Lage mit Selena. Selena hatte Viviane auf der Reise zum Mars abgecheckt und bestätigt unsere Einschätzung. Sie gilt als sehr zuverlässig und loyal und würde niemals krumme Sachen machen. Und sie besitzt eine weit über dem Durchschnitt liegende Intelligenz. Sie weiß, auf was sie sich einlässt. Auch mit Ben hat sie sich übrigens befasst. Er hat zwar ein deutlich höheres Aggressionspotential als wir, aber er scheint sehr ehrlich zu sein.

Wir beschließen also, Viviane in unser Team aufzunehmen, wenn nicht Ben am nächsten Tag einen Bericht bringt, der uns davon abhalten könnte.

Und Bens Bericht ist verblüffend detailliert. Er weiß nicht nur zu berichten, wann und wo sie gegessen hat und wie lange sie in ihrem Hotel war, sondern kann uns sogar sagen, dass sie mit ihrem Bruder telefoniert hat und dass sie in dem Gespräch nur die üblichen Belanglosigkeiten ausgetauscht hat.

»Wie hast du denn das gemacht?« wollen wir wissen.

Nun, das war ganz einfach, Ben hatte nämlich sehr schnell bemerkt, dass Viviane von Profis beschattet und abgehört wurde. Und so wurde er zum Beschatter der Beschatter. Da er mit ihren Techniken und Methoden gut vertraut war, war es ihm ein Leichtes, ihre Ergebnisse anzuzapfen. Man merkt ihm wieder einmal den Spaß an, den er dabei hat, seine Kollegen zu übertölpeln.

Noch etwas scheint ihm große Freude bereitet zu haben. Das ist Viviane selbst. Er berichtet ausführlich von ihrem Erscheinungsbild und schwärmt so von ihren körperlichen Vorzügen, dass wir nicht umhin kommen, ihn zu necken und zu fragen, ob er sich in sie verliebt habe. Und tatsächlich: Ben wird rot.

Doch Vivianes Beschattung macht uns Sorgen.

»Können Sie uns auch heute Abend, wenn Viviane kommt, hier abhören und haben sie uns vielleicht schon gestern abgehört«, fragen wir Ben. Aber Ben wiegelt ab. »Sie müssen bei euch viel vorsichtiger sein. Ihr seid bekannt, ja sogar sehr berühmt. Und bei dem Geld, das ihr mir zur Verfügung gestellt habt, habe ich eure Umgebung in einen Hochsicherheitstrakt verwandelt. Hier würden die nicht einmal die Explosion einer Bombe mithören können.«

Nun, die Erwähnung einer Bombe erinnert uns schmerzlich an die zerstörten Firmenräume.

Abends steht an Stelle von Viviane Ben vor der Tür. Er rennt an uns vorbei und beginnt, alle Sicherheitssysteme abzuchecken. Als er sicher ist, dass alles in Ordnung ist wendet er sich an uns mit einem besorgten Tonfall.

»Sie haben Viviane!«

»Wie? Wer hat Viviane?« Wir schauen ihn fragend an.

»Meine Leute. Die CIA. Sie haben sie abgefangen. Offenbar wollen sie sie verhören. Mit eindringlichem Blick schaut er uns an.

»Weiß sie vielleicht etwas, dass ich nicht weiß?«

Nadine und ich wechseln einen besorgten Blick.

»Ja, Ben, sie weiß etwas und wenn das der Geheimdienst erfährt, kriegen wir echte Probleme. Bitte Ben, wir glauben, dass du ein echter Freund bist und dass du wohl letztendlich auf unserer Seite stehst, aber wir können dir das nicht sagen, jedenfalls zurzeit noch nicht. Bitte, frage nicht weiter!«

»Okay«, brummt Ben, »ich mag euch, ich mochte euch von Anfang an. Wenn ich vielleicht nicht auf eurer Seite bin, dann bin ich doch auf jeden Fall auf der von Viviane. Das bedeutet auch, dass ich mich notfalls gegen meine eigenen Leute wenden werde.«

»Wie schätzt du es ein, Ben, werden sie erfahren, was sie wissen wollen? Werden sie Viviane eventuell foltern?«

»Das glaube ich eher nicht. Wenn sie nicht freiwillig plaudert, werden sie kaum Erfolg haben. Meine Leute sind bekanntlich mit ihren Methoden nicht gerade zimperlich, aber Viviane ist eine bekannte Persönlichkeit und Astronautin. Da können sie das nicht so ohne Weiteres machen.«

»Was ist eigentlich dein Anteil? Du bist doch offensichtlich auf uns angesetzt! Was erzählst du deinen Leuten?«

Ben schaut uns eine längere Zeit an, ohne etwas zu sagen. Dann seufzt er laut.

»Okay, dann leg ich die Sachen ’mal auf den Tisch.

Ja, ich bin auf euch angesetzt und habe eine Menge recherchiert und dabei sehr viel mehr herausgefunden, als meine Leute, denn ich habe meine eigenen Methoden und ich bin wirklich gut. Das wissen auch meine Leute. Sie bekommen von mir einiges an Information, für das sie sehr dankbar sind. Was sie aber nicht wissen, ist die Tatsache, dass sie genau die Information von mir bekommen, auf die sie selbst gekommen wären, wenn auch deutlich später und nach sehr viel Arbeit.

Ich will euch ein Beispiel nennen.

Ich merkte, dass meine Leute sich die Vergangenheit von Nadine vornahmen und früher oder später auf die merkwürdigen Vorkommnisse in einem Krankenhaus an der Atlantikküste in Frankreich gekommen wären. Also habe ich ihnen die Ereignisse vorher auf einem Tablett serviert.

Jetzt rätseln sie an vielen Ungereimtheiten. Da gab es einen Schwerverletzten, der regelmäßig von einer jungen Frau besucht wurde. Diese Frau war offensichtlich Nadine. Dann verschwindet der Mann, der nahezu bewegungslos in einem Gipskorsett ans Bett gefesselt war, auf mysteriöse Weise. Und ein Arzt glaubt, das Mädchen am Abend des Verschwindens gesehen zu haben. Das kann aber nicht sein, denn sie hat ein wasserdichtes Alibi. Nun suchen sie nach einem nicht identifizierten Leichnam oder nach einem unbekannten Krüppel, denn die Ärzte versicherten, dass die Verletzungen des Unbekannten außerordentlich schwer waren.

Ich vermute da etwas Anderes, aber das werde ich denen nicht auf die Nase binden, wenn sie nicht irgendwann selbst darauf kommen.

Ich denke auch, dass es nicht mehr lange dauern wird, bis sie die näheren Umstände über eine ebenso mysteriöse Schlägerei in einer Hamburger U-Bahn unter die

Lupe nehmen werden. Noch sind sie weit entfernt davon und ich sehe noch keinen Grund, ihnen das auf die Nase zu binden. Wenn sie jedoch anfangen, in diese Richtung zu recherchieren, bekomme sie die entsprechenden Informationen von mir. So erhalte ich mir ihr Vertrauen und erfahre gleichzeitig immer, was sie gerade tun.«

Nadine und ich sind erschreckt und erleichtert zugleich. Erschreckt darüber, was Ben alles über uns weiß und noch mehr darüber, was er vermutet. Es erleichtert uns aber, dass er ganz offensichtlich zu uns hält.

Dann erzählen wir ihm doch die ganze Geschichte, zumindest fast die ganze Geschichte. Wir lassen ihn über die Möglichkeiten, die das Raumschiff bietet, etwas im Unklaren, auch verschweigen wir ihm unsere »Körper-Updates« durch Selena.

Kurz vor Mitternacht steht Viviane vor der Tür. Fast, als sei es die natürlichste Sache der Welt, nehmen wir sie in die Arme und freuen uns, sie heil bei uns zu haben. Ben will sie gar nicht mehr los lassen.

Das Verhör, so berichtet sie uns, hat nichts gebracht. Sie hat denen irgendetwas erzählt, was ihre Anwesenheit am gestrigen Abend bei uns erklärte, und sie haben ihr kein Wort geglaubt. Aber sie haben es nicht gewagt, sie festzuhalten.

Jetzt ist sie hier und schon durch die Begrüßung war ihr klar geworden, dass sie nun zu uns gehört und alle ihre Vermutungen der Wahrheit entsprachen.

Natürlich hätten sowohl Viviane als auch Ben am liebsten sofort einen Ausflug ins All gemacht. Es wäre auch kein Problem gewesen, das Schiff her zu beordern, obwohl sich vermutlich einige Agenten im näheren Umfeld auf der Straße herumtrieben. Doch Ben bremst uns aus. Er ist sich nämlich sicher, dass seine Leute uns mit Wärmedetektoren überwachen, denn Bens Sicherheitsmaßnahmen am Haus machen eine konventionelle Überwachung unmöglich. Sie hätten schnell bemerkt, wenn das Haus leer wäre und die richtigen Schlüsse gezogen.

So bleibt uns also nichts übrig, als erst einmal Schlafen zu gehen.

Ben krabbelt zu Viviane ins Bett und erlebt »die schönste Nacht seines Lebens«, wie er am nächsten Morgen erschöpft, aber glücklich berichtet. Auch Viviane sieht nicht gerade unglücklich aus.

Nach dem Frühstück macht sich Ben auf, das Problem mit den Wärmedetektoren zu lösen und Viviane fliegt zurück nach Paris. Vorher jedoch haben wir mit ihr einen Ort im Bois de Bologne vereinbart, wo wir sie in zwei Tagen nach Mitternacht abholen werden.

Am späten Nachmittag schleppt Ben drei Pakete ins Haus; zwei nagelneue Staubsauger und ein Paket mit allerlei technischem Schnickschnack. Die Staubsauger sind das Neueste, was es auf dem Markt gibt. Sie können sich selbständig in der Wohnung bewegen, laden sich selbst an der Steckdose auf und lassen sich in ihren Funktionen programmieren. Ben verbringt den ganzen Abend und die halbe Nacht damit, sie zu kleinen Heizkörpern umzubauen, die ständig eine Temperatur von 37 Grad produzieren. Er programmiert sie so, dass sie sich tagsüber willkürlich in der Wohnung bewegen oder auch auf einer Stelle in der Nähe des Tisches oder des Sofas aufhalten. Nachts ruhen sie im Schlafzimmer.

»Die perfekte Tarnung«, meint Ben, »wenn ihr denn einmal spontan verschwinden wollt. Ihr dürft sie allerdings nur für kurze Auszeiten benutzen. Wenn ihr euch über einen längeren Zeitraum draußen nicht blicken lässt, könnten meine Leute trotzdem stutzig werden.«

Er hat sogar an einen Verzögerungsschalter gedacht, damit sie erst aktiv werden, wenn wir verschwunden sind, sonst könnte es ja passieren, dass unsere Überwacher vorübergehend vier Personen im Hause orten würden.

Dann verabschiedet er sich zu seinen Leuten. Er muss ihnen ja eine plausible Geschichte auftischen, was Viviane bei uns wollte.

Am Abend des zweiten Tages schleichen sich Nadine und ich hinten aus dem Haus. Wir haben uns dick angezogen, um möglichst wenig Wärme abzustrahlen. Wir sind sicher, dass unsere Bewacher den Übergang nicht bemerken werden. Sekunden später werden die beiden umgebauten Staubsauger aktiv.

Im Stadtpark hinter dem Planetarium sind wir mit Ben verabredet. Es ist später Abend und sonst kein Mensch weit und breit zu sehen.

Das Raumschiff wird für einen kurzen Moment sichtbar und Ben ist beeindruckt von der Tarnung. Er folgt uns in den schimmernden Zylinder, stößt sich von Boden ab und gleitet nach oben, als hätte er nie etwas anderes gemacht. Auf meinen verwunderten Blick sagt er: »Was glaubst du wohl, wie oft ich die Fernsehaufzeichnungen über die Mars-Operation angesehen habe?«

Kurz darauf, Nadine hat es sich inzwischen mit Ben in einem der Räume gemütlich gemacht, lande ich das Schiff in Paris im Bois de Bologne.

Viviane steht unter einer großen Eiche und ist nicht allein. Neben ihr schwankt ein offensichtlich angetrunkener Mann, der gestikulierend auf sie einredet. Vermutlich hält er sie für eine der käuflichen Damen, die am Abend normalerweise dieses Gelände bevölkern. Als er auch noch anfängt, sie zu bedrängen, platzt ihr der Kragen und sie verpasst ihm einen so kräftigen Tritt in seine

Männlichkeit, dass er sich vor Schmerzen auf dem Boden windet.

Ich nutze den Augenblick, lasse das Schiff kurz sichtbar werden, so dass Viviane an Bord kommen kann und verschwinde wieder.

Der Mann auf dem Boden hat von allem nichts mitbekommen. Er ist zu sehr mit sich und seinem Schmerz zwischen seinen Beinen beschäftigt.

»Ich glaube, wir sollten das nächste Mal einen anderen Treffpunkt vereinbaren«, seufzt sie, als sie sich zu Nadine und Ben gesellt, »das war ein richtiges Spießrutenlaufen auf den Wegen im Bois de Bologne.«

Als die Erde auf den Rundumbildschirmen etwa so groß wie ein Fesselballon aus zwanzig Metern Entfernung, geht das Schiff in eine Umlaufbahn.

Dann stehen wir vier im Kommandoraum und betrachten das Bild. Die Auflösung der Schirme ist so unglaublich fein, dass man die Illusion hat, als schaue man durch ein großes Fenster.

»Mein Gott, ist die Erde schön!« Ben, der diesen Anblick zum ersten Mal erlebt, ist so ergriffen, dass ihm tatsächlich ein paar Tränen über die Wangen laufen.

»Die haben wir Menschen gar nicht verdient, so schön ist sie. Und wenn man bedenkt, was wir alles anstellen, um sie zu zerstören, dann kann man nur fassungslos den Kopf schütteln.«

Es ist auch wirklich ein unglaublicher Anblick. Die große, überwiegend blaue, weiße und in einigen Bereichen rote Kugel ist der einzige Farbfleck vor dem

Schwarz der Umgebung mit den tausenden winzigen leuchtenden weißen Punkten.

Viviane ist gerührt, als sie die Tränen auf Bens Wangen bemerkt. Sie fasst seine Hand, legt sie sich um ihre Hüfte und drückt sich ganz eng an ihn. So stehen die beiden fast eine halbe Stunde vor der farbig leuchtenden Erdkugel, die sich langsam dreht, bis sich am rechten Rand die Tag-und-Nacht-Grenze ins Bild schiebt. Es ist natürlich nicht die Eigenrotation der Erde, die wir wahrnehmen, sondern wir bewegen uns mit dem Schiff um die Erde herum.

Auch Nadine und ich halten uns umschlungen und genießen den Anblick.

Dann nehmen wir beide in den Kommandosesseln Platz, Viviane und Ben hocken sich hinter uns auf den Boden. Es gibt nur zwei Plätze im Raum.

»Ben, Viviane! Habt ihr einen besonderen Wunsch, wo ihr schon immer einmal hin wolltet? Wir können in kürzester Zeit überall hin. Ich meine natürlich auf der Erde.«

Die beiden schauen sich an. Viviane schüttelt den Kopf. Ben zögert etwas, dann sagt er.

»Ich wüsste da schon etwas. Ich würde gern einmal den Ort wiedersehen, in dem ich geboren und aufgewachsen bin. Es ist ein kleiner Ort in Arizona. Wir sind damals weggezogen, meine Eltern und ich, als ich 16 war. Und ich habe es nie geschafft, dorthin zurück zu kehren, obwohl ich mir es immer vorgenommen habe.«

»Okay, Nadine, lass Ben mal auf deinen Platz. Er soll mir dem Weg zeigen.«

Ben und Nadine tauschen die Plätze.

Wir fliegen über den amerikanischen Kontinent und gehen tiefer, als wir Arizona erreichen. Wir machen uns unsichtbar für die amerikanische Flugabwehr und finden dann auch bald Bens kleinen Ort.

Auf einer Lichtung inmitten eines kleinen Parks am Ortsrand landen wir und machen uns auf in das kleine Städtchen.

Ben ist am Schwärmen.

»Da vorne, da habe ich gewohnt. Und dort, in dem Haus war früher ein kleiner Laden, wo wir eingekauft haben. Mein Gott, wie hat sich das verändert. Da, am Fluss, da haben wir immer gebadet. Und seht ihr dem großen Mammutbaum dort. Da habe ich meinen ersten Kuss bekommen. Und dahinten. Die Kneipe gibt es immer noch. Da trafen sich immer die Männer des Dorfes. Außer der Wirtin hat nie eine Frau die Kneipe von innen gesehen.«

Als wir dicht bei dem Lokal sind, öffnet sich die Tür und ein junger Mann kommt uns schwankend entgegen. Sein Blick fällt auf uns, genauer: auf die beiden Frauen. Er reißt die Augen auf und starrt sie mit offenem Mund an.

»Wow, was für geile Bräute!« Und dabei grapscht er Nadine an den Busen. Das heißt, er versucht es, denn bevor er sich versieht, hat Nadine ihm zwei Ohrfeigen verpasst, die ihn im wörtlichen Sinne umhauen.

Während sich der verhinderte Busen-Grapscher noch auf dem Boden wälzt, öffnet sich die Tür des Lokals erneut und heraus kommen zwei Männer, von denen der eine sich breitbeinig vor uns aufbaut. Er ist gewaltig dick und groß mit einem kahlen Schädel. Auf seiner breiten Brust prangt ein Sheriffstern. Der andere, ein junger schlaksiger Bursche, gehört offenbar zu ihm.

»He, Leute, was habe ich da gesehen? Ihr schlagt einfach einen jungen unschuldigen Burschen zusammen. Was seid ihr denn für Typen?«

»Dieser angeblich unschuldige Bursche hat versucht, eine von den Ladies hier unsittlich anzufassen. Und wir haben uns gewehrt.«

»Dieser Knabe hat noch nie 'ne Lady angefasst. So etwas tut der nicht. Denn das ist nämlich mein Junge!« Und damit schlägt er sich voll Stolz auf die breite Brust.

»Und ihr seid offensichtlich Fremde. Und Fremde mögen wir hier nicht. Wie kommt ihr eigentlich hierher?«

Während wir ihm erklären, dass unser Auto weit draußen liegen geblieben ist und wir zu Fuß weiter mussten, fummelt sein Begleiter an seinem Gürtel und hat daraufhin ein Paar Handschellen in der Hand, mit denen er provozierend herum klimpert. Es scheint so etwas wie der Hilfssheriff zu sein.

»Mit solchen Leuten, wie euch, machen wir hier kurzen Prozess!«

Inzwischen sind eine Menge Leute aus der Kneipe gekommen und bauen sich in einigem Abstand um unserer Gruppe herum auf. Auch der Sohn des Sheriffs hat sich wieder aufgerappelt und zu der Gruppe der Männer gestellt.

»Eh, Joe, zeig's ihnen! Mach die Jungs fertig. Die Ladies übernehmen wir!«

»Nix da, Leute! Die kommen jetzt alle mit in mein Büro. Da werden die Personalien aufgenommen und dann werden die erst einmal unser schönes örtliches Gefängnis von innen kennenlernen.«

Dann haben beide, Sheriff und Hilfssheriff, auf einmal ihre Pistolen in der Hand.

»So, und jetzt die Arme nach oben. Wir wollen doch sicher sein, dass ihr keine Waffen dabei habt.«

Sein Helfer tastet Ben und mich ab, während der Sheriff, unter johlendem Beifall der Männer intensiv und mit offensichtlichem Genuss seine breiten Pranken über die Körper von Viviane und Nadine patschen lässt.

Ich sehe, wie es in Nadines Gesicht zuckt. Aber ich schüttele den Kopf und bedeute ihr damit, nicht das zu tun, was ihr vorschwebt. Wir sollten nicht noch mehr auffallen, als wir es ohnehin schon getan haben. Offensichtlich hat uns hier niemand erkannt.

Mit lautem Palaver der Männer aus der Kneipe setzt sich die gesamte Truppe Richtung Büro in Bewegung. Dort angekommen, wollen sich alle mit ins kleine Büro drängen, aber der Sheriff unterbindet das. Er hat seinen Grund, wie wir nur wenig später erfahren.

Denn kaum haben wir alle Platz genommen, kommt er zur Sache.

»Ist 'ne dumme Sache. Läuft auf schwere Körperverletzung hinaus. Und so etwas haben wir hier gar nicht gern. Sind nämlich ein friedliches Dorf, in dem Gesetz und Ordnung herrschen. Und so ein Prozess kann lange dauern, könnt ich mir vorstellen. Wenn ihr Glück habt, kommt nur 'ne hohe Schmerzensgeldforderung heraus, von den Gerichtskosten wollen wir einmal gar nicht reden.«

Er macht eine Pause und fährt dann mit langsamer und gedehnter Sprechweise fort.

»Aber, ich könnte mir vorstellen, wie man das ganze Verfahren etwas abkürzen kann.« Dabei schaut er mich und Ben mit einem listigen Funkeln in seinen kleinen Schweinsaugen an.

»Ihr könntet das Schmerzensgeld ja auch gleich bezahlen. Das käme dann der Familie des Opfers zugute. Und die vertrete ich! Bin ja schließlich der Vater!«

An was er denn da so gedacht hätte, wollen wir wissen.

»Naja!« Er druckst ein bisschen herum, »kann ja auch sein, dass da noch Kosten fürs Krankenhaus draufkommen. Und 'ne Geldbuße ist auch fällig. Aus Erziehungsgründen und so!

Hm! Sagen wir, mit fünftausend seid ihr aus der Sache raus. Ach ja! Und noch mal ein Hunderter für meinen Helfer! Der hat ja auch Kosten gehabt! Musste ja seine Zeit opfern!«

»So viel Geld haben wir nicht bei uns«, wenden wir ein. »Da müssten wir erst zu einer Bank. Gibt es die überhaupt in so einem kleinen Ort? Und wenn? Um diese Zeit haben Banken doch längst geschlossen.«

»Kein Problem! Ich hab einen Schwager, der ist Kassierer bei der hiesigen Filiale. Den brauchen wir nur zu holen. Der macht das dann alles.«

»Natürlich muss der dann auch für seine Mehrarbeit entlohnt werden?«, spöttelt Ben.

Wir vier werfen uns einen verstohlenen Blick mit einem leichten Schmunzeln zu.

Der einfach gestrickte Sheriff bekommt die Ironie in Bens Worten nicht mit und fährt unbeeindruckt fort:

»Natürlich! Der ist Banker! Habt ihr schon einmal einen Banker gesehen, der umsonst arbeitet? Das wäre dann noch einmal ein Hunderter.«

Und wie, stellt er sich vor, kommen wir hier weg, wollen wir wissen. Wir haben kein Auto.

Kein Problem! Heute Nacht, so gegen frühen Morgen würde er die Gefängnistür aufschließen. Draußen vor der Polizeistation stünde ein Polizeiauto. Der Schlüssel stecke im Zündschloss.

Uns bleibt die Luft weg. Was für eine miese Ratte! Wenn wir mit dem Polizeiauto abhauen, wird er schon dafür sorgen, dass wir nicht weit kommen. Dann kann er uns wieder einfangen und die gleiche Prozedur von neuem beginnen. Nur mit dem Unterschied, dass er sicher zu sein glaubt, beim zweiten Mal deutlich mehr aus uns herausholen zu können.

Diese Tour wollen wir ihm gründlich vermasseln.

»Okay, einverstanden. Unser Kumpel Ben hier geht mit dir zur Bank und hebt das Geld ab. Wir bleiben hier. Dein junger Kollege kann auf uns aufpassen.«

»Ich muss erst mit meinem Schwager telefonieren. Aber solange sperre ich euch weg, damit ihr nicht auf dumme Gedanken kommt.«

Er führt uns in einen Raum, bei dessen Anblick wir uns ein Grinsen nicht verkneifen können.

Es ist tatsächlich so, wie man es aus alten Westernfilmen kennt. Das »Gefängnis« besteht aus einem vergitterten Raum mit einem ebenfalls vergitterten Fenster gleich neben dem Büro. Dort hinein bringt uns der junge Mann.

Als wir unter uns sind, wende ich mich frotzelnd an Ben.

»Das ist ja ein toller Ort, wo du deine Kindheit verbracht hast. Wirklich nette Leute. Und der Sheriff erst! Ein Ausbund an Rechtschaffenheit.«

Ben ist verlegen.

»Naja, verwundert bin ich schon. Die Zeiten haben sich eben geändert. Und nicht zum Besten, wie es scheint. Aber das ist wohl überall so. Den Sheriff kenne ich übrigens von früher. Das war ein übler Typ vier Klassen über mir. Hieß allgemein »Chaoten-Joe«. Wie der an diesen Job gekommen ist, ist mir ein Rätsel.«

»Ganz was anderes, Ben. Sag mal, wenn du mit Joe und seinem Schwager in die Bank gehst, kannst du Joe dort ausschalten und außerdem an den Schlüssel vom Schwager gelangen, ohne dass der Schwager etwas davon mitbekommt?«

»Was glaubst du wohl, was ich in meinem Job gelernt habe. Wenn's nichts weiter ist als das. Das ist eine meiner leichtesten Übungen.

Aber was hast du vor?«

»Ich weiß es noch nicht genau. Aber ich habe da so eine Idee. Warte einfach ab!«

Als Joe mit Ben verschwunden ist, weihe ich die beiden Frauen in meinen Plan ein.

Als erstes nehmen wir uns den jungen Hilfssheriff vor.

»Sag mal, wie heißt du eigentlich?«

»Frank«, kommt die mürrische Antwort.

»Gut Frank, findest du es eigentlich in Ordnung, dass Joe fünftausend kassiert und dich mit lächerlichen hundert Dollar abspeist.«

»Weiß nicht! Er ist der Chef.«

»Aber sieh' mal. Nur weil er der Chef ist, darf er deswegen nicht das Doppelte, nicht das Dreifache, nein, das Fünfzigfache von dem absahnen, was du kriegst, obwohl er auch nicht mehr getan hat?«

Frank starrt mich mit offenem Mund an.

»Was? So viel?«

Er scheint, als der Herrgott den Verstand verteilte, nicht gerade zu denen gehört zu haben, die bei der Verteilung berücksichtigt wurden.

»Hör zu Frank! Wie würdest du es finden, wenn wir deinen Chef hier abservieren und der Lächerlichkeit preisgeben? Dann wäre der erledigt und du könntest seinen Job übernehmen.«

Dann setzt Viviane noch einen drauf. Sie geht mit aufreizenden Bewegungen bis an die Gitterstäbe auf ihn zu und knöpft sich dabei die Bluse auf, bis ihre Brüste fast vollständig frei sind.

»Du bist doch ein attraktiver junger Mann. Auf dich stehen doch die Frauen. Und dann ließ dein Chef dich die beiden Männer abtasten und du durftest zusehen, wie er sich über unsere Brüste hermachte. Findest du das richtig? Möchtest du die nicht auch mal anfassen?«

Damit langt sie durch die Gitterstäbe, greift Franks Hand und legt sie sich auf die halb entblößte Brust.

Frank wird knallrot im Gesicht, glotzt fassungslos auf Viviane Brust und fängt an zu stottern.

»W-w-wie wo-wo-wollt ihr das denn anstellen? Ich m-meine, das mit Joe.« Sein Blick hat sich dabei an Vivianes Brüsten festgesaugt.

»Komm schon! Mein Freund zeigt es dir.«

Viviane weist auf mich.

»Du machst das Gitter auf und er bleibt mindestens zwei Meter von dir entfernt. Und zur Sicherheit hältst du deine Pistole auf ihn gerichtet.«

Frank lässt sich darauf ein und lässt mich raus, hält aber ständig sein Schießeisen in meine Richtung. Viviane fährt fort.

»So! Und nun steckst du deine Pistole ein und in dem Augenblick, wo mein Freund sich auch nur ein bisschen bewegt, ziehst du. So wie im Duell in den alten Western-Filmen.«

Er hat kaum die Pistole weg gesteckt und erneut ziehen wollen, als er sich auch schon die schmerzende Hand hält und seine eigene Pistole in meiner Hand auf ihn gerichtet sieht. Nadine steht hinter ihm und hat seinen anderen Arm nach hinten gerissen.

Sie lässt ihn los und ich reiche ihm seine Pistole.

»Siehst du! So machen wir das!«

Frank ist sprachlos. Und besonders imponiert ihm, dass ich ihm seine Pistole zurückgebe.

Dann sprudelt es aus ihm heraus. Er beschwert sich darüber, dass sein Boss ihn wie einen dummen Jungen behandelt und ihn immer nur die Drecksarbeit machen lässt.

»Immer hat er an mir etwas auszusetzen und kommandiert mich herum, wo er nur kann, und das alles nur, weil er zu Hause bei seiner Frau nichts zu melden hat. Bei der ist so klein mit Hut und hier macht er einen auf den großen Zampano.«

»Ist schon gut, Frank. Das wird bald vorbei sein. Sag' einmal, habt ihr hier eine Digitalkamera und einen Drucker im Büro? Und ich brauche eine große Flasche mit Whiskey.«

Ein Drucker ist vorhanden, ebenso Digitalkamera und Whiskey.

»Pass auf, Frank! Du hältst hier Wache bis wir wiederkommen. Und schmeiß' schon mal den Drucker an. Und damit dir nicht zu langweilig wird, leistet die Lady dir ein bisschen Gesellschaft.« Ich deute auf Viviane.

»Aber keine dummen Sachen«, warne ich ihn, »du hast gesehen, wie schnell wir sind.«

Er verspricht es, und ist begeistert, dass, wohl zum ersten Mal in seinem Leben, eine so attraktive Frau nett zu ihm ist. Und er darf sogar dicht bei ihr sein.

Es ist inzwischen dunkel geworden. Auf halbem Weg zur Bank kommt uns Ben entgegen.

»Alles klar. Hier ist der Schlüssel. Joe habe ich zurück in die Bank geschafft, nachdem sich sein Schwager verabschiedet hat. Das Geld habe ich auch.«

Er winkt mit einem Bündel Geldscheine.

Mit dem Schlüssel gelangen wir zurück in die Bank. Vor dem Tresor liegt Joe, gut verschnürt von Ben.

»Komm Ben, wir müssen ihm den Whiskey eintrichtern.«

Mit etwas Nachdruck von Bens Seite, schluckt Joe einen Teil aus der Flasche, den Rest kippen wir über ihn aus.

Dann befördert ihn Ben mit einem sanften Schlag ins Reich der Träume.

Mit etwas Mühe ziehen wir ihn bis auf die Unterhose aus. Auch Nadine hat sich vollständig entkleidet. Dann legen wir ihn auf sie mit seinem Kopf zwischen ihren Beinen und machen mehrere Fotos, auf denen zwar Nadines Körper, nicht aber ihr Gesicht zu sehen ist.

Bevor wir die Bank verlassen, drücken wir Joe den Schlüssel in die Hand und stecken ihm ein paar Geldscheine in die Unterhose, den größten Teil deponieren wir in seiner herumliegenden Kleidung. Ein paar Scheine nehmen wir mit.

Zurück auf dem Polizeirevier drucken wir die Fotos aus.

Frank fallen bei dem Anblick der Bilder fast die Augen aus dem Kopf.

»Wenn die seine Frau zu sehen bekommt! Oha! Da möchte ich nicht in seiner Haut stecken!«

»Genau das wird geschehen, Frank. Du schleichst dich zu seinem Haus, wirfst den Briefumschlag mit den Fotos vor die Haustür, klingelst und rennst weg. Außer den Fotos wird seine Frau noch einen Zettel finden, auf dem steht »*Das Schwein findest du in der Bankfiliale*«.

Dann trommelst du noch ein paar Leute zusammen, am besten Polizisten, wenn es außer dir hier noch welche gibt, und machst dich mit denen auf zur Bankfiliale.«

Ich drücke Frank noch sechs 50-Dollar-Scheine in die Hand und während er zum Haus seines Chefs unterwegs ist, machen wir uns auf den Weg, zurück zum

Park, mit einem kleinen Umweg über die Bankfiliale, wo wir ein weiteres Foto auf dem Boden deponieren.

»Ich glaube, die Karriere deines ›Chaoten-Joes‹ wird noch heute Nacht ein abruptes Ende finden«, sage ich zu Ben, bevor wie nach Hause starten.

Zurück in Paris, setzen wir Viviane ab, diesmal aber nicht im Bois de Bologne.

Mit Ben zusammen verlassen wir wenig später das Schiff auf dem großen parkähnlichen Hamburger Friedhof, in dem sich zur Nachtzeit niemand mehr herumtreibt. Dann trennen wir uns. Ben fährt zu seiner Bleibe im Zentrum und wir fahren mit der U-Bahn zu mir nach Hause und betreten das Gebäude unbemerkt.

Im Haus angekommen, können wir förmlich spüren, welche Hektik draußen in Gang kommt. Unsere Aktivitäten im Haus sind natürlich sofort bemerkt worden und der gesamte Überwachungsapparat beginnt wieder auf Hochtouren zu laufen, denn unsere Staubsauger-Wärmesimulatoren haben bereits seit einigen Stunden keine Bewegungsveränderung mehr von sich gegeben.

Am nächsten Morgen machen wir uns auf zu unseren Büroräumen.

Wir sind kaum angekommen und haben noch nicht einmal die Unmengen an angesammelter Post durchsehen können, als es an der Tür läutet. Als ich öffnen will, wird sie von außen mit so großer Kraft aufgestoßen, dass ich rückwärts zu Boden falle. Dann sehe ich maskierte bewaffnete Männer in den Raum eindringen. Vier Mann stürzen sich auf mich und halten mich am Boden fest. Aus den Augenwinkeln sehe ich, wie auch Nadine von vier vermummten kräftigen Kerlen in schwarzen Kampfanzügen mit dicken, vermutlich schusssicheren Westen zu Boden gerissen wird. Der Raum ist voller Männer, die durcheinander brüllen in einer Mischung aus Englisch und Deutsch. Dann spüre ich, wie sich eine Kanüle in meinen Oberarm bohrt. Das letzte, was ich denke, bevor ich das Bewusstsein verliere, ist, ›ich habe meine Armbanduhr zu Hause liegen lassen!‹

Langsam kehrt mein Bewusstsein zurück. Ich liege auf einem Bett und kann mich nicht bewegen. Mein Mund fühlt sich völlig ausgetrocknet an und ich verspüre großen Hunger und Durst. In meinem linken Arm steckt eine Kanüle mit einem Schlauch, der zu einer Flasche über mir führt. An der Aufschrift kann ich lesen, dass es sich um eine Kochsalzlösung handelt. Auch nach ein paar Minuten kann ich mich immer noch nicht bewegen und bemerke, dass meine Arme und Beine ans Bett gefesselt sind. Ich versuche, daran zu ziehen, aber die Metallbügel, an denen nicht einmal ein Verschluss zu erkennen ist, geben nur unwesentlich nach. Außerdem bin ich nackt, aber offenbar unversehrt. Ich kann meinen Kopf leicht bewegen und schaue mich um. Das Bett, auf dem ich liege, ist gar keins. Es gleicht eher einem Operationstisch oder einer Liege. Auch der Raum hat wenig mit einem Krankenzimmer gemein. An der Stirnseite, dort wo meine Liege steht, ist eine verputzte Wand, die anderen drei Wände sind verglast. Der Raum hinter der Glaswand zur rechten Seite, ähnelt meinem. Auch dort steht eine Art Liege. Aber die Liege ist leer. An die linke Seite grenzt ebenfalls ein vergleichbarer Raum, nur mit dem Unterschied, dass sich auf der Liege eine Gestalt befindet.

Nadine!

Auch sie ist an Hand- und Fußgelenken gefesselt und sie schaut zu mir herüber. Sie bewegt den Mund, offenbar sagt sie etwas. Aber kein Ton gelangt durch die Glaswand. Hinter der Wand zu meinen Füßen steht eine Person in einem orangefarbenen Overall und telefoniert. Kurz darauf bildet sich ein türgroßes Loch in der Glaswand und eine zweite Person, eine Frau, kommt auf meine Liege zu. Sie trägt ein Tablett mit Essen und Trinken. Ich spreche sie an, will wissen, wo ich bin, warum ich gefesselt bin und was man von mir will. Aber sie schüttelt nur den Kopf und beginnt, mich zu füttern und mir Trinken zu geben. Sie sagt kein Wort. Es sieht so aus, als sei ihr jede Kontaktaufnahme verboten. Die einzige Regung, die sie zeigt, ist, dass sie verstohlen interessiert meine Nacktheit betrachtet. Dann geht sie wieder.

Nadine und ich versuchen uns durch Blicke zu trösten, aber unsere Lage sieht nicht gerade rosig aus.

Kurz darauf öffnet sich die Glastür erneut und zwei Männer in weißen Kitteln betreten den Raum. Der eine stellt sich direkt neben meine Liege, der andere bleibt etwas im Hintergrund. Auch hinter der Glaswand drängen sich auf einmal etliche Gestalten.

Der Mann neben mir stellt sich auf Englisch vor.

»Ich bin Dr. Benson von der NASA.«

»Ach, und dann ist ihr Kollegen da hinten sicher Dr. Hedges!«

Erst schaut er mich irritiert an und bemerkt dann trocken.

»Sehr witzig! – Sagen Sie mir lieber, wer *Sie* eigentlich sind? Und woher Sie kommen?"«

Ich nenne ihm meinen Namen. Und wo ich herkomme müsse er wohl wissen. Schließlich haben seine Leute uns offensichtlich gekidnappt.

»Das waren nicht meine Leute. Das war das Militär. Die NASA macht so etwas nicht.«

Dann schüttelt er den Kopf.

»Wir glauben übrigens nicht, dass sie der sind, der sie vorgeben zu sein. Wir haben Sie eingehend untersucht. Es gibt da einige Merkwürdigkeiten. Ihr Knochenbau und ihre Muskulatur weisen geringfügige Abweichungen auf. Auch Ihr Gehirn zeigt ein paar ungewöhnliche Ströme. Und bei ihrer Partnerin ist das genauso.«

»Na toll! Und was schließen sie daraus?«

»Wir schließen daraus, dass Sie entweder ein sehr ungewöhnlicher Typ Mensch sind oder überhaupt keiner. Letzteres meinen übrigens die Leute vom Militär und bei denen befinden Sie sich gerade.«

»Und Sie sind noch nicht auf die Idee gekommen, mein Genom zu bestimmen? Dann müssten Sie nämlich wissen, dass Ihre Militärkollegen eine rege Fantasie haben.«

»Natürlich haben wir Sie auch gentechnisch untersucht. Danach sind sie eindeutig menschlich. Aber es gibt da noch eine Option. Sie sind zwar äußerlich der Mann aus Hamburg, aber Ihr Geist und Körper wird von Fremden gesteuert, möglicherweise von den Aliens, die das Kugel-Raumschiff haben. Denn das ist eindeutig nicht irdisch.«

Ich kann ein Lachen nicht unterdrücken.

»Wissen Sie, was ich glaube? Sie haben zu viel schlechte und billige Science Fiction gelesen. Gleich öffnet sich meine Brust und heraus quillt ein ekliges kleines Monster, das Sie mit Schleim bewirft und alles hier kurz und klein schlägt, einschließlich Dr. Benson & Hedges.«

Dann werde ich wieder ernst.

»Doch bevor das geschieht, wäre ich Ihnen sehr dankbar, wenn Sie mir sagen könnten, wo wir hier eigentlich sind und was Sie mit meiner Partnerin und mir vorhaben. Und dann hätte ich gern gewusst, was Sie hier machen, denn Ihren vorherigen Äußerungen konnte ich entnehmen, dass Sie nicht vom Militär sind. Das ist hier aber offenbar Militärgelände. Schließlich würden meine Raumnachbarin und ich gern etwas zum Anziehen haben und uns auch frei bewegen können.«

»Hm. Ein bisschen viel auf einmal! Nun gut! Ich werde veranlassen, dass Sie etwas zum Anziehen bekommen. Wir können es glaube ich riskieren, sie von Ihren Fesseln zu lösen, denn das hier ist ein militärischer Hochsicherheitstrakt, die Wände bestehen aus Panzerglas und, um nach draußen zu kommen, müssten Sie meterdicke Betonwände wegsprengen. Und was mich betrifft, so haben Sie recht. Ich bin Zivilist und Spezialist für mögliche extraterrestrische Lebensformen bei der NASA.

Was mit Ihnen geschieht, kann ich nicht sagen, das müssen die Militärs und die Leute vom Geheimdienst entscheiden. Aber die werden Sie kaum laufen lassen. Sie sehen Sie als Geisel, um an das Kugel-Raumschiff heran zu kommen und zwar, bevor es andere Länder tun. Wenn unsere Männer nur eine Stunde später ihr Büro in Hamburg gestürmt hätten, wären Sie jetzt in den Händen der Chinesen. In Hamburg waren an dem Tag ganze Armadas von Überfallkommandos unterwegs.

Ach, und was die Öffentlichkeit angeht, falls Sie darauf spekulieren sollten. Wer so berühmt ist, wie Sie beide und so weit oben, der kann ganz schnell ganz tief fallen. Da haben die Geheimdienste schon richtig Routine drin.«

Dann marschieren Benson & Hedges nach draußen und ein oranger Overall kommt herein und legt ein paar Leinen-Kleidungsstücke auf den Boden.

Nachdem sich die Tür wieder geschlossen hat, öffnen sich die Hand- und Fußfesseln automatisch mit einem leisen Klicken. Dann fängt die Wand zwischen Nadines und meinem Raum an, mit einem dröhnenden Motorengeräusch im Fußboden zu verschwinden. Auch Nadine ist von ihren Fesseln befreit und wir fallen uns schwankend in die Arme. Wir können uns nur mit großer Anstrengung auf den Beinen halten. Man muss uns mehrere Tage lang fixiert gehalten haben, denn die Muskeln wollen noch nicht so recht das tun, was wir von ihnen verlangen.

Wir legen die Kleidung an. Der Kleiderstapel besteht aus zwei Leinenhosen und Hemden, sonst nichts.

Ich nehme Nadine wieder in den Arm und zwar so, dass sie mit dem Rücken zur der einzigen Wand steht, die nicht aus Glas ist. Während wir uns küssen, schreibe ich mit der rechten Hand auf ihren Rücken: Unsere Situation hat sich schon mal verbessert. Sie begreift sofort. Es ist natürlich klar, dass alles, was wir machen und sagen, überwacht und abgehört wird.

Tatsächlich! Unsere Situation könnte schlimmer sein. Denn Militär und Geheimdienst stecken in einer Klemme. Einerseits können sie uns nicht laufen lassen, weil sie uns als eine Gefahr ansehen, andererseits wollen sie aber über uns oder durch uns an das Raumschiff herankommen, zumindest an dessen Technik. Außerdem scheint sich ein Kompetenzgerangel zwischen NASA auf der einen Seite und Militär und CIA auf der anderen Seite zu entwickeln. Unser Leben ist zunächst einmal wohl nicht in Gefahr.

Am nächsten Tag betritt »Mr. Weihnachtsbaum« unter dem Schutz zweier bis an die Zähne bewaffneter Soldaten unser Domizil. Wir nennen ihn heimlich so, weil seine Uniform über und über mit Orden und bunten Bändern behängt ist, vergleichbar dem Schmuck und Lametta eines Weihnachtsbaumes bei uns zu Hause. Er scheint ein besonders hohes Tier in der Militärhierarchie zu sein und kommt auch gleich zur Sache.

»Besteht die Möglichkeit, dass Sie Ihre Freunde dazu bewegen, uns Ihr Raumschiff zur Verfügung zu stellen, damit wir die Technik studieren können. Sozusagen in aller Freundschaft?«

Bei dem Wort ›Freundschaft‹ ziehen sich seine Mundwinkel verächtlich nach unten. Er fährt fort.

»Wir werden auch keine Beschädigungen verursachen, das garantiere ich Ihnen bei meiner Ehre als Soldat. Und wir halten Sie nur so lange fest, bis wir mit den Untersuchungen fertig sind. Das ist zu unserer Sicherheit. Damit Ihre Leute im Raumschiff uns unbehelligt lassen.«

Es sieht so aus, als habe das Militär das Kompetenzgerangel gewonnen. Er vertritt ganz offensichtlich die Theorie, dass wir beide Aliens oder ›Alien-verseucht‹ sind.

Und er hat Angst vor uns. Das sehen wir daran, dass seine beiden Bodyguards ständig ihre Waffe auf uns gerichtet halten.

»Was sollen wir wohl von so einer Garantie halten«, erwidere ich, »das Militär ist doch wohl bekannt dafür, dass es mit solchen Begriffen wie Garantie und Ehre außerordentlich inflationär umgeht. Ihre Garantie können Sie sich sonst wohin stecken!«

Er ist beleidigt und wütend und würde sich am liebsten auf uns stürzen.

»Wie Sie wollen. Dann werden wir andere Saiten aufziehen.

Sie kommen mit uns und Ihr weiblicher Teil bleibt hier. Und falls Sie nicht das tun, was wir Ihnen sagen, werden wir uns eingehend mit ihr befassen. Und ich versichere Ihnen, an ›waterbording‹ denke ich da eher nicht. Es gibt bessere und schmerzvollere Methoden, sie schön langsam vom Leben zum Tode zu befördern. Und Schmerzen können Sie empfinden, genauso wie wir, das haben mir unsere zivilen Medizinmänner versichert.«

Ein kurzer Blick der Verständigung zu Nadine reicht, um unsererseits ›andere Saiten‹ aufzuziehen. Bevor die beiden Bodyguards den Finger zum Abdrücken krumm machen können, haben wir Ihnen die Waffen aus den

Händen geschlagen. Sie berühren noch nicht den Boden, als sie schon in unseren Händen und auf die drei gerichtet sind.

»So und nun befehlen Sie Ihren Leuten draußen, dass sie die Waffen niederlegen und alle Türen öffnen. Sollte einer auch nur versuchen, die Waffe gegen uns zu richten, sind Sie tot. Und wir sind sehr schnell. Davon haben Sie eben die Gelegenheit gehabt, eine Kostprobe zu erhalten.«

Wir lassen die drei einen Schutzschirm um uns bilden. Der ›Weihnachtsbaum‹ geht mir voran, dahinter folgen Nadine, sich rückwärts bewegend, und rechts und links versetzt, nach ihr die beiden Wächter. Dadurch, dass wir ganz eng zusammen sind, sozusagen auf Tuchfühlung, können wir nur kleine Schritte machen. Der ›Weihnachtsbaum‹ gibt notgedrungen den Befehl nicht zu schießen und man lässt uns durch und öffnet alle Hochsicherheitstüren. Es ist unser Glück, dass wir ein so hohes Tier erwischt haben.

Als wir die letzte Tür erreichen, kann es ein Soldat nicht lassen, richtet seine Waffe schussbereit auf unsere kleine Gruppe und betätigt den Abzug. Doch Nadine hat das mitbekommen und schießt. Die Waffe fällt ihm aus der blutenden Hand. Nadine hat seine Hand getroffen. Seine Kugel verfehlt uns zwar knapp, aber hätte um ein Haar den General getroffen; sie zerfetzt einen Knopf der Schulterepauletten seiner Unform.

Wütend donnert er seine Leute an.

»Seid ihr wahnsinnig? Sofort aufhören! Wenn noch einer schießt, ist er erledigt! Dafür sorge ich!«

Daraufhin lässt man uns unbehelligt nach draußen.

Wir verlangen einen startbereiten Hubschrauber. Das sei kein Problem, teilt uns der ›Weihnachtsbaum‹ mit.

»Da vorn steht mein Hubschrauber. Mit dem bin ich gekommen. Er hat auf mich gewartet und ist jederzeit startbereit.«

Wir klettern mit dem General hinein und lassen die beiden Soldaten draußen zurück. Der Pilot startet und wir heben ab.

»Wie weit ist es bis zur nächsten größeren Ortschaft,« frage ich.

»Luftlinie etwa 20 Meilen, das ist ein Ort mit etwa 20.000 Einwohnern«, bekomme ich vom Piloten zur Antwort.

»Also dahin, und so schnell es geht.«

Nach kurzer Zeit sehen wir hinter uns einige Hubschrauber die Verfolgung aufnehmen. Aber sie sind noch weit weg, als wir uns bereits dem Ort nähern. Es beginnt, langsam dunkel zu werden.

»Wo kann man hier landen?«, will ich wissen.

»Nur draußen vor dem Ort«, antwortet der Pilot. »Da ist der Parkplatz vom Supermarkt. Der ist meist ziemlich leer.«

»Und was ist mit dem Platz da?« Ich deute auf ein kleines freies Viereck, umsäumt von hohen Bäumen.

»Das ist eine Straßenkreuzung! Da kann ich nicht runtergehen. Das ist viel zu eng. Die Bäume würden mir die Rotoren weghauen.«

»Genau da landen wir«, fordere ich und unterstreiche meinen Befehl, indem ich dem Piloten das Gewehr vor die Nase halte.

»Das ist Wahnsinn!«, heult der ›Weihnachtsbaum‹ auf, »das überleben wir nicht!«

Der Pilot versucht, ihn zu beruhigen.

»Ich könnte es schaffen, aber ich habe keinen Fußbreit Platz auf jeder Seite.«

Wir gehen runter.

Der Rotor wirbelt die Äste der Bäume zur Seite. Wir sind noch knapp fünf Meter über dem Boden, als ein zurückfedernder Ast von einem der Rotorblätter durchtrennt wird. Der Ast wirbelt hoch und fällt genau auf das rotierende Metall. Es gibt einen lauten Knall, Rotorblätter wirbeln durch die Luft, der Hubschrauber legt sich auf die Seite und stürzt zu Boden.

Ich befreie mich aus meinem Sitz und schaue zu Nadine hinter mir. Auch sie versucht, sich aus ihrem verbogenen Sitz zu lösen. Der Pilot neben mir ist bei Bewusstsein, nur sein linkes Bein ist eingeklemmt. Der ›Weihnachtsbaum‹ hängt bewusstlos in seinen Gurten. Nadine fühlt seinen Puls. Er scheint okay zu sein und außer einer Beule am Kopf sieht man keine weiteren Verletzungen. Pilot und ›Weihnachtsbaum‹ sind offenbar verletzt, aber nicht schwer. Bis auf ein paar Abschürfungen und Prellungen sind Nadine und ich unversehrt geblieben.

»Raus! Wir müssen verschwinden!«

Nadine versucht, das Gewehr unter dem verbeulten Vordersitz herauszuziehen. Aber es geht nicht. Meine Waffe ist nirgends zu sehen. Also klettern wir aus dem havarierten Hubschrauber und rennen die schnurgerade Straße entlang. Alles ist so schnell gegangen, dass wir schon weit weg sind, als die ersten Leute sich der Unglücksstelle nähern.

Auf beiden Seiten der Straße stehen typisch amerikanische Einzelhäuser mit Garage und einem Rasen als Vorgarten.

Schon nach kurzer Zeit haben wir die letzten Häuser hinter uns gelassen und verlassen die Straße. Ich hatte von oben gesehen, dass etwa drei Meilen vom Ort entfernt eine Straße parallel zu der vorbeiführt, auf der wir den Ort verlassen haben. Also schlagen wir uns quer durch die Maisfelder.

Wenn ich uns eine Chance ausrechne, dann wegen unserer enormen Schnelligkeit, von der unsere Verfolger nichts wissen und von der hereinbrechenden Nacht.

Wir erreichen die Straße nach nur wenigen Minuten und hoffen, ein Auto anhalten zu können bevor uns die ersten Hubschrauber erreichen. Aber auf der Straße herrscht überhaupt kein Verkehr.

Wir sind schon etwa sieben Meilen die Straße entlanggelaufen, da hören wir hinter uns das Geräusch von Hubschrauberrotoren. Sofort werfen wir uns ins Maisfeld und legen uns flach auf den Boden.

Der Hubschrauber fliegt vorbei. Er hätte uns nur sehen können, wenn er direkt über uns geflogen wäre.

Dann hören wir ein Fahrzeug kommen. Es ist ein Zivilfahrzeug. Wir stellen uns an die Straße und halten den Daumen hoch. Das Auto fährt vorbei.

Der Hubschrauber kommt zurück. Wieder hechten wir ins Maisfeld und wieder haben wir Glück. Das Geräusch des Helikopters verliert sich in der Ferne.

Nach weiteren sieben Meilen, die wir in etwa zwölf Minuten bewältigen, haben wir ein Waldstück erreicht, wo wir vorerst durch Entdeckung aus der Luft sicher sind. Wir setzen uns an den Straßenrand, um uns etwas zu erholen. Es ist inzwischen Nacht geworden.

Schon nach wenigen Minuten sehen wir die Lichter eines näherkommenden Autos. Es erweist sich als ein kleiner Lieferwagen. Und er hält an.

Der Fahrer, ein älterer Mann mit einem Schlapphut, kurbelt das Seitenfenster herunter und betrachtet unseren merkwürdigen Aufzug.

»Wo kommt ihr denn her? Seht so aus, als hättet ihr Judo im Schlammloch veranstaltet!«

Unsere leichte Leinenkleidung aus der Militärbasis hat durch das Verstecken im Maisfeld einiges mitbekommen.

Wir erzählen ihm, dass wir tatsächlich auf dem Heimweg von einer Judoveranstaltung waren und einen Unfall gehabt hätten, bei dem unser Auto im Graben gelandet wäre. Und wir seien nicht von hier, wegen des Judo-Wettbewerbes seien wir extra von weit angereist.

»Okay, dann kommt mal rein. Ich kann euch bis zum nächsten Ort mitnehmen. Der hat eine Autowerkstatt. Da lass ich euch raus.«

Nadine und ich drücken uns neben ihm auf die Fahrerbank. Der Mann erzählt uns, dass er eine kleine Farm hat, außerhalb des nächsten Ortes, wo er uns absetzen wolle. Gleich auf der anderen Seite des kleinen Sees hinter dem Ort. Und er ist gerade auf dem Rückweg von einem Geschäftspartner in der nächsten Stadt.

Während er erzählt, wirft er ab und zu einen verstohlenen Blick auf Nadine, die neben ihm sitzt. Ihre leichte Leinenjacke ist nämlich durch das Verstecken im Maisfeld völlig durchfeuchtet, so dass sich ihre Brüste darunter deutlich abzeichnen. Der Mann merkt, dass Nadine seine Blicke wahrgenommen hat.

»Entschuldigen Sie, Ma'am. Ich wollte Ihnen nicht zu nahe treten. Aber ich bin ein alter Mann. Und so etwas Schönes hab ich schon lange nicht mehr zu sehen bekommen. Da kann ich einfach meinen Blick nicht abwenden. Da muss ich hingucken.«

Und zu mir gewandt sagt er noch einmal. »Verzeihen Sie, Sir!«

»Ist schon gut.«

Nadine lächelt ihn an. Sie hat es nicht als Anmache, sondern als Kompliment aufgefasst, und er ist beruhigt. Trotzdem zieht sie aber an ihrer feuchten Jacke, damit sie sich ein bisschen von der Haut löst.

Nach einer Stunde Fahrt erreichen wir den Ort. Vor der Autowerkstatt verabschieden wir uns von dem alten Mann, der sich noch einmal bei uns beiden entschuldigt.

Die Autowerkstatt ist nicht nur Reparaturwerkstatt sondern auch Autoverleih. Auf dem Platz vor dem Gebäude stehen einige Fahrzeuge und ein paar Motorräder. Die Werkstatt ist zwar beleuchtet, aber draußen wie drinnen ist keine Menschenseele zu sehen. Überhaupt scheint der ganze Ort wie ausgestorben zu sein.

Nadine macht sich an dem langen Kabel zu schaffen, welches um die Motorräder gebunden ist. Nach kurzer Zeit hat sie das Schloss geknackt und wir schieben eines der Motorräder vom Hof. Immer noch regt sich kein

Mensch. Unbemerkt schaffen wir es bis zur nächsten Ecke, wo Nadine mit einigen geschickten Griffen die Zündkabel freilegt und das Motorrad startet.

»Wo hast du denn das gelernt?«, frage ich sie erstaunt.

»Das haben mir meine Kumpel von damals beigebracht. Weißt du, die, die dich zusammengeschlagen hatten. Erinnerst du dich?«

Ich erinnere mich nur zu gut daran. Durch das Ereignis habe ich sie schließlich kennen und lieben gelernt.

Dann setzen wir uns auf das Motorrad und fahren bis zu dem See hinter dem Ort, von dem der alte Mann erzählt hat. Dort versenken wir das Motorrad im Wasser. Zu Fuß geht es zurück in die Ortschaft. Sollten unsere Verfolger unsere Spur bis hierher verfolgen können, sollen sie denken, dass wir mit dem Motorrad auf und davon sind.

Wir brauchen eine Unterkunft. Ein Motel oder etwas Ähnliches kommt natürlich nicht in Frage. Da würde man uns zuerst suchen. Also suchen wir nach einem Anwesen, das etwas abseits der Straße liegt und wo wir die Bewohner notfalls als Geiseln nehmen können bis wir einen Weg für unsere weitere Flucht gefunden haben.

Die meisten Häuser, an denen wir vorbeikommen, sind, wie fast überall, nur durch einen Vorgarten von der Straße getrennt.

Der Ort liegt immer noch wie tot da. Nur ein einziges Mal auf unserer Suche fährt ein Auto vorbei. Wir verstecken uns sofort hinter einem Baum. Man darf uns hier auf keinen Fall sehen, denn dann wäre die Sache mit dem Motorrad umsonst. Das Auto ist vorbei, doch dann sehen wir die Bremslichter aufleuchten. Das Fahrzeug wendet und kommt zurück. Doch wir sind schon weg. Bei unserem Tempo haben wir in Sekunden ein paar Querstraßen hinter uns gebracht.

Am Ortsrand finden wir bald ein nobles Anwesen, das sich dadurch von den anderen Häusern abhebt, dass es von Büschen und Bäumen und einer Mauer umgeben ist. Zur Haustür führt eine Autoauffahrt. Die große Doppelgarage steht abgetrennt rechts neben dem Haus und sieht äußerlich genauso aus wie das Haus, nur im Miniformat. Das Tor zur Straße steht offen.

Wir betätigen die Klingel an der Haustür.

Es dauert etwa eine Minute, dann öffnet sich die Tür und vor uns steht ein großer, dicker Mann mit einem Gewehr in der Hand, das er auf uns gerichtet hat.

Es dauert nur den Bruchteil einer Sekunde, da ist das Gewehr auf ihn gerichtet. Er geht mit erhobenen Händen vor uns ins Wohnzimmer. Auf dem Sofa sitzt eine fast genau so dicke Frau und erschreckt sich mächtig, als sie uns, mit dem Gewehr auf ihren Mann gerichtet, sieht.

Der Mann dreht sich langsam um.

»Ihr könnt ruhig schießen, das Gewehr ist nicht geladen.«

Dann schaut er uns verwundert an.

»Ey, ich kenne euch doch. Seid ihr nicht die mit dem Raumschiff. Ich hab' euch im Fernsehen gesehen.«

Wir bestätigen, dass wir ›die mit dem Raumschiff‹ sind und dass wir vor der Polizei flüchten, denn die halten uns für Aliens.

»Und? Seid ihr welche?«

»Quatsch! Wenn wir Aliens wären, säßen wir jetzt in unserem Raumschiff und würden einfach fortfliegen und nicht vor irgendwelchen Polizisten oder Soldaten davonlaufen.«

Das leuchtet ihm und seiner Frau ein. Sie scheinen beide recht schlichte Gemüter zu sein, dafür aber sehr wohlhabend, wenn man ihr Anwesen betrachtet.

Und dann erzählt Harold, so heißt er nämlich, dass sein Gewehr nie geladen ist. Er besitzt nicht einmal die Munition dazu, denn er findet es ›bescheuert‹, dass jeder Amerikaner mit einem geladenen Gewehr herumlaufen darf.

»Man sieht ja, was dabei herauskommt: Amokläufe in Schulen und Supermärkten!

Ich hab’ das Gewehr nur zur Abschreckung und für meine Nachbarn. Wenn die nämlich erfahren, dass ich keine Waffe habe, würden sie mich für verrückt halten Eigentlich bin ich nämlich Pazifist. Und mit der Polizei habe ich auch nichts am Hut.«

Der Mann wird uns sympathisch.

Seine Frau verschwindet kurz darauf mit unserer Erlaubnis und kommt mit einem Stapel Kleidung zurück.

»Hier. Ich habe noch ein paar Klamotten gefunden, die aus der Zeit stammen, als wir beide noch ganz schlank waren. Sind zwar uralt, aber sie könnten euch passen. Mit den Sachen, die ihr da anhabt, könnt ihr auf keinen Fall herumlaufen.«

Die Kleidung ist uns zwar etwas zu groß, aber sauber und trocken.

Dann kommt eine Durchsage über den örtlichen Fernsehsender. Die Polizei warnt die Bevölkerung vor zwei Verbrechern, einem Mann und einer Frau, die sich vermutlich in der Gegend aufhalten. Die beiden hätten einen Hubschrauber gestohlen und zum Absturz gebracht. Und sie könnten bewaffnet sein und möglicherweise auch verletzt. Es folgt eine relativ ungenaue Beschreibung des Aussehens der beiden, aber kein Bild. Dafür wird ausführlich der abgestürzte Hubschrauber von allen Seiten gezeigt.

»Klar, das können die sich gar nicht leisten, euer Bild zu zeigen. Das würde wohl so manchen stutzig machen, wo ihr doch so bekannt seid. Habt ihr echt den Hubschrauber zu Schrott geflogen?« Harold ist offenbar doch nicht so einfach gestrickt.

»Nein wir saßen da nur drin. Zu Schrott hat ihn der Pilot geflogen. Wir können gar keinen Hubschrauber fliegen.«

Inzwischen ist Maude, seine Frau in der Küche verschwunden.

Sie heißen wirklich so: Harold und Maude.

Nach 20 Minuten kehrt sie zurück und stellt etliche Platten voll Fleisch, Gemüse und Obst auf den Tisch. Harold öffnet ein paar Flaschen Bier und wir essen uns so richtig satt.

Harold fallen fast die Augen aus dem Kopf, als er sieht, was Nadine so alles verdrückt und dabei so schlank ist. Auch Maude sieht man die Freude über unseren großen Appetit an.

Dann müssen wir den beiden ausführlich von uns berichten, von dem Raumschiff und allem, was damit zu tun hat.

Das tun wir dann auch, ohne ihnen etwas zu sagen, was sie nicht auch schon durch die Medien wüssten. Aber alles das ›aus erster Hand‹, das ist schon etwas Besonderes, finden die beiden.

Wir sind mitten in unserer Erzählung, als heftig von außen an die Tür geschlagen wird.

»AUFMACHEN! POLIZEI!«

Wir erschrecken. Wie haben die uns so schnell gefunden? Aber Harold geht mit einem »erst mal abwarten« ruhig mit seinem Gewehr zum Eingang. Wir beide haben uns blitzschnell auf beiden Seiten der Tür postiert. Dann hören wir, wie etwas zu Boden poltert, das sich sehr nach einem Gewehr anhört, und Harold kommt mit erhobenen Händen ins Wohnzimmer; hinter ihm ein einzelner Mann, der seine Pistole auf ihn gerichtet hat. Der Mann hat kaum den Raum betreten, als auch schon seine Pistole zu Boden fällt. Nadine hat ihm auf die Hand geschlagen.

Wir gucken den Mann an und schreien beide gleichzeitig.

»BEN!«

Erleichtert fallen wir uns in die Arme. Dann setzt sich Ben, immer noch sein Handgelenk reibend, zu uns an den Tisch und beginnt zu erzählen.

»Ich hatte natürlich gleich die Nachricht von eurer Festnahme erhalten. Man teilte mir dann mit, dass mein

Job nun erledigt sei und ich zurückkommen solle. Und ich hatte erfahren, dass man euch in die Vereinigten Staaten gebracht hat. Nur wusste ich nicht, wohin. Aber mir war klar, dass sie euch möglicherweise für Aliens halten und machte mich auf, nach dem bekanntesten Alien-Experten der NASA zu suchen. Ich hatte auch sehr schnell seine Spur gefunden und die führte hierher in den Süden zu dem Militärstützpunkt, von dem ich wusste, dass dort Forschungen über fremde Lebensformen betrieben wurden. Ich setzte mich in einem Ort in der Nähe fest und stellte Recherchen an, wie man in den Stützpunkt hineingelangen könne. Schließlich habe ich ja meinen CIA-Ausweis. Aber es gab nicht die geringste Chance, da hinein zu kommen, geschweige denn, wieder hinaus. Also nahm ich einen Beobachtungsposten auf einem entfernteren Hügel ein, um zu sehen, ob sich dort etwas und was sich dort tut. Einige Tage geschah überhaupt nichts. Die wenigen Leute, die kamen und gingen, wurden an verschiedenen Stellen des Geländes mehrfach überprüft.

Ja, und heute Nachmittag passierte es dann. Zuerst kam ein Hubschrauber an und ich erkannte einen der ranghöchsten Generäle der US-Armee. Kurz darauf verließen zwei Männer in einem Fahrzeug das Gelände. Der eine davon war der Mann, dessen Spur mich hierher gebracht hatte, Dr. Benson, Experte für Aliens. Und dann liefen plötzlich alle hektisch durcheinander. Soldaten rannten über das Feld, ich konnte ihr lautes Brüllen bis oben hören. Sie nahmen hinter Fahrzeugen und Mauervorsprüngen in Gelände Aufstellung. Alle richteten ihre Waffen auf das große Eingangstor, aus dem kurz darauf fünf Gestalten, dicht zusammengedrängt, herauskamen.

Ich erkannte euch gleich.

Mein erster Gedanke war: Ihr seid wahnsinnig, die knallen doch eher ihre eigenen Leute ab, als euch entkommen zu lassen. Wenn man bedenkt, was für ein Aufwand getrieben worden ist, um euch in die Finger zu bekommen.

Aber dann sah ich, wen ihr da vor euch her triebt. Das erhöhte eure Überlebenschancen denn doch beträchtlich. Als dann der Hubschrauber startete, hetzte ich zu meinem Auto und nahm die Verfolgung auf, was mir leider nicht gelang. Denn wenig später wurde ich von einer Kolonne Militär- und Polizeifahrzeugen zur Seite gedrängt, die sich jedoch kein bisschen um mich kümmerten. Dann flog auch noch eine Hubschrauberstaffel über mich hinweg.

Mir war klar, dass ihr in der Luft nicht weit kommen würdet. Wenn die erst ihre Jagdmaschinen vom entfernteren Flugplatz startklar bekommen würden, dann Gnade euch Gott. Also musstet ihr irgendwo runtergehen. Ich verschaffte mir mit meinem Navigationsgerät einen Überblick übers Gelände und mir war schnell klar, wohin ich mich wenden musste. Schon am Ortseingang bekam ich die Bestätigung, dass ich richtig lag. Eine große Kreuzung vor mir war abgesperrt und ich wurde aufgefordert, nicht weiter zu fahren. Also fuhr ich das Auto an den Straßenrand und stieg aus. Dann sah ich den abgestürzten Helikopter, umstellt von Militärfahrzeugen und einigen Krankenwagen und mittendrin ein Fernsehteam mit einer Kamera.

Auf die hatte ich es abgesehen. Ein Polizist versuchte, mir den Zugang zu verwehren, aber mein Ausweis bewirkte, dass man mir Platz machte. Ich machte mich also an das Fernsehteam heran und verwickelte sie in ein Gespräch. So erfuhr ich, dass offenbar ein kriminelles Pärchen, das in ein Gefängnis überführt werden sollte, den Hubschrauber zum Absturz gebracht hatte. Der Pilot und ihr Bewacher seien dabei verletzt worden und die Gefangenen konnten fliehen. Nach ihnen würde man überall im Ort und in der Umgebung suchen.

Ja und dann versuchte ich, mich in eure Lage zu versetzen. Ich suchte in den abgehenden vier Straßen nach einem Haus, das nicht von der Straße einsehbar ist. Ich konnte dann zwei Soldaten davon abhalten, dort nachzufragen, indem ich ihnen sagte, dass da einige Prominente wohnten und ich beauftragt sei, deren Häuser zu überprüfen. Mein Ausweis überzeugte sie sofort. Aber es waren leider alles Fehlanzeigen.

Also bin ich in den Ort zurückgekehrt, in welchem ich mein Hauptquartier aufgeschlagen hatte. Und das ist, wie es der Zufall will, ausgerechnet hier. Als ich in den Ort reinkam, sah ich aus den Augenwinkeln, wie sich zwei Menschen hinter einem Baum versteckten. Sie wollten offensichtlich nicht gesehen werden. Ich hielt also an und wendete. Als ich dann an die Stelle kam, waren sie wie vom Erdboden verschluckt.

Ich habe mir natürlich gleich den richtigen Reim darauf gemacht und hier die Suche, wie in dem vorherigen Ort, wieder aufgenommen. Da bin ich dann auch bald auf dieses Anwesen gestoßen.

Nun bin ich hier und freue mich, euch beide wohlbehalten vorzufinden.«

Harold und Maude haben der ganzen Erzählung mit großen Augen zugehört. Als Ben beendet hat, drückt Harold unseren Freund an seine breite Brust, klopft ihn mehrfach auf die Schulter und erklärt.

»Ich hätte nie gedacht, dass mir jemals einmal einer von euch Geheimdienstlern sympathisch sein würde. Aber du bist so einer.«

Er spricht Nadine und mir aus der Seele.

Das Ehepaar stellt uns dann zwei Zimmer zur Verfügung und wir gehen nach oben. Als wir allein sind, stellt Ben die Frage, die ihm schon lange auf den Nägeln brennt.

»Können wir Selena holen, dass sie uns hier wegbringt?«

Ich schüttele den Kopf.

»Ich hab' die Armbanduhr, mit der ich Kontakt zu ihr auf nehmen kann, zu Hause in Hamburg liegenlassen.«

»Scheiße! Und sie? Sucht sie nicht nach euch? Kann sie euch nicht auch so finden?«

»Sie kann schon, aber ich hab' ihr vor Längerem leider verboten, von sich aus Kontakt zu mir aufzunehmen. Ich Idiot, ich hatte Sorgen um meine Intimsphäre!«

Nadine schaut mich belustigt an.

»Ich wusste gar nicht, dass du eine hattest. Jedenfalls hab' ich davon noch nichts bemerkt.«

Ihre liebevoll-ironische Bemerkung nimmt ein bisschen von unserer Anspannung.

»Jetzt gehen wir erst einmal schlafen. Und Morgen besorge ich euch andere Identitäten, Pass, Führerschein, Versicherungskarte und so weiter. Ich hab' da meine Verbindungen. Aber es wird ein paar Tage dauern. Seht zu, dass ihr die Zeit hier unbehelligt übersteht.«

ERNEUT AUF DER FLUCHT

Am nächsten Morgen ist Ben schon sehr früh verschwunden.

Harold und Maude verwöhnen uns und behandeln uns wie ihre eigenen Kinder. Wir revanchieren uns, indem wir ihnen immer wieder von unseren Erlebnissen, von dem Raumschiff, überhaupt von unserem Leben erzählen. Sie können gar nicht genug davon hören.

So vergehen die Tage und wir können uns richtig entspannen.

Eines Mittags stehen zwei Polizisten vor der Tür. Harold geht mit seinem obligatorischen Gewehr im Anschlag an die Tür. Sie fragen ihn, ob er etwas von den flüchtigen Verbrechern gehört habe, oder ob er sie gesehen habe.

»Ha«, ruft er aus und fuchtelt mit seiner Waffe vor den Gesichtern der Gesetzeshüter herum. »Die sollen mir nur kommen. Die kriegen einen auf den Pelz gebrannt, dass ihnen Hören und Sehen vergeht!«

»Ist schon gut, Harold«, beruhigt ihn der eine, »aber sei trotzdem vorsichtig. Die sind nicht ganz ungefährlich.«

Dann ziehen sie wieder ab.

Ich nutze die Zeit, um an Geld zu kommen. Ich hatte natürlich längst das viele Geld auf dem Konto in der Schweiz auf dutzende Banken überall auf der Welt verteilt. Mit Hilfe von Harolds Computer und seinem Konto gelange ich an Bargeld und ich überweise auch eine beträchtliche Summe auf Bens Konto, das er mir am Abend vor seinem Verschwinden mitgeteilt hat. Somit kann er die besten Leute kontaktieren, die sich mit gefälschten Papieren auskennen.

Und er hat die besten gefunden. Er präsentiert uns nach vier Tagen perfekte Papiere, die nur einen Schönheitsfehler haben. Die Fotos haben weder mit Nadine noch mit mir besonders große Ähnlichkeit. Doch Ben hat noch mehr Überraschungen parat.

»Wenn die Fotos keine Ähnlichkeit mit euch haben, dann machen wir euch eben den Fotos ähnlich.«

Dafür hat eine Unmenge an Utensilien mit dabei, mit denen sich unser Aussehen verändern lässt. Besonders stolz ist er auf eine Kurzhaarperücke für mich. Das kann ich nun gar nicht nachvollziehen, denn diese Perücke ist so schlecht gemacht, dass jeder sofort erkennen muss, dass es sich um künstliche Haare handelt.

»Das ist volle Absicht«, beschwichtigt mich Ben, »du wirst dir darunter die Haare rasieren, denn ich hab' das hier!« Und dabei fuchtelt er mit einem Blatt Papier herum. Auf diesem Blatt bestätigt eine bekannte onkologische Klinik, dass ich gerade eine Chemotherapie hinter mir habe und daher die Perücke trage.

»Mit so einem Schreiben, wird jeder Grenzer dich bedauern und Mitleid mit dir haben. Und das kann nur gut für dich sein.«

Dann zeigt uns Ben, wie wir unser Aussehen verändern können, denn, er meint, wir sollten das notfalls auch allein bewerkstelligen können.

Kurz darauf sehen wir genau so aus, wie auf den Fotos. Nadine hat ihre halblangen schwarzen Haare zu einem kurzen blonden Bubikopf verändert und mit Hilfe einiger Spritzen wirkt ihr zierliches Gesicht leicht aufgedunsen und erheblich älter. Auch meinem Äußeren sieht man die Strapazen einer überstandenen Chemotherapie an. Den Kopf habe ich kahl geschoren. Die Kleidung, die Ben für uns gekauft hat, passt nicht nur wie angegossen, sondern ist auch modisch aktuell. Mit den 20 Jahre alten Klamotten von Harold und Maude wären wir wohl doch sehr aufgefallen.

Er händigt uns Flugtickets aus, für mich über New York nach Hamburg, Nadine fliegt über Toronto.

»Ihr dürft auf keinen Fall zusammen fliegen. Wir wollen absolut auf Nummer sicher gehen.

Dann habe ich hier noch zwei Flugtickets für den Tag darauf nach Chicago. Ausgestellt auf Mr. und Mrs. Anke und Manfred Woolfe. Die werden aber nicht erscheinen. Das wird meine Leute auf die falsche Fährte locken. Ein Paar in eurem Alter mit deutsch klingendem Namen, das dann den Flug nicht antritt, wird ihre Aufmerksamkeit erregen. Bis die merken, dass es diese Personen gar nicht gibt, seid ihr längst in Hamburg.

Ich komme übrigens zwei Tage später über Vancouver nach.«

Wir schauen ihn fragend an.

»Musst du nicht zu deinen Kollegen? Die haben doch sicher neue Aufgaben für dich. Die brauchen dich vielleicht gerade jetzt. Du weißt schließlich, ihrer Meinung nach, am besten über uns Bescheid.«

»Meine Firma ist Schnee von gestern. Ich habe mich jetzt so lange nicht mehr bei ihr blicken lassen, dass sie inzwischen nach mir fast genau so intensiv sucht, wie nach euch. Ich hatte eigentlich innerlich schon lange gekündigt, nur wussten die noch nichts davon.«

Nadine nimmt ihn spontan in die Arme.

»Mein Gott, Ben! Was du alles für uns tust! Wir können dir gar nicht genug dafür danken.«

Ben wehrt ab. »Für euch und vor allem für Viviane! In Bezug auf sie hat's mich wohl voll erwischt. Ich möchte wissen, was sie wohl macht? Die CIA hat sie bisher in Ruhe gelassen, jedenfalls nach meinem letzten Erkenntnisstand. Der ist allerdings zwei Wochen alt. Aber was werden die Franzosen machen? Die werden auch wissen, dass sie Kontakt zu euch aufgenommen hat. Ich mache mir da echt Sorgen. – Wisst ihr, ich werde erst einmal nicht nach Hamburg fliegen. Ich buche um nach Paris, und wenn ich sie finde, bringe ich sie mit.

Noch eins, hier sind zwei Handys, damit ich euch erreichen kann. Man kann zwar alle Handys orten und alle Gespräche abhören, aber dazu müssen die erst einmal eure jetzige Identität mit euch in Verbindung bringen. Und das wird noch ein Weilchen dauern, wenn sie überhaupt drauf kommen.«

Dann ist Ben weg.

Am folgenden Tag verabschiede ich mich von Harold und Maude und von Nadine, die erst am Abend aufbrechen wird, und mache mich zu Fuß auf zu einem Restaurant im Ort. Von dort bestelle ich mir ein Taxi, das mich zum zirka 150 Kilometer entfernten Flughafen bringen soll.

Der Taxifahrer ist außerordentlich erfreut, als ich ihm das Ziel nenne, verspricht es doch eine beträchtliche Einnahme für ihn. Weniger erfreut ist er allerdings, als wir am Ortsausgang durch eine Straßensperre angehalten werden und unsere Ausweise kontrolliert werden. Meine neue Identität besteht die erste Bewährungsprobe und wir werden durchgewinkt.

Der Fahrer ist ausgesprochen redselig und erzählt mir, dass überall die Durchgangsstraßen vom Militär abgesperrt seien. Das fände er doch sehr merkwürdig.

»Die suchen zwei Verbrecher! Das ist doch Aufgabe der Polizei. Was will das Militär hier? Irgendetwas ist da faul!«

Die Fahrt vergeht damit, dass er sich über sämtliche Dinge auslässt, die er in seinem Land für faul hält und das sind eine ganze Menge. Sein Redefluss ist nicht zu bremsen.

Wir erreichen den Flughafen und ich gebe einen Brief auf, adressiert an die Autowerkstatt, der wir das Motorrad gestohlen hatten. Der Brief enthält Geld im Gegenwert für das Motorrad und einen entsprechenden Hinweis.

An den Kontrollen am Flughafen gibt es keine Probleme. Es ist ja auch ein Inlandsflug.

Anders in New York. Bei der Sicherheitskontrolle wird der Beamte auf meine Perücke aufmerksam. Ich zeige ihm das Papier vom Krankenhaus vor und er wird auf einmal sehr freundlich. Er tastet zwar unter Murmeln von tausend Entschuldigungen meinen Kopf ab, ob ich nicht eine Bombe unter der Perücke versteckt habe oder sonst eine Waffe. Dann winkt er mich durch und wünscht mir sogar noch einen angenehmen Flug.

Ben hatte Recht mit seiner Einschätzung, wie das Papier auf die Kontrollbeamten wirkt.

Der Flug verläuft ereignislos, wenn man davon absieht, dass ich nicht so recht zum Schlafen komme, weil die Stewardess alle paar Minuten kommt, und mich fragt, ob ich noch irgendeinen Wunsch hätte. Aber so ist das eben, wenn man in der ersten Klasse fliegt.

Ich komme mittags in Hamburg an. Nadine wird erst einen Tag später um 13.05 Uhr eintreffen. Ich buche ein Hotel in der Nähe des Flughafens und mache mich dann auf zu meiner Wohnung.

Mit einer Einkaufstüte in der Hand als Tarnung gehe ich am Haus vorbei, um zu sehen, ob sich irgendwelche Leute herumtreiben, die da nicht hingehören. Der Bereich vorm Haus ist menschenleer, ebenso die wenigen Autos, die in der Nähe parken. Ben hatte mir schon gesagt, dass vermutlich das Haus nicht mehr überwacht wird, denn so blöd, genau dahin zurück zu kehren, könne ich doch wohl kaum sein.

Die Haustür ist intakt, deswegen verstehe ich nicht, dass an ihr ein Polizeisiegel klebt. Die Alarmanlage ist ausgeschaltet. Drinnen sehe ich, dass die Terrassentür aufgebrochen und notdürftig repariert worden ist. Auch hier klebt ein Polizeisiegel und daneben ein Zettel mit dem Hinweis, dass ich mich umgehend bei der nächsten Polizeiwache melden möge.

Ich suche nach der Armbanduhr.

Vergeblich! Sie ist nicht da.

Auch die beiden umgebauten Staubsauger fehlen. Aber das finde ich nicht so schlimm. Nur schade um die Arbeit, die Ben damit hatte.

Das Fehlen der Uhr macht mich völlig fertig. Ich bin restlos niedergeschlagen. Wie sollen wir nun bloß Kontakt zu Selena aufnehmen? Die Gefahr, dass die Leute, die die Uhr haben, darüber Kontakt zum Raumschiff aufnehmen können, besteht nicht, auch wenn sie herausbekommen, dass das Gerät mehr als eine Uhr ist. Selena würde sofort merken, wer das Gerät benutzt und nicht reagieren. Ich hoffe sogar inständig, dass das geschieht. Denn dann würde Selena wissen, dass die Uhr in fremden Händen ist und würde vielleicht versuchen uns gegen meinen Befehl zu kontaktieren. Natürlich besteht die Möglichkeit, dass sie, die ja »nur« ein Computer ist, zu solchen logischen Schussfolgerungen nicht fähig ist. Aber alles, was ich bisher von ihr weiß und mit ihr erlebt habe, spricht eher dagegen. Wir haben also noch Hoffnung.

Was aber, wenn die Einbrecher sie nur mitgenommen haben, weil sie einem von ihnen gefiel und keine Ahnung von deren Funktion haben? Die Mitnahme ausgerechnet der beiden Staubsauger spricht natürlich schon dafür, dass hier Profis vom Geheimdienst welchen Landes auch immer am Werk waren. Zumal außer Uhr und den Staubsaugern nichts fehlt.

Ich verbringe eine unruhige Nacht im Hotel und bin schon eine Stunde vor Ankunft des Fluges aus Toronto am Flughafen. Hoffentlich hat es Nadine geschafft.

Kurz nach der Landung der Maschine kommt eine Nachricht auf mein Handy.

Bin am Gepäckband. Ich liebe dich.

Mir fällt ein Stein vom Herzen. Sie hat es geschafft! Doch als sie durch die Tür kommt, hätte ich sie beinahe nicht erkannt. Irgendwie bin ich an ihr neues »Outfit« noch nicht gewöhnt.

Als sie auf mich zukommt, merkt sie schon an meinem Gesicht, das etwas nicht stimmt.

»Was ist, hast du die Uhr nicht?«

»Sie ist weg! Sie haben eingebrochen und sie mitgenommen.«

»Oh! Merde! Und was machen wir jetzt?«

»Ich weiß es nicht. Wir warten erst einmal auf Ben und Viviane und schauen dann, was wir tun können.«

Nach fünf quälenden Tagen des Wartens erhalten wir Nachricht von Ben. Er wird mit Viviane am Abend in Hamburg ankommen.

Von Selena kommt nichts. Da hat jemand die Uhr offenbar eingesteckt, ohne sie weiter zu geben oder genauer zu untersuchen..

Am Flughafen erkennen wir Ben nur, weil er der Mann ist, der mit Viviane zusammen durch die Tür kommt. Er trägt eine dicke Brille und seine Haare stehen vom Kopf ab, dass man meinen könnte, er sei ein Verwandter von Albert Einstein.

Die Nachricht von der fehlenden Uhr nimmt er relativ gelassen auf.

Jetzt sitzen wir vier in unserem Hotelzimmer, Ben und Viviane haben das Zimmer nebenan genommen, und die beiden berichten, was in Paris gelaufen ist.

Eine Woche nach unserem Verschwinden bekam Viviane Besuch von französischen Sicherheitsbeamten. Ihr wurde eröffnet, dass man in den Vereinigten Staaten bei dem Teilnehmer der Operation Mars einen unbekannten Virus oder etwas Ähnliches, das man noch nicht habe identifizieren können, entdeckt habe, der möglicherweise vom Mars eingeschleppt worden sei. Dieses unbekannte Etwas bewirke Veränderungen im Knochenbau und im Gehirn. Sie müsse sich sofort einer gründlichen Untersuchung unterziehen, wie übrigens auch alle anderen Teilnehmer der Mars-Expeditionen.

Viviane wusste, dass das nicht stimmte. Alle Teilnehmer waren nach ihrer Rückkehr gründlich untersucht worden. Aber sie hatte keine Wahl. Sie wurde auf die Quarantäne-Station eines Militärkrankenhauses gebracht, wo man sie eingehend untersuchte, einschließlich einer Kernspintomografie des Gehirns. Dort musste sie drei volle Tage verbringen, bis man ihr eröffnete, das alles in Ordnung sei, man habe keine Veränderungen weder im Aufbau von Knochen und Muskulatur noch bei den Gehirnströmen festgestellt.

Sie wurde entlassen, solle sich aber den Behörden zur Verfügung halten und dürfe Paris nicht verlassen.

Wieder zu Hause angekommen, wartete Ben schon vor ihrer Tür.

»Du musst weg! Meine Leute hatten Florian und Nadine einkassiert und, genauso wie dich, untersucht. Dabei sind sie auf die Veränderungen gestoßen, die Selena an den beiden vorgenommen hat, um ihren Körper effektiver zu gestalten, wie ich inzwischen weiß. Nun halten sie sie für Aliens oder von Aliens manipuliert.«

Angstvoll sah Viviane Ben an.

»Was haben sie mit ihnen gemacht? Wo sind die beiden jetzt?«

»Sie konnten sich befreien und ich konnte sie nach Hamburg zurückbringen. Ja, ich weiß, du willst jetzt sagen, warum gerade Hamburg. Das ist doch verrückt! Aber Florian muss in sein Haus zurück. Er hat dort das Gerät liegen lassen, welches er zur Kontaktaufnahme mit Selena braucht.

Ich denke, dass es nicht mehr lange dauert wird, dann werden die Amerikaner alles und jeden in ihre Finger zu bekommen versuchen, der mit vermeintlichen Aliens zu tun hatte. Sollten sie das nicht schaffen, werden sie versuchen, alle zu liquidieren. Wenn der amerikanische Geheimdienst und das Militär das Wort »Alien« hören, drehen die inzwischen völlig durch.

Dass du wieder frei gekommen bist, grenzt schon fast an ein Wunder. Oder es liegt daran, dass die Zusammenarbeit zwischen Franzosen und Amerikanern noch nicht so gut funktioniert, wie es die Amerikaner gern hätten.«

Viviane packte eilends die nötigsten Sachen zusammen, während Ben ihr einen falschen Pass besorgte. Sie durfte Paris ja nicht verlassen.

Nun sitzen wir alle zusammen und beraten, wie es weiter gehen soll; vor allem, wie wir Kontakt zu Selena aufnehmen können.

Doch die kommenden Ereignisse nehmen uns die Entscheidung aus der Hand.

Verfolgt

Am folgenden Tag erscheinen Berichte in fast allen Tageszeitungen, wobei sich ein großes auflagenstarkes deutsches Blatt, das für seine reißerische Aufmachung bekannt ist, besonders hervortut.

Gefahr aus dem Weltraum!
Entführung des ranghöchsten amerikanischen Offiziers.
Aliens haben die Kontrolle von Menschen übernommen.

Es folgen diverse Berichte.

Wie wir aus zuverlässiger US-amerikanischer Quelle erfahren haben, wurde der amerikanische General M. von Aliens entführt. Aliens haben auch die Kontrolle von mindestens zwei Menschen übernommen.

Das deutsch-französische Paar, das bekannt wurde durch die Organisation der Marsexpeditionen, wird offenbar von Aliens gesteuert. Sie haben versucht den amerikanischen General in ihre Gewalt zu bringen. Sie kaperten dabei einen Regierungshubschrauber, mit dem sie den General und seinen Piloten fortschaffen wollten. Dem General gelang es, den Hubschrauber zur Landung zu zwingen, wobei es allerdings zu einem Unfall kam, bei dem die Insassen verletzt wurden. Das Paar konnte entkommen.

Nach unbestätigten Meldungen sollen bereits zwei weitere Menschen von Aliens gesteuert werden.

Dabei handelt es sich um einen ranghohen amerikanischen Regierungsbeamten und um die französische Astronautin und Bi-

ologin, die an der ersten Marsmission teilgenommen hat. Alle anderen Teilnehmer beider Mars-Expedition wurden sicherheitshalber interniert.

Die Zeitung bringt noch Fotos vom havarierten Hubschrauber und von uns vieren.

Die Sicherheitsbehörden warnen die Menschen vor diesen Leuten, die nicht mehr die sind, die sie einmal waren. Sollten sie gesehen werden, ist sofort die Polizei zu benachrichtigen. Kommen sie ihnen nicht zu nahe, sondern entfernen sie sich, so schnell sie können.

Sie sollen sich, dem Vernehmen nach, inzwischen in Deutschland aufhalten.

Damit bricht eine Hysterie aus, wie wir den Presseberichten der nächsten Tage entnehmen können.

Eine Menschenmenge, die einem Festumzug in einer Kleinstadt beiwohnt, bricht in Panik aus, als jemand »Aliens« ruft. Es gibt etliche Verletzte.

Andere verbarrikadieren sich in ihrer Wohnung und trauten sich nicht mehr auf die Straße.

Eine noch andere Gruppe klettert auf einen hohen Berg. Offenbar sind es wieder die Endzeitfanatiker, nur diesmal beschwören sie nicht das Ende der Welt, sondern beten zu einem selbst ernannten Alien-Gott, und warten darauf, dass sie zu einer fernen Welt mitgenommen werden, einer Welt, die von dem Elend dieser Erde befreit ist. Tatsächlich sind bereits zwei von ihnen in einer anderen Welt. Sie sind schlicht erfroren.

In einem Dorf, im äußersten Süden der Republik wird ein Behinderter erschlagen, der im Gesicht verunstaltet war.

Tags darauf zieren die Gesichter sechs einfältig und etwas brutal aussehender Jugendlicher die Titelseite der schon genannten Zeitung. Diese berichten,

sie seien schon vor Monaten von Aliens in Menschengestalt in der U-Bahn überfallen worden und die hätten genau so ausgesehen, wie das Paar auf dem Bild in der Zeitung vom Vortag. Die Außerirdischen hätten sich teilweise unsichtbar machen können und seien mal vor und mal hinter ihnen aufgetaucht, wo sie mit Messern auf sie eingestochen und versucht hätten, ihnen lange Tentakel um den Hals zu schlingen. Zweien von ihnen wären die Handgelenke gebrochen worden, ohne dass sie von den Fremden berührt worden seien, allein durch Zauberei.

Nadine ist empört über die Zeitungsberichte.

»Die drehen ja alles um! Wie können die so etwas schreiben, was gar nicht stimmt! Und Tentakel! So ein Quatsch. Der meint sein eigenes Stahlseil mit den Kugeln daran. Das ist doch alles von den Amerikanern manipuliert.«

»Möglicherweise«, wende ich ein. »Es kann aber auch von den Zeitungen selbst so verändert worden sein. Es gibt in Deutschland eine Redensart, die besagt »er lügt, wie gedruckt«. Das zeigt ein bisschen, wie, nach Meinung der Menschen, Zeitungen mit der Wahrheit umgehen. Es ändert aber nichts an der Tatsache, dass es genügend Leute gibt, die das, was in der Zeitung steht, für bare Münze halten.«

»Was machen wir, Ben?« Viviane wendet sich voller Verzweiflung an ihn.

»Wir müssen 'raus aus Deutschland. Irgendwohin, wo es nicht so dicht besiedelt ist. Wir können im Augenblick nicht darauf hoffen, dass Selena etwas unternimmt. Und wir müssen auch dein Aussehen verändern, Viviane. Die Tatsache, dass sie uns in Hamburg vermuten, zeigt, dass sie offenbar deiner Spur gefolgt sind. Wir dürfen unsere Gegner nicht unterschätzen. Wir haben inzwischen wohl die meisten Menschen gegen uns, wenn sie uns denn erkennen.«

So schnell können die Sympathien umschlagen. Die Rettungsaktion im All und die Mars-Expeditionen sind vergessen. Man hat es sogar geschafft, auch das negativ zu besetzen. Das war angeblich alles nur ein Trick, sich bei der Menschheit beliebt zu machen, um dann umso erbarmungsloser zuzuschlagen. Jedenfalls will es das amerikanische Militär die Menschen so glauben machen, auch wenn es in Wirklichkeit ganz andere Ziele verfolgt.

»Ich glaube sowieso langsam«, sinniert Ben, »dass es denen nicht mehr in erster Linie darum geht, ob ihr Aliens oder Alien-verseucht seid. Die können einfach die Schmach nicht verkraften, dass zwei junge Leute so mir nichts dir nichts aus ihrem militärischen Hochsicherheitstrakt spaziert sind und dabei einen der ranghöchsten Generäle wie einen dummen Jungen haben aussehen lassen, weil er sich als Geisel hat nehmen lassen. Das hat die Seele des Militärs zutiefst getroffen. Es ist so, als hättet ihr den Präsidenten von Amerika höchstpersönlich als Geisel genommen und der Lächerlichkeit preisgegeben. Und dann habt ihr noch ihren Astronauten erwischt und vorgeführt.«

Ben fährt fort:

»Auf jeden Fall müssen wir weg. Ich würde Kanada oder Australien vorschlagen. Beides sind flächenmäßig große Länder. Kanada ist zwar dicht bei den USA, aber die Kanadier mögen die US-Amerikaner nicht besonders. Australien wiederum ist weit weg von Amerika und enge Verbindungen bestehen eher zu Großbritannien als zu den USA.«

Wir entscheiden uns für Australien. Und wir werden getrennt reisen; Nadine mit Ben und Viviane mit mir. Sollte es brenzlig werden, wäre bei jedem Paar jeweils einer von uns mit extrem schneller Reaktionsfähigkeit.

Ben sieht aus wie ein Geschäftsreisender, der mit seiner Sekretärin unterwegs ist und ich trage diesmal eine perfekt sitzende Perücke.

Am Hamburger Flughafen ist erst einmal Schluss. Es wimmelt dort von Polizei und Grenzschutz. Man gelangt nicht einmal in die Halle, ohne schon am Eingang eingehend untersucht zu werden. Das Risiko der Enttarnung wollen wir nicht eingehen.

Wir fahren zur nächsten Autovermietung und die Frauen mieten zwei Fahrzeuge mit der Auflage, diese nach drei Tagen in Frankfurt wieder abzugeben. Dann geht es über die Autobahn nach Norden, obwohl Frankfurt 500 Kilometer südlich liegt. Unser Ziel ist einer der kleineren Flughäfen in Deutschland, die hauptsächlich von Billigfliegern genutzt werden. Wir hoffen, dass dort die Sicherheitsvorkehrungen nicht so scharf sind.

Schon nach zehn Minuten Fahrt auf der Autobahn geraten wir in einen Stau. Die Verkehrsnachrichten geben eine Vollsperrung der A1 Richtung Lübeck durch. Hörer des Senders hatten angerufen und als Grund eine Polizeikontrolle genannt. Der Stau hat sich inzwischen auf eine Länge von über zwanzig Kilometern aufgebaut.

Wir verlassen nach 20-minütigem »Stop-and-Go« die Autobahn an der nächsten Ausfahrt und lassen uns vom Navigationsgerät über Nebenstraße weiter Richtung Norden leiten. Als wir ein Waldgebiet durchfahren, biegt Ben auf einen Forstweg ab. Nach zirka zehn Minuten Fahrt durch den Wald hält er an.

»Das eine Fahrzeug lassen wir hier und fahren mit dem anderen weiter. Auch das werden wir einige Kilometer weiter nördlich verlassen und dann geht es zu Fuß weiter.«

Auf die Frage, ob wir das Fahrzeug nicht verstecken sollten, antwortet Ben, das sei sinnlos.

»Wenn die Mietzeit abgelaufen ist, werden sie die Fahrzeuge über eingebaute GPS-Sender finden. Den haben inzwischen alle Mietfahrzeuge.«

Nach weiteren fünfzehn Kilometer erreichen wir ein weiteres Waldstück, verlassen das zweite Auto und machen uns zu Fuß auf – diesmal Richtung Süden, also wieder zurück.

»Tut mir leid«, sagt Ben, »aber der nächste größere Ort ist zwanzig Kilometer von hier entfernt. Das wird ein Fußmarsch von zirka vier Stunden. Wir können es uns nicht leisten, ein Auto anzuhalten oder mit einem

Bus zu fahren. Wir würden es unseren Gegnern damit zu leicht machen, unsere Fährte aufzunehmen. Und wir könnten leichter identifiziert werden. Noch wissen die nicht, wie wir aussehen. Wenn sie die Fahrzeuge finden, werden sie davon ausgehen, dass wir weiter nach Norden geflüchtet sind. Deswegen gehen wir jetzt nach Süden.

Wir müssen sehen, dass wir in dem Ort eine Fahrzeugvermietung finden. Dann umfahren wir Hamburg weiträumig und fahren weiter Richtung Süden.«

Es ist inzwischen dunkel geworden und wir marschieren die Straße entlang. Immer wenn ein Fahrzeug kommt, verstecken wir uns neben der Straße. Daher erreichen wir den Ort erst nach fünfeinhalb Stunden.

Wir haben Glück. Es gibt eine Autovermietung. Aber die hat noch geschlossen, denn es ist vier Uhr morgens.

Etwas außerhalb des Ortes finden wir eine Bank, um uns auszuruhen. Wir versuchen ein bisschen Schlaf zu bekommen, aber es ist zu kalt. Wir kuscheln uns eng aneinander, wärmen uns gegenseitig und warten darauf, dass es Morgen wird.

Die Miete des Fahrzeugs, diesmal für eine Woche, macht keine Probleme. Ich muss nur eine enorm hohe Kaution hinterlegen, weil ich bar bezahle.

Diesmal meiden wir die Autobahnen und bevorzugen Nebenstrecken. Ohne Zwischenfälle erreichen wir nach etwa zehn Stunden Autofahrt den anvisierten kleinen Flughafen in der Mitte Deutschlands.

Wir parken das Fahrzeug auf einem Parkplatz etwas außerhalb und machen uns auf zur Abflughalle. Schon von weitem sehen wir Militärfahrzeuge. Ein- und Ausgänge werden von Militär- und Grenzschutzbeamten bewacht, die jeden kontrollieren, der die Halle betreten oder verlassen will.

Wir sprechen ein älteres Ehepaar an, das gerade durch die Kontrollen gekommen ist und erfahren, das Ein- und Ausgänge hermetisch abgeriegelt sind und jeder Passagier einer eingehenden Kontrolle unterzogen wird. Nur im Inneren der Gebäude ist alles normal. Es gibt nur die üblichen Gepäckkontrollen.

Wir sind völlig niedergeschlagen und beraten, was zu tun ist.

»Um da hinein zu kommen, müssten wir fliegen können«, seufzt Viviane.

»Genau das ist es, Viviane! Kommt mit, ich habe eine Idee.« Ich dirigiere alle zurück zu unserem Auto.

Dort dann die zweite Überraschung. Unser Fahrzeug ist bereits besetzt. Auf dem Beifahrersitz hockt ein junges Mädchen und ein Mann fummelt unterhalb des Lenkrades an herausgerissenen Zündkabeln herum.

»Die wollen unser Auto klauen!«

Bevor das Auto startet, hat Ben die Fahrertür aufgerissen und zerrt den jungen Mann nach draußen. Das Mädchen erschrickt, reißt die Beifahrertür auf und will flüchten. Aber da stehe ich und nehme sie in Empfang. Wir stoßen beide in den Wagen auf den Boden hinter den Vordersitzen und setzen uns auf die Rücksitze. Nadine und Viviane steigen vorn ein. Das Ganze hat nur wenige Sekunden gedauert. Wir sind aus dem Parkhaus heraus und auf der Landstraße. Auf einem Feldweg halten wir an und knöpfen uns die beiden vor.

Ich habe schon wieder eine Idee, wie wir die Situation zu unserem Vorteil nutzen können.

»Hört zu ihr beiden. Ihr habt zwei Möglichkeiten. Entweder wir fahren jetzt zur nächsten Polizeiwache und liefern euch dort ab oder aber ihr macht genau das, was ich euch jetzt sage. Ihr bleibt eine Zeitlang bei uns, dann steigen wir aus und ihr könnt den Wagen übernehmen, um nach Hamburg zu fahren. Und zwar genau nach Hamburg und nicht irgendwo anders hin. Ihr bekommt sogar noch Benzingeld. In Hamburg stellt ihr dann das Auto ab und verschwindet. Und kommt nicht auf die Idee, das Auto behalten zu wollen. Wir melden es morgen als gestohlen und es wird für die Polizei ein Leichtes sein, es zu finden, denn es hat eine Ortungsbox«.

Die beiden können es gar nicht fassen. Sie wollten mit einem geklauten Auto eine Spritztour machen und nun bekommen sie auch noch Geld dafür. Sie sind natürlich sofort einverstanden.

Inzwischen habe ich über das Navi einen kleinen Privatflugplatz ausgemacht, den wir ansteuern. Von hier starten auf einer grasbewachsenen Bahn Hobbyflieger mit kleinen vier- bis sechssitzigen Propellermaschinen. Auch Segelflieger werden von hier aus hochgezogen.

Kurz vor dem kleinen Flugfeld verlassen wir das Mietfahrzeug und das Pärchen fährt erleichtert davon. Irgendwann wird die Polizei das Auto finden und vielleicht auch mit uns in Verbindung bringen. Aber dann führt die Spur nach Hamburg, wo man uns ja sowieso vermutet.

Neben dem kleinen Tower der Flugsicherung befindet sich ein einfaches Restaurant. Wir bestellen etwas zu Essen und ich frage den Wirt, ob er einen Piloten kenne, der dringend Passagiere für einen Flug sucht. Ich weiß von früher, dass es immer Hobbypiloten gibt, die Passagiere für einen Rundflug suchen, weil sie eine bestimmte Anzahl von Flugstunden absolvieren müssen, damit sie ihre Lizenz nicht verlieren.

Wir haben Glück. Am Nachbartisch sitzt ein Pilot, dessen Passagiere ihren Flug kurzzeitig abgesagt haben und der sofort bereit ist, uns zu fliegen. Allerdings sei es nicht ganz billig, da die Landegebühren auf dem großen Flughafen recht hoch wären, und er müsse uns auch den leeren Rückflug berechnen. Das ist natürlich kein Problem für uns.

Wenig später landen wir mit der kleinen Cessna und rollen zum Geschäftsfliegerzentrum.

Von hier können wir das Gebäude von der Flugfeldseite aus betreten. Es gibt keine Kontrollen. So gelangen wir unbehelligt in die Halle und checken ein. Wir buchen den zeitlich nächstmöglichen Flug. Der geht nach Mallorca. Klar, dass es von hier keinen Langstreckenflug nach Australien gibt. Problemlos kommen wir durch die Gepäckkontrollen.

Auch auf Mallorca, Deutschlands beliebtester Ferieninsel, haben wir nur die üblichen Sicherheitschecks und sitzen wenig später in einer Maschine nach Madrid.

Von dort geht es nach Singapur und weiter mit einem »Billigflieger« nach Darwin, im Norden Australiens.

Hier ein Hotel zu finden haben wir keine Schwierigkeiten. Nur ein Auto zu mieten, ist in Darwin allein mit
Kreditkarte möglich. Also eröffne ich ein Konto bei einer Bank und bekomme die Karte allerdings erst, als auf
meinem Konto eine große Summe eingegangen ist.
Dann aber werde ich außerordentlich zuvorkommend
behandelt.

Die Menschen in Darwin sind ganz anders als die in
Europa. Sie sehen alles viel gelassener. So haben sie natürlich auch die Sache mit dem Alien-Raumschiff, den
Mars-Missionen und der späteren angeblichen Inbesitz-
nahme von Menschen durch Aliens im Fernsehen verfolgt, aber die meisten haben insbesondere an Letzterem
ihre Zweifel. Zumal die angeblich Infizierten nichts weiter getan haben, als versucht, einen General zu entfüh-
ren, der aber putzmunter zu sein scheint, da man nie
mehr ein Wort über seine angeblichen Verletzungen
verloren hat. Diese Einstellung kommt uns natürlich
sehr entgegen.

Wir mieten das Auto und machen auf Touristen.

Dann fahren wir ins Outback bis nach Alice Springs
und buchen ein Motel. Dort lassen wir das Fahrzeug
stehen und besteigen früh am nächsten Morgen vor
Sonnenaufgang einen Bus, der Touristen zum Ayers
Rock bringt, der eigentlich Uluru heißt.

Wir kommen, wie geplant, noch vor Sonnenaufgang
an und erleben, wie die Sonne über dem Monolithen
zum Vorschein kommt. Die aufgehende Sonne lässt den
sowieso schon roten Berg noch roter erscheinen. Es ist
ein erhebender Anblick. Kein Wunder, dass die australi-
schen Ureinwohner, die Aborigines, den Berg als heilige

Stätte ansehen. Deswegen können wir es auch nicht verstehen, dass einige Touristen es nicht lassen können, auf den Berg zu klettern, wenn auch unter Führung der Einheimischen. Wir lehnen natürlich das entsprechende Angebot an uns ab.

Auf dem Rückweg zum Bus kommen wir an einer Gruppe junger Aborigines vorbei. Zwei blasen auf Didgeridoos und zwei andere wiegen sich im Takt dazu mit langsamen Körperbewegungen. Als der eine Tänzer uns wahrnimmt, unterbricht er abrupt seine Bewegungen. Die Didgeridoos verstummen, und er zeigt mit ausgestrecktem Arm auf uns und ruft: »Das sind sie!«

Wir erstarren vor Schreck. Die Leute, die sich in der Nähe aufhalten, drehen die Köpfe zu uns herüber.

»Seht sie an! Da sind sie! Die leibhaftigen Kinder der Sonne! Schaut sie an! Sind sie nicht schön?«

Dann setzen die Didgeridoos wieder ein und er umringt uns tanzend.

Wir atmen erleichtert auf. Das Ganze ist eine Show und wir sind die Statisten.

Viviane geht auf ihn zu, ergreift seine beiden Arme und dann bewegen sich beide zu den Tönen der langen Blasinstrumente. Der Junge verdreht die Augen und das Publikum applaudiert.

Wir fahren noch am selben Tag zurück und verbringen etliche unbeschwerte Tage in Darwin.

Wir werden nachlässig, was unser Äußeres angeht. Ich trage keine Perücke mehr, sondern den Stoppelhaarschnitt meiner nachwachsenden Haare. Nadines blonde Haare beginnen an den Wurzeln dunkel zu werden und das vorher künstlich aufgedunsene Gesicht, nimmt seine frühere Form wieder an. Viviane schminkt sich nicht mehr auf ältliche Sekretärin, sondern hat ihr makelloses Gesicht zurück. Da diese Veränderungen den Menschen in unserer näheren Umgebung auffallen müssen, verlassen wir sicherheitshalber die Stadt und wechseln mit dem Auto in die nächste größere Stadt im Norden der Ostküste Australiens. Im Zentrum von Cairns mieten wir ein Appartement.

Man will nicht einmal unsere Papiere sehen. Die Kreditkarte reicht völlig.

Von Cairns aus unternehmen wir Ausflüge in die Umgebung. Wir fahren mit der nostalgischen Bahn hinauf in die Berge und gleiten mit der Kabinen-Seilbahn über den Regenwald. Wir sitzen zusammen mit einer Gruppe junger Chinesen und Chinesinnen in einem Boot und fahren einen krokodilverseuchten Fluss entlang, sehen aber kein einziges Krokodil. Stattdessen aber eine riesige Python in einer Baumkrone am Ufer.

Der folgende Tag bereitet unserer Sorglosigkeit und Unbeschwertheit dann ein jähes Ende.

Auf Vivianes Wunsch sind wir im botanischen Garten unterwegs. Da sie andauernd stehen bleibt, um exotische Bäume und Pflanzen zu begutachten, sind die beiden Frauen etwas zurück geblieben. Ben und ich gehen vorne weg.

Aus einem Seitenweg kommt ein Mann auf uns zu.

»Mann, ich glaub' es nicht! Das kann doch nicht wahr sein! Das ist doch Ben! Hallo Ben, alter Junge!«

Mit ausgestreckter Hand geht er auf Ben zu. Kurz bevor er ihn erreicht, verengen sich plötzlich seine Augen zu Schlitzen und er bleibt stehen.

»Sag' mal, ich hab läuten gehört, dass du von unseren Leuten gesucht wirst? Hast irgendwelche Scheiße gebaut.« Man sieht ihm an, wie es in seinem Kopf arbeitet. Wobei allerdings zwischen seinen buschigen Augenbrauen und dem Ansatz der schwarzen, fettigen Haare kaum noch Platz ist, wo etwas arbeiten könnte.

»Eh, da kann ich ja vielleicht was wieder gutmachen! Tut mir leid, mein Alter, aber das Hemd ist mir nun mal näher als der Rock.«

Damit hält er Ben eine Pistole vor den Bauch.

Aus den Augenwinkeln kann ich sehen, wie weiter hinten Nadine und Viviane in den Büschen verschwinden.

Ben wendet sich an ihn.

»Du bist Peter Caldwell. Ich erinnere mich. Sie haben dich rausgeworfen, weil du 'ne Menge Geld hast verschwinden lassen. – Und was stellst du dir vor, was du jetzt tun willst?«

»Ich werd' dich denen ausliefern, dann kriege ich vielleicht meinen Job wieder, oder aber 'n Batzen Geld. Und dein Kumpel da? Ist der auch von uns? Ist da vielleicht auch was zu holen?«

Er ist offenbar nicht informiert. Während er in seiner Tasche kramt und ein Handy hervorholt, sehe ich Nadine hinter ihm auftauchen. Sie schleicht sich an ihn heran und tippt ihm leicht auf die Schulter. Er fährt herum und lässt mit einem lauten Schrei die Pistole fallen. Nadine hat ihm mit der Schnelligkeit, die er nicht vorhersehen konnte, einen Schlag auf die Hand versetzt. Dann reißt sie seine Arme nach hinten und schleppt ihn seitwärts in die Büsche. Wir folgen ihr. Auch Viviane hat inzwischen aufgeschlossen.

Nadine hebt ihn mühelos hoch, so dass er mit den Beinen in der Luft zappelt, seine Arme hält sie wie ein Schraubstock zusammengepresst.

»Wenn du schreist, breche ich dir den Unterkiefer!«

Er ist auf einmal ganz kleinlaut. Man merkt ihm deutlich an, dass Nadines Kräfte gewaltigen Eindruck bei ihm hinterlassen. Sie wendet sich an Ben.

»Was nun? Was machen wir mit ihm?«

»Wir können ihn nicht laufen lassen, er wird uns verraten. Wir müssen ihn beseitigen.«

Peter fängt an zu jammern.

»Das könnt ihr doch nicht tun! Ben, ich bin doch dein Freund! Du kennst mich doch!«

»Eben!« kommt es trocken von Ben.

Ich nehme Ben etwas zur Seite damit der, einem Neandertaler nicht unähnliche Mann uns nicht hören kann.

»Ben, das können wir auf keinen Fall tun. Ich werde niemals dulden, dass wir einen Menschen umbringen. Außerdem würde das uns der letzten Chance berauben, jemals wieder mit Selena in Kontakt treten zu können. Sie würde jegliche Erinnerung an die letzten Wochen bei uns löschen. Sie kann natürlich nicht die Erinnerung aller Menschen löschen. Aber man würde uns weiter jagen und wir wüssten nicht einmal warum.«

Das überzeugt Ben.

Also müssen wir wieder flüchten. Und wir brauchen neue Identitäten. Denn, wenn sie wissen, dass wir hier sind, können sie unsere Spur zurückverfolgen. Und dann kennen sie unsere neuen Namen. Sie werden alle Passagierlisten sämtlicher Linien zwischen Europa und Australien checken. Das wird zwar dauern, aber irgendwann werden sie uns haben.

Ich schlage vor, dass wir ihn irgendwo festsetzen, wo er sich vorerst nicht befreien kann. Wir brauchen einen Vorsprung. Dann geben wir jemandem einen Tipp, wo man ihn finden kann. Wie es weitergeht, werden wir besprechen, wenn wir ihn los sind.

Nadine klemmt sich Peter unter den Arm, dass er sich kaum rühren kann. Man könnte sie für ein Liebespaar halten, das sich eng umschlungen hält; denn immer, wenn uns Leute begegnen, presst sie ihren Mund fest auf seinen, so dass er keinen Laut von sich geben kann. So gehen wir zu unserem Auto und fahren zurück ins Zentrum. Wir haben schräg gegenüber unserer Appartementanlage ein altes verfallenes Holzhaus gesehen, das leer steht. Nicht einmal Obdachlose, die es hier sowieso kaum gibt, halten sich darin auf.

Da hinein bringen wir Peter und Ben verschnürt ihn auf seine professionelle Art.

Zu Hause packen wir eilig unsere Sachen.

»Wir müssen nach Sydney«, sagt Ben. »Dort wohnt ein alter Kumpel von mir, bei dem ich noch 'was gut habe. Ich hab' ihm ein paar Mal das Leben gerettet. Er kann uns helfen, denn er kennt sich in der Szene aus. Ich glaube, ich kann ihm vertrauen. Ich hoffe es jedenfalls. Das Risiko müssen wir eingehen. Wir haben gar keine andere Wahl. Denn wir müssen raus aus Australien, wenn wir uns nicht ewig verstecken wollen.«

Wir bezahlen unser Appartement, geben das Mietfahrzeug am Flughafen ab und bekommen problemlos einen Flug nach Sydney. Kurz vor dem Start, rufen wir die Dame am Empfang der Appartementanlage an und teilen ihr mit, dass in dem alten Haus gegenüber ein verletzter Amerikaner liege. Dann brechen wir die Verbindung ab und schmeißen das Handy in einen Teich.

In Sydney mieten wir uns in einem Vorort am Meer, in Manly, ein. Hier gibt es fast nur junge Leute, die vor allem Joggen und Surfen im Kopf haben. Fernsehen oder Radio ist hier weniger angesagt. Wir finden, dass der Ort recht gut gewählt ist. Hier fallen wir kaum auf.

Schon am nächsten Abend kommt Ben mit neuen Pässen und Flugtickets nach Neuseeland. Damit wir erst einmal raus sind, wie er sagt.

»Die Flüge von Sydney nach Auckland sind fast wie Inlandsflüge. Die Kontrollen sind lange nicht so scharf, wie nach entfernteren Zielen. In Neuseeland müssen wir dann sehen, wie es weitergeht. Ehrlich gesagt, ich habe davon nicht die geringsten Vorstellungen.«

Nadine meldet sich zu Wort.

»Ich hätte da schon eine Idee. Nur weiß ich nicht, ob es machbar ist.«

Sie wendet sich an mich.

»Gibt es eine Möglichkeit unser kleines Insel-Paradies zu finden? Und wenn ja, können wir dorthin gelangen ohne eine Spur zu hinterlassen? Wir könnten uns dort notfalls so lange verstecken bis Gras über die ganze Sache gewachsen ist oder unsere Gegner die Suche aufgeben, weil sie vielleicht denken, wir seien inzwischen mit dem Raumschiff auf und davon.«

Dann erzählen Nadine und ich den beiden von der Insel, die irgendwo in der Südsee liegt.

»Also irgendwohin«, wirft Ben ein, »ohne Spuren zu hinterlassen, ist unmöglich. Aber die Idee hat was. Was glaubst du, Florian, könntest du sie wiederfinden?«

»Hm, ich habe nur sehr ungenaue Vorstellung von der Lage der Insel. Sie muss entweder zu den Freundschafts- oder Fidschi-Inseln gehören. In beiden Staaten, Tonga und Fidschi gibt es insgesamt fast 250 unbewohnte Inseln und viele sind vulkanischen Ursprungs. Vielleicht gibt es ja Karten, auf denen auch die unbewohnten Inseln eingetragen sind. Dann wäre es ein Leichtes, unsere Insel zu finden. Ich würde sie an der Gestalt sofort erkennen.

Was denkst du Ben. Haben wir eine Chance, überhaupt nach Neuseeland zu kommen? Die haben doch Peter vermutlich schon vor zwei Tagen gefunden!«

»Ich glaube, unsere Chancen stehen gut. Peter wird der Polizei nur das Nötigste erzählen, insbesondere wird er sich mit der Personenbeschreibung zurückhalten. Er ist nämlich scharf darauf, sein Wissen nur dem amerikanischen Geheimdienst zu verraten, weil er sich davon die Wiedereinstellung verspricht. Wenn er damit nicht durchkommt, wird er versuchen, aus seinem Wissen Geld zu schlagen. Dazu muss er aber in die amerikanische Botschaft. Und die gibt es nicht in Cairns. Ich denke, die werden noch mindestens eine Woche brauchen, bis sie unsere Spur haben, und die wird dann hoffentlich in Sydney enden.«

Wir beschließen, es zu versuchen.

Bei der Passkontrolle am Flughafen spricht mich der Zöllner darauf an, dass meine Haare auf dem Foto doch erheblich von meinem Stoppelhaarschnitt abweichen würden und mustert mich dabei misstrauisch. Doch auch hier wirkt mein Schriftsatz von der onkologischen Klinik Wunder. Sein Bedauern ist offensichtlich und er winkt mich schnell durch. Viviane, die als meine Partnerin reist, wird aus unerfindlichen Gründen genau untersucht.

Ben und Nadine kommen glatt durch, und wir sitzen kurz darauf in der Maschine nach Auckland.

Die Maschine rollt zur Startbahn. Auf den Bildschirmen laufen die üblichen Instruktionen für den Notfall und die Stewardess im Gang demonstriert das Anlegen der Gurte und der Schwimmwesten.

Plötzlich wird das Programm unterbrochen.

»Meine Damen und Herren! Hier spricht ihr Kapitän. Ich bedaure, Ihnen mitteilen zu müssen, dass wir den Start abbrechen müssen. Der Tower hat uns die Starterlaubnis entzogen. Wir werden zurück auf unsere alte Position rollen. Eine Begründung für den Abbruch wurde mir bisher nicht mitgeteilt. Sobald ich Näheres weiß, werden Sie sofort informiert.«

Viviane wirft mir einen bedeutungsvollen Blick zu.

»Was jetzt? Kann das uns betreffen?«

»Ich weiß es nicht. Wir können im Augenblick nur abwarten.«

Alle Passagiere sind unruhig geworden. Einige werfen sich angstvolle Blicke zu.

Dann werden wir aufgefordert, uns in den Warteraum zurück zu begeben.

Am Ende der Gangway werden Viviane und ich von zwei Grenzbeamten, einem Mann und einer Frau, in Empfang genommen und gebeten, ihnen zu folgen. Alle anderen Passagiere bleiben unbehelligt.

Man führt uns in einen separaten Raum und kommt auch gleich zur Sache.

»Mit Ihren Papieren, Lady, stimmt etwas nicht. Wir haben vor kurzem die Nachricht erhalten, das eine Frau mit dem gleichen Namen wie Sie in der Nähe von Perth bei einem Autounfall ums Leben gekommen sein soll.«

So ein Mist, denke ich, das sollte nicht passieren. Die Personen, die zu den Papieren gehören, die Ben organisiert, sind fast immer real. Sie leben meist zurückgezogen in kleinen Orten oder auf dem Lande und treten selten in die Öffentlichkeit. In Einzelfällen wissen sie sogar Bescheid und erhalten für ihr Schweigen eine beträchtliche Summe.

Dann bittet die Zollbeamtin Viviane in einen Nebenraum, um eine Körpervisitation vorzunehmen. Der Mann bleibt mit mir im Raum und beginnt ebenfalls mich zu durchsuchen, obwohl sie an meinen Papieren nichts auszusetzen hatten. Ich nutze die kurze Abwesenheit seiner Kollegin und schalte ihn aus. Kurz darauf kommen die beiden Frauen zurück und auch die Grenzbeamtin wird von Viviane gerade noch aufgefangen, bevor sie auf den Boden fällt.

Wenige Minuten später verlassen zwei Grenzbeamte, ein Mann und eine Frau, den Sicherheitsbereich des Flughafens, zwei kleine Gepäcktrollies hinter sich herziehend. In einem kleinen Raum liegen zwei Beamte in ihrer Unterwäsche auf dem Boden, mit Packband fest verschnürt. Davon war in dem Raum reichlich vorhanden.

»Na, Feierabend?«, begrüßt uns der Taxifahrer, der uns in die Innenstadt bringt.

»Ja, unser Dienst am Flughafen in Brisbaine ist zu Ende. Sind gerade mit dem Flugzeug angekommen.«

Der Taxifahrer schöpft keinen Verdacht. Auch nicht, als uns eine Armada von Polizeiautos entgegenkommt, auf dem Weg zum Flughafen.

In der Innenstadt wechseln wir in einem Park die Kleidung und werfen die Uniformen in einen großen Müllcontainer.

Dann machen wir uns auf zum Yachthafen, wo die betuchten Leute aus Sydney ihre privaten Boote liegen haben. Wir lungern mehrere Stunden herum und kommen mit dem einen und anderen Bootsbesitzer ins Gespräch.

Unser besonderes Interesse gilt einem Boot, das dringend einen Anstrich und auch sonst einige Reparaturen nötig hätte. Der Bootseigner, dessen Bart schon lange nicht mehr mit einem Rasiermesser in Kontakt gekommen ist und dessen Kleidung einigen Mottengenerationen das Überleben gesichert haben dürfte, sitzt Pfeife rauchend auf dem Deck. Er freut sich, mit uns ins Gespräch zu kommen und schwärmt uns von seinem Boot vor.

»Vor Jahren, da bin ich noch den Cup Auckland-Hobart mitgefahren. Ist noch ein richtiges Holzboot, meine Betty, reine Handarbeit. Ist 'ne wilde Fahrt, besonders der Teil zwischen Australien und Tasmanien, die Bass-Straße. Ist nicht ganz leicht. Da gibt's gefährliche Strömungen und raue See. Aber der alte Geoffrey hat das alles gemeistert.«

Dabei klopft er sich stolz auf seine Brust, wo etliche Büschel Haare durch die Mottenlöcher ihren Weg an die frische Luft gefunden haben.

Wir fragen ihn, ob denn sein Boot noch seetüchtig sei und ob es eine Fahrt über die Tasman-See bis nach Neuseeland schaffen würde.

»Klar«, ist die Antwort. »Wenn ich Geld hätte für Ausrüstung und Proviant und fürs Benzin für den Hilfsmotor, dann würde das meine Betty locker schaffen. Aber ich bin Rentner, und das Geld reicht nicht einmal, um der alten Betty einen neuen Anstrich zu verpassen.«

Als er hört, dass wir diese Fahrt gern mit ihm machen und ihm alles Geld, was er braucht, zur Verfügung stellen würden, leuchten seine Augen.

»Das sind fast 2.300 Kilometer bis südlich von Auckland, aber wenn ihr mit anpackt und bei günstigem Wind, können wir die Tour in gut fünf Tagen schaffen. Wäre für Betty nicht das erste Mal.«

Wir werden handelseinig und verabreden uns in zwei Tagen. Bis dahin will er das Boot seetüchtig gemacht und mit allem Nötigen versorgt haben.

Wir nutzen die Zeit und versuchen mit Ben und Nadine Kontakt aufzunehmen. Wir senden eine SMS mit lauter Zahlen, da wir nicht sicher sein können, ob nicht inzwischen Fremde Zugriff auf das Handy haben. Wie ich Ben kenne, wird er keine Mühe haben, daraus die GPS-Koordinaten unseres Ankunftsortes und das voraussichtliche Datum auszulesen.

Eine viertel Stunde später kommt dann auch die Antwort von Nadines Handy.

An harold sind in auckland alles klar maude.

Auf Vivianes fragenden Blick, erkläre ich ihr, dass unser Aufenthalt bei Harold und Maude nur den beiden bekannt sein kann. Somit können wir sicher sein, dass die SMS auch wirklich von den beiden kommt und nicht bereits irgendwelche Geheimdienste mitmischen.

Früh am Morgen noch bevor die Sonne aufgeht, segeln wir aus dem Yachthafen Richtung Nordosten. Der alte Geoffrey hat den Motten-Dynastien der vergangenen Tage ihre Lebensgrundlage entzogen und glänzt mit einer etwas abgetragenen Kapitänsuniform. Auch der Bart hat die Bekanntschaft eines Rasiermessers gemacht und lässt wieder die Gesichtsform erkennen.

Seine Augen sprühen vor Lebensfreude. Endlich kann er wieder mit seiner Betty in See stechen.

Unter Geoffreys Anweisungen lernen wir schnell, die Segel zu bedienen und sind bald ein eingespieltes Team. Daher kommen wir auch zügig voran und erreichen die Westküste Neuseelands nach etwas weniger als fünf Tagen.

Als wir uns dem kleinen Ort, südwestlich von Auckland nähern, winkt uns schon von Weiten ein Pärchen vom Pier aus zu. Nadine und Ben.

Es gibt ein herzliches Wiedersehen und der alte Geoffrey freut sich so mit uns, dass seine vielen Lachfalten die Augen fast verschwinden lassen.

Dann verabschieden wir uns von ihm. Er will sich einige Tage im Ort umsehen und nach jungen Leuten

Ausschau halten, die Interesse haben, ihn bei seiner Rückfahrt als Mannschaft zu begleiten. Das werde kein Problem sein, meint er, es gäbe gerade unter den jungen Leuten viele, die so eine Gelegenheit sofort beim Schopfe packen würden.

Wir fahren zurück nach Auckland, wo Nadine und Ben in einem Motel außerhalb der Stadt untergekommen sind.

Am Flughafen buchen wir am nächsten Tag einen Flug nach Fidschi und erreichen den Flughafen Nadi nach etwa drei Stunden ohne Zwischenfälle bei den Kontrollen. Viviane und ich haben unsere alten Identitäten angenommen, die wir auf der Flucht aus Deutschland benutzt hatten. Von Nadi nehmen wir ein Taxi in die Hauptstadt Suva.

Dort mieten wir uns in einem Hotel ein und machen uns dann auf die Suche nach geeignetem Kartenmaterial.

Wir erstehen eine Karte, auf der auch alle unbewohnten Inseln eingezeichnet sind, wie uns die Verkäuferin versichert.

Zurück im Hotel studieren wir die Karte ausgiebig, aber keine der Inseln hat auch nur entfernt Ähnlichkeit mit der gesuchten.

Wir kehren zur Buchhandlung zurück und fragen, ob sie auch eine Karte von Tonga hat. Sie kramt eine schon ältere und angestaubte Karte hervor.

Aber auch keine der Gesellschaftsinseln, die wir darauf finden, ähnelt unserem kleinen Paradies.

Nachdem wir einige Tage ziellos in der Hauptstadt herum gelaufen sind, hören wir von einem Schiff, das etwa zweimal im Jahr die vielen abgelegenen, aber bewohnten Inseln des Archipels anläuft und die Bewohner mit Post, verschiedenen Waren, Lebensmitteln und anderen Gütern des täglichen Lebens versorgt. Es nimmt sogar immer einige Touristen mit, meist Backpackers und Leute, die, etwas abseits der üblichen touristischen Wege, die Inselwelt erkunden wollen.

Wir buchen eine Passage und haben Glück. Das Schiff legt in zwei Tagen ab.

In einer Hafenkneipe kommen wir am Abend mit einem Mann ins Gespräch, der sich als der Kapitän des Versorgungsschiffes herausstellt. Er ist Polynesier und ausgesprochen freundlich und redselig. Er erzählt von seinen Fahrten und von den Menschen auf den abgelegenen Inseln.

»Für viele ist das Versorgungsschiff die einzige Verbindung zur Außenwelt. Wenn wir anlegen oder weiter draußen auf Reede gehen, weil es keine Mole gibt, ist das für viele Bewohner ein Fest. Wir können in der Regel nur ein paar Stunden bleiben, aber alle aus dem jeweiligen Dorf kommen an den Strand oder fahren mit ihren Booten raus zu unserem Schiff.«

Er fährt fort.

»Wir liefern alles was bestellt wird, nicht nur Lebensmittel und Getränke, sondern auch Bestellungen von Versandhäusern oder aus dem Internet. Es gibt tatsächlich einige wenige, die einen Internetanschluss haben, meist über einen eigenen Sendemast und mit Batteriebetrieb.

Wisst ihr, das Schöne an meinen Job ist, die Freude der Leute zu sehen, wenn wir ein- oder zweimal im Jahr dort anlegen.«

Wir fragen ihn, ob er auch an unbewohnten Inseln vorbei kommt und ob er die meisten kenne. Er schüttelt den Kopf.

»Ich kenne nur die, die wir auf unserer Route passieren, aber es gibt weit über hundert weitere Inseln, insbesondere die, die weit im Südosten liegen. Die hat noch nie ein Mensch betreten. Und noch weiter im Osten liegen auch noch etliche davon. Die gehören aber zu Tonga. Viele davon sind auf keiner Karte verzeichnet.«

Ich zeichne ihm den Umriss unserer Insel auf ein Blatt Papier und frage, ob er eine derartige Insel kenne. Er schüttelt den Kopf.

»Aber, ich hörte, ihr kommt mit uns. Wir steuern auch einige der entlegensten Inseln an. Versucht dort Kontakt zu den Bewohnern aufzunehmen. Die sind mit ihren Ausleger-Einbäumen viel unterwegs. Vielleicht können die euch weiterhelfen.«

Den folgenden Tag verbringen wir mit Einkäufen von Sachen, von denen wir annehmen, dass wir sie brauchen werden. Der Kapitän hat uns ein paar Tipps gegeben. Polynesier wie Melanesier seien zwar außerordentlich gastfreundlich, aber trotzdem sei es in vielen Orten auf den Inseln üblich, dass man dem Dorfältesten oder Häuptling ein Gastgeschenk mitbringt. Dies gelte ganz besonders auf den abgelegenen Inseln, wo es oft an einfachen Gebrauchsgegenständen mangelt.

Wir lassen alles aufs Schiff schaffen und finden uns dort am nächsten Morgen ein.

Außer uns reist noch eine einheimische Frau mit ihrem Kind mit. Wir erfahren, dass es vor einem halben Jahr von ihrer abgelegenen Insel ins Krankenhaus auf die Hauptinsel gebracht worden war. Und nun ist es wieder gesund und sie wollen zurück in ihr Dorf.

Schließlich sind noch zwei junge Backpacker, also Rucksack-Touristen, aus Neuseeland unter den Passagieren. Zwei Mädchen, die die Zeit zwischen Schule und Studium nutzen wollen, um die Inselwelt kennen zu lernen.

Die Kabinenausstattung für Reisende ist einfach und praktisch. Die Zwei-Bett-Kabinen haben ein Waschbecken und durch ein Bullauge hat man Sicht nach draußen. WC und Dusche gibt es für alle Passagiere gemeinsam. Nur die Mannschaft hat ihre eigenen sanitären Einrichtungen.

Am Kai haben sich etwa ein Dutzend Leute eingefunden, die uns nachwinken, bis wir hinter der Hafenausfahrt verschwunden sind.

Bald ist nur noch das türkisfarbene Meer um uns herum und über uns blauer Himmel mit vereinzelten weißen Wolken. Wir nutzen das schöne Wetter, indem wir auf dem Deck in Liegestühlen Sonne und Meer genießen. Es gibt sogar einen Steward, der unsere kleine Gruppe mit frischen Getränken versorgt.

Gegen Abend kommt die erste Insel in Sicht, an der wir anlegen werden. Sie hat eine kleine Hafenmole zum Festmachen. Auf der Mole drängeln sich etwa hundert

Menschen, die das Schiff mit Gesang und Tanz begrüßen.

Der schiffseigene Kran befördert etliche Paletten auf
die Mole, die in Windeseile von den Leuten fortge-
schafft werden. Dann nimmt das Schiff diverse Ballen
auf, die auf der Mole liegen und die zum Teil als Tausch
für die gelieferten Waren dienen.

Wir haben etwa zwei Stunden Zeit, um an Land zu
gehen. Es gibt hier sogar ein kleines Restaurant mit einem einfachen Touristenhotel.

Wir legen einigen Einheimischen meine Zeichnung
von unserer Insel vor, aber keiner kann etwas damit anfangen. Man versichert uns, dass es im weiteren Um-
kreis solch eine Insel nicht gäbe. Wir sollten besser auf
den entlegenen Inseln im Südosten nachfragen.

Dann müssen wir auch schon wieder zurück aufs
Schiff, das noch am Abend ablegt.

Manche Inseln sind so klein, dass sie weder Hafen
noch Mole haben. Das Schiff ankert dann weiter draußen und die Bewohner kommen mit ihren Einbäumen
zum Schiff. Das ist dann jedes Mal Präzisionsarbeit unseres Stewards, der auch als Kranführer fungiert. Er
muss die Fracht so vorsichtig in die leichten Boote setzen, dass diese dabei nicht kentern.

Neben den Booten, die die Fracht aufnehmen, um-
kreisen das Schiff noch etliche Boote mit singenden,
blumenbekränzten Frauen und Mädchen. Wenn die Zeit
reicht, um uns von einem dieser Boote an Land setzen
zu lassen, sind wir auch dort von fröhlichen und singenden Gruppen junger Mädchen und Männer umgeben, die uns Blumengebinde oder Muschelketten um

den Hals hängen und uns mit lautem Trommelspiel und Gesängen begrüßen.

Die Ankunft des Schiffes ist immer ein großes Ereignis.

Nur mit unserer Suche nach unserer Insel kommen wir nicht weiter.

Wir sind nun schon mehrere Wochen unterwegs. Die Frau mit ihrem Kind hat uns längst auf einer der ersten Insel verlassen, so dass außer uns nur noch die beiden Neuseeländerinnen an Bord sind. Wir haben uns mit ihnen angefreundet. Eileen kann ihre irische Abstammung nicht verleugnen. Ihr fein geschnittenes Gesicht wird von einem Büschel feuerroter Haare umrahmt. Kathys rabenschwarze Haare fallen von einem Mittelscheitel zu beiden Seiten an ihren schmalen Schultern herab. Sie ist unverkennbar indischer Abstammung.

Wann immer es möglich ist und die Liegezeit des Schiffes es erlaubt, gehen wir alle zusammen an Land und nehmen ein bisschen an dem Leben in den jeweiligen Dörfern teil und freuen uns an der unbeschwerten und fröhlichen Art der Einwohner. Es ist natürlich eine Ausnahmesituation, wenn wir da sind. Uns ist schon bewusst, dass das Leben in der restlichen Zeit des Jahres, in der kein Schiff und keine Fremden da sind, anders aussieht.

Unser Schiff hat wieder einmal an einer größeren Insel fest gemacht, die eine Hafenmole hat. Wir nutzen die Zeit und schauen uns in dem kleinen Laden um, der gleichzeitig Bar und Hotel ist. Wieder zeigen wir unsere

Inselzeichnung herum. Und wieder allgemeines Köpfe Schütteln.

Ein alter Mann am Tresen gibt uns dann einen Hinweis.

»Fragt doch mal den alten Jorge da. Der ist bis zu seiner Pensionierung Pilot gewesen und hat vierzig Jahre lang Menschen und Fracht mit seinen kleinen Maschinen überall hingeflogen, wo es möglich war. Wenn es einen gibt, der die gesamte Inselwelt hier wie seine Westentasche kennt, dann ist es der alte Jorge. Vielleicht habt ihr ja Glück und er ist noch nicht restlos betrunken. Er kommt fast jeden Abend hierher und säuft sich mit dem auf der Insel produzierten Zeug die Hucke voll. Er sitzt da ganz hinten in der Ecke.«

Er zeigt auf einen alten Mann mit ungepflegten Haaren und einem dichten Bartgestrüpp im Gesicht, der zusammengesunken in einer Ecke sitzt und ein Glas voll undefinierbarem Inhalts in der Hand hält.

Ich setze mich zu Jorge und versuche, mit ihm ins Gespräch zu kommen. Seinem Namen nach zu urteilen, vermute ich, dass er Spanier ist und spreche ihn deswegen auf Spanisch an. Während er bisher stumpfsinnig vor sich auf den Boden geguckt hat, schaut er auf einmal auf und versucht mich mit glasigem Blick zu fixieren.

»Du bis'n Spanier, was? Das's schön! Oder bis' du etwa einer von Francos Leuten. Das sind alles Verbrecher!«

Ich erkläre ihm, dass ich keiner von Francos Leuten bin und versuche auch nicht, ihm verständlich zu machen, das Franco schon seit vielen Jahren tot ist, sondern breite die Landkarte vor ihm aus.

»Du warst doch lange Jahre ein toller Pilot und bist für viele Gesellschaften geflogen. Du kennst dich sicherlich so richtig aus. Hast du schon einmal diese Insel gesehen?« Dabei halte ich ihm die Zeichnung der Insel unter die Nase.

»Nee, so'ne graue Insel gibt's nich'. Die sind alle grün!«

»Ich meine nicht die Farbe, ich meine die Form. Wenn du eine Insel von dieser Form schon mal gesehen hast, wo könnte die dann sein?«

Ich deute auf die ausgebreitete Karte.

»Noch nie gesehn!«

Und dann haut er mit seinem ausgestreckten Zeigefinger auf eine bestimmte Stelle der Karte.

»Die is' da!«

Ich schaue mir die Stelle an, wo sein Zeigefinger gelandet ist.

»Jorge, da ist nur Wasser! Da kann gar keine Insel sein!«

»Wenn ich's sag'! Da is' sie! Und da is' auch noch eine!« Er deutet auf eine ebenfalls blaue Stelle links daneben. »Sonst is' da nix! – Is' 'ne böse Insel.«

»Wieso das?«, frage ich. »Wieso ist sie böse?«

»Is' mit 'nem Tabu belegt. Wer da hingeht, überlebt das nicht!«

Ich werde trotzdem ganz aufgeregt. Er könnte rechthaben. Wir haben tatsächlich damals eine zweite Insel am westlichen Horizont gesehen. Und die Entfernung könnte auch stimmen.

Ich gebe Jorge ein großes Glas mit richtigen Schnaps aus, das er mit leuchtenden Augen annimmt. Beim Abschied ruft er mir noch hinterher.

»Und sag deinem Generalísimo Franco, dass er sich in'n Arm ficken soll.«

Es fällt nicht schwer, mir vorzustellen, warum Jorge damals Spanien den Rücken gekehrt hat.

Ich berichte den anderen Dreien von der Neuigkeit.

Später auf dem Schiff lassen wir uns von unserem Steward die Schiffsroute in unsere Karte einzeichnen. Die Route führt bis an eine Insel heran, die immer noch etwa 120 Kilometer von der Stelle entfernt ist, auf die Jorge gezeigt hat. Danach macht die Route einen Knick nach Nordwest, zurück Richtung Hauptinsel. Wir fragen, ob das Schiff diese Insel anläuft.

»Ja, das ist die südöstlichste Insel unserer Fahrt. Dort gibt es nur ein einziges Dorf. Um das Dorf herum wird ein bisschen Ackerbau betrieben und es gibt einige Schweine und etliche Hühner. Sonst ist die Insel fast vollständig von Urwald bedeckt. Die Bewohner sind geschickte Fischer, die ihre Beute mit dem Speer fangen.«

Unser Steward und Kranführer spult sein Wissen wie aus einer Enzyklopädie ab.

»Wir wollen nämlich dort an Land gehen und bleiben.«

Der Mann schaut uns mit zweifelndem Blick an. Er kann sich nicht vorstellen, dass man freiwillig eine so lange Zeit unter den primitiven Stämmen fern jeder Zivilisation zubringen will.

»Meinetwegen, der Kapitän wird auch nichts dagegen haben. Aber ihr wisst, dass das nächste Schiff nicht vor einem halben Jahr wiederkommt, wahrscheinlich sogar erst in einem Jahr?«

»Das ist uns bewusst.«

KALOUA

Zweieinhalb Tage später nähern wir uns gegen Abend der kleinen Insel. Wir vier und die beiden Neuseeländerinnen stehen an der Reling und schauen dem Manöver zu. Der Kapitän gibt gerade den Befehl, beizudrehen, als es im Maschinenraum einen lauten Knall gibt, Rauch aufsteigt und der Schiffsmotor abrupt aussetzt. Das Schiff hat zwar kaum noch Fahrt, aber es treibt auf das flache Wasser vor der Insel zu. Mit lautem Rasseln hören wir zwei Ankerketten ins Meer gleiten. Wir sehen, dass beide Anker noch eine Zeitlang über den Grund gezogen werden. Dann verhaken sie sich am Meeresboden und das Schiff kommt mit einem Ruck zum Stillstand.

Die sieben Auslegerboote, die schon auf das Schiff zu ruderten, drehen hastig bei und versuchen, einen größeren Abstand zwischen sich und das Schiff zu bekommen. Sie haben den Zwischenfall im Maschinenraum offenbar bemerkt. Als sie jedoch wahrnehmen, dass die Ankerketten das Schiff halten, kommen sie wieder vorsichtig näher.

Einer der Insulaner klettert über eine Strickleiter an Bord und bespricht mit dem ersten Offizier, was an Waren für die Insel bestimmt ist beziehungsweise, was das Schiff an weiteren Dingen im Tausch anzubieten hat und von den Booten unten übernommen werden kann.

Dann kommt der Kapitän aus dem Maschinenraum zurück und teilt uns mit, dass der Maschinenschaden wahrscheinlich vor Ort behoben werden kann, aber es würde wohl gut zwanzig Stunden dauern, und er braucht alle seine Leute dazu.

Wir wollen ja sowieso von Bord, aber unter diesen Umständen sind Eileen und Kathy ganz begierig darauf, mitzukommen und bis zum Morgen an Land zu bleiben.

Kurz darauf kommt dann auch die Nachricht vom Dorfältesten, dass es ihm eine Ehre sei, uns sechs in seinem Dorf begrüßen zu dürfen.

Wir verladen unsere Habseligkeiten in die Boote einschließlich diverser Geschenke, von denen uns der Kapitän gesagt hatte, dass sie im Dorf besonders benötigt werden, als da sind, mehrere große Macheten für die Arbeit im Dschungel, Äxte und einige Messer, sowie einen großen Ballen bunt bedrucken Stoffes, mit einem Muster, wie es der Vorliebe der Insulaner entspricht. Dann geht es an Land.

Der Dorfälteste, ein alter Mann von zirka 60 Jahren, begrüßt uns sehr herzlich.

Ihm ist die Freude über unsere Geschenke anzumerken. Er wird das meiste übrigens später unter seinen Leuten verteilen.

Er stellt uns seine Tochter vor, eine trotz ihres Alters von etwa 40 Jahren immer noch attraktive Frau mit den typisch polynesischen Gesichtszügen. Man muss dazu wissen, dass die Lebenserwartung dieser Menschen, die weitab von der Zivilisation ein Leben führen, wie sie es schon seit Hunderten von Jahren getan haben, deutlich niedriger ist, als zum Beispiel das der modernen Europäer.

Um uns herum herrscht geschäftiges Treiben. Es wird ein Fest vorbereitet. Dieses Fest, so erfahren wir, wird jedes Mal zur Ankunft des Versorgungsschiffes begangen, denn es ist ein Ereignis, das in der Regel einmal, ganz selten auch zweimal im Jahr vorkommt. Und diesmal sind sogar noch sechs Fremde, vier Frauen und zwei Männer, als Gäste anwesend. Alle etwa 120 Dorfbewohner sind dabei: Männer, Frauen, Frauen mit Säuglingen auf dem Arm, Kinder und alte Leute.

Da die Vorbereitungen noch im Gange sind, lädt der Dorfälteste uns in seine Hütte ein.

Seine Unterkunft besteht, wie auch alle anderen im Dorf, aus einem einzigen Raum, der durch hängende Palmmatten in mehrere Bereiche unterteilt ist. Diese Bereiche bilden die Schlafstellen der Bewohner. Der größte Bereich, direkt am offenen Eingang, ist der Hauptaufenthaltsraum der Familie. Als Wände haben die Häuser nur hüfthohe Brüstungen. Darüber sind die Räume nach außen offen. Dadurch weht immer ein leichter Wind, denn hier bleibt es auch nachts immer noch recht heiß. Das Dach aus geflochtenen Palmwedeln bietet Schutz gegen die teils heftigen Regengüsse. Das Haus des Dorfältesten ist natürlich deutlich größer als das der anderen.

Wir betreten den großen Raum und setzen uns auf den Boden. Ich schaue mich etwas um und dabei fällt mein Blick auf eine Gestalt, die in einer Ecke des Raumes fast regungslos am Boden kauert. Nur ihr nackter Oberkörper schaukelt langsam hin und her. Es ist ein Mädchen. Sein Blick ist nach innen gerichtet und es nimmt unsere Anwesenheit nicht zur Kenntnis. Es schaut nur kurz auf und sieht mit leeren Augen zu uns herüber. Dann beugt es den Kopf wieder nach vorn und seine langen dunklen Haare verdecken das kleine Gesicht. Ich schätze sie auf etwa 16 bis 18 Jahren.

Ich frage den Besitzer der Hütte, wer sie sei und was mit ihr los ist. Auf meine Frage umwölkt sich das Gesicht des alten Mannes, die Altersfurchen werden noch tiefer und er schaut mit traurigem Blick auf seine Tochter, die neben mir sitzt. Dann wendet er sich mit leiser, fast gebrochener Stimme an mich.

»Das ist eine schreckliche Geschichte und traurig für mich, für meine Familie und für das ganze Dorf.«

»Darf ich die Geschichte hören?«

»Wenn du magst.« Der Häuptling streckt seinen Oberkörper und beginnt zu erzählen.

»Sie heißt Kaloua und ist mein Enkelkind. Eigentlich sollte sie Heilerin sein, aber sie spricht nicht und meidet jeden Kontakt zu anderen. Wir haben sie einmal zu einem Mediziner auf eine der großen Inseln gebracht und er hat uns gesagt, dass er so etwas noch nie gesehen habe, es sei der Krankheit, die man mit Autismus bezeichnet, zwar ähnlich, aber doch ganz anders.

Dazu musst du wissen, dass es so lange wir denken können in unserem Dorf immer eine Heilerin gegeben hat, eine Heilerin, die durch das Berühren anderer Menschen mit ihren Händen diesen den Schmerz nehmen oder Wunden heilen kann. Diese Gabe vererbt sich bei uns immer von der Großmutter auf die Enkelin. Die Mutter besitzt die Gabe nicht, aber sie gibt sie weiter.

Die letzte Heilerin war ihre Großmutter, meine Frau.

Dann geschah das Schreckliche.

Einige Jahre nachdem meine Tochter Kaloua zur Welt gebracht hatte passierte es. Meine Frau, ihre Großmutter, stürzte beim Sammeln von Kräutern von einer Klippe und war sofort tot. Und Kaloua sprach nicht und verweigerte jeden Kontakt zu ihrer Umwelt. Das schloss sogar ihre Mutter ein.«

»Ich habe gehört, dass sich so etwas manchmal ändert oder abmildert, wenn man erwachsen wird. Vielleicht gibt es da noch Hoffnung?«

Ich versuche einfach, etwas Tröstliches zu sagen.

»Nein! Es gibt bei uns im Dorf eine Redensart, die wir benutzen, wenn wir ›nie‹ oder ›niemals‹ meinen. Wir sagen dann ›wenn der Wald schweigt‹. Das kommt daher, dass unser Wald niemals schweigt, es kommt Tag und Nacht ständig ein Lärm von dort. Tagsüber lärmen und kreischen die Vögel und nachts stimmen die nachtaktiven Tiere in den Lärm ein. Du hörst es ja. Wir leben damit und es stört uns auch nicht.

Und über Kaloua heißt es: Sie wird sprechen, wenn der Wald schweigt. Das sagt alles.«

Mit einem tiefen Seufzer erheben sich der alte Mann und seine Tochter:

»Wir sollten nach draußen gehen. Das Fest fängt an.«

Alle Dorfbewohner haben sich um die flackernden Feuer versammelt. Es herrscht ein fröhliches Treiben, über dem ein großer voller Mond wie eine weiße Laterne hängt.

Die Menschen tragen Blumenkränze um den Hals und Frauen wie Männer haben sich Blumen ins Haar gesteckt. Auch wir bekommen Kränze umgehängt und

die Haare unserer vier Frauen werden von den Frauen
des Dorfes mit Blumen verziert. Sie haben sich den Ge-
bräuchen angepasst und unter den Blumenkränzen blitzt
bei ihren anmutigen Bewegungen hin und wieder die
nackte Brust hervor. Nadine, Viviane und Kathy unter-
scheiden sich mit ihren dunklen Haaren kaum von den
eingeborenen Mädchen. Nur die roten Haare von Eileen
brennen wie eine Fackel über ihrem blumenbedeckten
schlanken Körper.

Dann setzen die Trommeln ein und übertönen den
ständig vorhandenen Lärm des Waldes im Hintergrund.

Mal nur Männer, mal nur Frauen, mal beide, tanzen
zu den Rhythmen der Trommeln.

Über den Feuern werden Schweine am Spieß gebra-
ten und man trinkt leicht vergorene Kokosmilch, deren
Alkoholgehalt aber sehr, sehr gering zu sein scheint.

Nadine, Viviane, Eileen und Kathy werden in den
Kreis der Tanzenden geholt und man versucht ihnen die
rituellen Tanzschritte beizubringen.

Es herrscht eine fröhliche Ungezwungenheit, die uns
in ihren Bann zieht. Ganz besonders aber wohl Eileen
und Kathy, die heftig mit zwei der jungen und hübschen
einheimischen Burschen zu flirten beginnen.

Auch wir beiden Männer werden zum Tanzen ani-
miert. Es gibt immer ein großes Gelächter, wenn wir einige der Schrittfolgen nachzumachen versuchen und
dabei, ohne es zu wissen, Schritte machen, die eine ganz
andere Bedeutung haben.

Doch dieses traumhaft schöne Fest geht irgendwann
zu Ende und der Dorfälteste und seine Tochter laden
uns ein, in ihrem Haus zu übernachten. Eileen und Ka-

thy wollen natürlich draußen übernachten. Warm genug ist es dafür.

Als sich unsere Augen an das Licht der Öllampen im Innern der Hütte gewöhnt haben, sehe ich, dass das Mädchen immer noch am selben Platz kauert.

Ich habe auf einmal ein ungeheures Bedürfnis, dieses Mädchen zu berühren. Irgendetwas zieht mich fast mit Gewalt zu ihm hin. Ich kann nicht anders, und frage ihren Großvater und ihre Mutter, ob ich sie berühren dürfe. Die Mutter ist es, die antwortet.

»Du darfst es gern versuchen, aber sie wird sich sofort vor dir zurückziehen, wie sie es auch bei mir, ihrer Mutter, all die Jahre getan hat.«

Ich gehe ganz langsam auf das Mädchen zu und hocke mich neben sie. Dann lege ich ganz vorsichtig meine Hand auf ihren bloßen Oberarm. Sie zeigt keine Reaktion, aber zuckt auch nicht zurück. Ich spüre fast, wie alle Anwesenden im Raum atem- und regungslos zu uns herüber starren.

Wie in Zeitlupe bewegt Kaloua ihren Kopf bis ihre Augen auf ihren Oberarm und meine Hand gerichtet sind. Genau so langsam hebt sie nun ihren anderen Arm, bewegt ihn zu mir herüber und legt ihre Hand fest auf meine. Es ist ein unglaubliches Gefühl. Die Berührung ihrer Hand ruft ein nie gekanntes wohliges Gefühl in mir hervor. Dann hebt sie ihren Kopf, löst ihren Blick von meiner und ihrer Hand und schaut mir mit einem erstaunten Blick in die Augen. Ihre Augen sind ganz wach und ganz dunkel. Die vorherige Leere ist völlig verschwunden. Auch ich schaue sie an und sage ganz langsam und deutlich »Kaloua«.

Und sie wiederholt ebenso langsam »Kaloua«.

Es ist absolut still in Raum. Und nicht nur dort. Auch draußen herrscht völlige Stille. Kein Laut kommt von außerhalb und kein Laut kommt aus dem Wald.

DER WALD SCHWEIGT.

Auch von der ständigen Brandung ist nichts zu hören.

Nur ein leises Scharren dringt von draußen zu uns herein. Es ist das Geräusch von vielen sich nähernden Füßen. Die Dorfbewohner sind alle auf dem Weg zu unserer Hütte und sie bleiben schweigend vor ihr stehen. Sogar die Säuglinge auf den Armen ihrer Mütter geben keinen Ton von sich.

Die Blicke der Menschen wandern ständig zwischen Wald und Hütteneingang hin und her, und ab und zu hört man ein leises Murmeln. »Der Wald schweigt«.

Ich schaue immer noch in die Augen des Mädchens. Dann strecke ich meinen Arm aus, hin zu ihrer Mutter und bedeute ihr, zu uns zu kommen. Ich nehme ihre Hand und führe sie an die Wange ihres Kindes.

Das Mädchen lässt auch das zu.

Dann schaut sie ihre Mutter an, der die Tränen in einem langen Fluss über beide Wangen laufen. Ganz zart berührt sie mit ihren Fingern die Tränen und lächelt.

Ich deute auf ihre Mutter und sage »Nana«, das Wort für Mutter.

Und Kaloua sagt »Nana«.

So sitzen wir eine Zeitlang regungslos beieinander.

Dann erhebt sich Kaloua, und geht, mit der einen Hand immer noch meine Hand, mit der anderen ihre Mutter haltend, zum Eingang der Hütte, vor dem die Dorfbewohner schweigend einen Halbkreis gebildet haben. Sie hebt ihren Kopf und schaut in den Himmel. Zum Mond. Er ist ganz dunkel und sieht aus wie eine Blutorange. Der Erdschatten hat ihn vollständig bedeckt.

Dann reißt Kaloua, unsere Hände festhaltend, beide Arme hoch und …

… SCHREIT.

Ihr Schrei hält fast eine Minute an.

Als er verklungen ist, fängt ein Tier nach dem anderen an, die Geräusche des Waldes wieder zu beleben, bis der Lärm zu seiner alten Stärke angeschwollen ist. Auch die Brandung ist wieder zu hören und die Erde gibt den Mond frei.

Eileen und Kathy, die es, genauso wie alle anderen, zur Hütte gezogen hat, lösen sich aus einer Art Trance. Während die Dorfbewohner langsam in ihre Hütten zurückkehren, bleibt Eileen wie angewurzelt stehen und schüttelt immer wieder den Kopf.

»Das ist Magie! Mein Gott, das ist wirkliche Magie!«

Dabei drückt sie sich fest an ihren neuen Freund.

Kaloua hält weiterhin meine Hand und zieht mich in die Hütte. Nadine kommt dazu, fasst meine freie Hand, drückt sie zärtlich an sich und sagt leise.

»Wie hast du das gemacht? Woher wusstest du das?«

»Ich habe nichts gemacht. Es hat etwas mit mir gemacht. Ich wusste es auch nicht. Ich glaube, ich war einfach nur zur richtigen Zeit am richtigen Ort.«

Kaloua bemerkt jetzt erst, wie Nadine und ich zueinander stehen. Sie lächelt Nadine an und fasst ihre Hand. Ich merke, wie bei der Berührung ein Schauer durch Nadine geht, genauso wie bei der ersten Berührung Kalouas mit mir. Sie ist eine Heilerin.

Dann zieht sie Nadine und mich langsam zu dem Teil der Hütte, wo sie ihre Schlafstatt hat.

Ich fürchte, ich weiß, was sie möchte und werfe einen unsicheren und hilflosen Blick hin zu ihrer Mutter und ihrem Großvater.

»Das darf sie doch nicht tun, sie ist doch noch ein Kind. Das willst du doch auch nicht! Das ist nicht richtig!«

Doch ihre Mutter lächelt nur.

»Sie ist kein Kind mehr, sie ist siebzehn Jahre alt. Und sie ist eine Heilerin. Sie weiß, was sie tut. Und ich weiß, dass das, was sie tut, richtig ist. Sie hat ihren Grund, und ich vermute, ich weiß um den Grund.«

Weder Nadine noch ich können uns der Faszination dieses Mädchens entziehen. Sie drängt uns beide sanft auf ihr Lager und wir entledigen uns der wenigen Kleidung. Dann lieben wir uns. Ihre Berührungen sind so unglaublich schön.

Erst als die Morgendämmerung einsetzt, fallen wir in einen tiefen Schlaf.

Wir haben uns endlich zum Aufstehen durchgerungen und treffen als erstes auf Viviane.

»Mein Gott, was für eine Nacht! So habe ich mich und Ben noch nie erlebt. Es war einfach traumhaft! Diese Nacht war voller Magie. Ich habe mich selbst nicht wiedererkannt.«

Später treffen wir auch auf die beiden Mädel aus Neuseeland.

Sie verdrehen die Augen, als sie uns von den einheimischen Jungs erzählen.

»Ich kann gar nicht beschreiben, was da letzte Nacht passiert ist, aber es war das Größte, was ich je erlebt habe«, berichtet Eileen mit glänzenden Augen. Kathy steht stumm neben ihr. Ihre strahlenden Augen sprechen ebenfalls Bände.

»Im Dorf reden sie alle übrigens mit großer Ehrfurcht von dir. Du hast ihnen nicht nur die Heilerin zurückgegeben. Du hast auch dafür gesorgt, dass die Mutter der nächsten Heilerin geboren wird.«

»Wie? Was? Mutter der nächsten Heilerin?«

Jetzt dämmert es mir.

Das war also der Grund, um den die Mutter Kalouas wusste.

»Aber das kann man doch jetzt noch gar nicht wissen. Das ist doch erst einige Stunden her. Und woher wissen die es überhaupt?«

Nadine mischt sich lächelnd ein.

»Alle hier wissen es. Kaloua weiß es, ihre Mutter weiß es, der alte Mann weiß es. Das ist hier eben so. Auch ich zweifle übrigens nicht daran. Hast du letzte Nacht eigentlich überhaupt nicht gehört, was außerhalb unserer Hütte geschah?«

»Wieso? Was soll geschehen sein, ich habe ständig den Lärm gehört, der aus dem Wald kommt?«

»Und du hast nichts aus den anderen Hütten gehört?«, fragt sie mich spitzbübisch, »die Hütten haben hier doch keine richtigen Wände. Du hast nichts von dem Stöhnen und den spitzen Schreien der Frauen gehört, die zu uns herüberdrangen? Auch Viviane und Ben, die in unserer Hütte schliefen, waren nicht zu überhören.

Naja, kein Wunder! Wir drei waren ja auch nicht gerade leise.«

Damit nimmt sie mich in den Arm und küsst mich liebevoll.

Als wir durchs Dorf gehen, kommen immer wieder einige Frauen und Männer auf mich zu und berühren mich schüchtern.

Es ist mir peinlich, Ich habe doch eigentlich gar nichts getan. Es ist einfach ohne mein Zutun passiert.

Gegen Mittag müssen uns Eileen und Kathy verlassen. Das Schiff ist repariert und abfahrtbereit.

Es gibt einen tränenreichen Abschied und beide schwören hoch und heilig, in spätestens einem Jahr wieder zu kommen. Wir stehen mit den Dorfbewohnern am Strand und winken dem Schiff nach bis es am Horizont verschwindet.

Ben erinnert daran, dass auch wir hier nicht bleiben sollten.

Wir machen uns auf die Suche nach jemandem, der uns eines der Auslegerboote verkaufen kann.

Das wollen am liebsten alle. Nur nicht verkaufen, sondern schenken. Das wollen wir aber nicht, denn wir wissen, wie lange die Menschen hier brauchen, um so einen Einbaum herzustellen.

Wir verhandeln mit »dem besten Bootsbauer«, wie uns gesagt wird, und überreden ihn dazu, uns das Boot zu vermieten. Wenn er auch keine Miete haben wolle, so müsse er wenigstens eine Kaution von uns annehmen. Das sei in der übrigen Welt so üblich. Die solle er uns dann zurückgeben, wenn wir das Boot wieder abgeben. Wenn wir das Boot innerhalb eines halben Jahres nicht wieder ablieferten, könne er die Kaution behalten, denn dann haben wir ein Versprechen gebrochen, und das sei sehr schlimm und müsse bestraft werden.

So eine merkwürdige Sache, habe er noch nie gehört, aber das mit dem gebrochenen Versprechen könne er verstehen. Außerdem könne er mit dem Geld sowieso frühestens in einem halben Jahr etwas anfangen, wenn das Versorgungschiff wieder komme. Die Dorfbewohner untereinander brauchen kein Geld, denn alles läuft hier über Tauschhandel. Und im Handel zwischen den verschiedenen Inseln gilt eine Art Muschelgeld.

Wir legen die Kaution natürlich so hoch fest, dass sie mehr als einem fairen Kaufpreis entspricht. Als wir ihn dann noch darum bitten, uns zu lehren, wie man so ein Boot segelt und navigiert, ist er vollends zufrieden.

Nach zwei Tagen intensivem »Trainings« auf dem Meer, sind wir ziemlich sicher, dass jeder von uns das Boot mit dem Ausleger segeln kann.

Während dieser Tage werden wir mehrmals Zeuge von Kalouas Fähigkeiten.

So bringt eine junge Mutter ihr weinendes Kind zu der Heilerin. Es leidet schon den ganzen Tag unter irgendwelchen Beschwerden, und ist mit nichts zu beruhigen. Als Kaloua mit ihrer Hand über den Bauch des Kindes streicht, hört es sofort auf zu weinen und schläft wenige Minuten danach auf dem Arm der Mutter ein.

Ein andermal bringen Dorfbewohner einen Mann zu ihr, der sich bei der Arbeit im Wald verletzt hat. Er blutet stark aus einer Wunde im Oberschenkel.

Die Blutung wird durch Kalouas Berührung unmittelbar gestoppt und man kann zusehen, wie das Blut in wenigen Sekunden gerinnt und so die Wunde verschließt.

Das zerstörte Paradies

Das ganze Dorf ist an den Strand gekommen als wir am frühen Morgen vollgepackt und mit Proviant und Wasser für mindestens vier Tage davon segeln. Fünf Auslegerboote begleiten uns noch einige Stunden und kehren dann erst um.

Die See ist ruhig und der Wind ideal. Wir segeln den ganzen Tag und kommen gut voran. Unsere einzige Sorge ist, dass die Angaben des alten Spaniers nicht stimmen, schließlich war er ziemlich betrunken. Diese Sorge wird immer größer, als wir auch am späten Nachmittag immer noch kein Anzeichen von Land sehen.

Erst eine Stunde vor Sonnenuntergang sehen wir dann am Horizont das ersehnte Land auftauchen. Es ist eine Insel, aber nicht unsere, wie wir beim Näherkommen feststellen. Auch sie ist allerdings von einem Ring aus Korallenriffen umgeben. Wir segeln am Riff entlang bis wir eine Durchfahrt finden.

Die Sonne geht gerade unter, als wir den Strand erreichen.

Die Insel scheint ebenfalls unbewohnt zu sein, es gibt nirgendwo ein Anzeichen menschlicher Behausungen.

Wir legen uns am Strand zum Schlafen, richten aber sicherheitshalber eine Nachtwache ein. Paarweise wachen wir abwechselnd.

Die Nacht vergeht Gott sei Dank ohne Störung und als die Sonne aufgeht, können wir weit im Südosten eine zweite Insel erkennen.

Ein Blick durchs Fernglas lässt unsere Herzen höher schlagen. Sie könnte es sein, jedenfalls hat sie mit der gesuchten eine große Ähnlichkeit.

Wir packen eilig unsere Sachen zusammen und verstauen alles im Boot. Dann geht es zurück durchs Riff Richtung Südsüdost.

Der Wind hat inzwischen aufgefrischt und bläst aus der falschen Richtung. Wir müssen gegen den Wind an segeln und kommen nur langsam voran.

Doch unsere Vermutung wird Gewissheit, je näher wir der Insel kommen. Sie ist es.

Nach ein paar Stunden haben wir das Riff erreicht.

Der Wind hat weiter zugenommen und die Gischt der Brandung, die am Riff gebrochen wird, nimmt uns fast die Sicht auf die Insel. Wir fahren den gesamten Riffbogen ab, ohne eine Stelle zu finden, die eine Durchfahrt ermöglichen könnte. Die andere Seite der Insel, dort wo der Berg steil ins Meer fällt, ist völlig unzugänglich, wie wir von früher wissen.

Wir müssen über das Riff, zumal der Wind immer heftiger wird. Also riskieren wir es an einer Stelle, an der sich die Wellen nicht so heftig brechen und hoffen, dass das Riff hier nicht ganz bis an die Wasseroberfläche reicht.

Die nächste höhere Welle soll das Boot wie ein Surfbrett auf das Riff zu treiben. Wir reffen das Segel und rasen auf dem Kamm der Welle auf das Riff zu. Dann bricht sich die Welle und mit einem lauten Krachen sitzen wir auf dem Riff fest. Die Wucht des Wassers hat den Ausleger abgerissen, der hinter dem Riff davon treibt. Es ist eine Menge Wasser im Boot.

Viviane greift einen metallenen Topf und schöpft ununterbrochen Wasser aus dem Boot.

Nadine, Ben und ich springen aus dem Boot und reißen uns an den scharfen Kanten der Korallen die Beine auf. Dann kommt die nächste Welle. Mit aller Kraft drücken wir das Boot hoch, dann klatscht das Wasser über dem Boot zusammen. Der Mast bricht und wird samt Segel davon gerissen. Aber das Boot ist frei, jedoch randvoll mit Wasser. Wir drei haben uns außen am Boot festklammern können. Viviane schöpft weiterhin wie wild Wasser. Aber wir sind innerhalb des Riffringes.

Da das Boot aus Holz ist, geht es nicht unter. Und das Wasserschöpfen hat bewirkt, dass das Wasser im Boot nun etwas unterhalb des Bootsrandes steht.

Während Viviane weiter schöpft, versuchen wir zu dritt, das zerstörte Boot mit den Schwimmbewegungen der Beine voran zu bringen. Ben, Nadine und ich ziehen dabei eine dünne Blutspur hinter uns her.

Nach unendlich langer Zeit, jedenfalls kommt es uns so vor, erreichen wir mit dem Boot den Strand, lassen uns erschöpft in den Sand fallen und bleiben erst einmal wie leblos liegen.

Nur Viviane verschwindet sofort im Wald.

Nach einer Viertelstunde kommt sie zurück und wickelt Blätter um unsere blutenden Beine. Wir sehen sie fragend an.

»Ich bin nicht umsonst Biologin. Diese Blätter haben eine blutstillende und desinfizierende Wirkung. Die Blutung müsste jetzt aufhören. Hier habe ich noch etwas, was die die Wundheilung beschleunigt, das lege ich später auf. Es bewirkt auch, dass die Narbenbildung verringert wird.«

Ich muss an die Worte des alten Spaniers denken. Da war etwas dran mit dem Tabu und dass man die Insel nicht lebend erreicht. Ohne die Kräfte von Nadine und mir, die dank Selena deutlich über das normale Maß hinausgehen, hätte wir das Boot niemals anheben können und wir wären alle womöglich draußen am Riff ertrunken.

Viviane hatte Recht gehabt, die Heilung schreitet schnell voran und wir können uns daran machen, uns auf der Insel einzurichten. Die im Boot mitgebrachten Sachen haben wir retten können; sie waren gut befestigt. Also bauen wir erst einmal, nach dem Vorbild der Bewohner auf unserer letzten Insel, eine Hütte als Schutz gegen den Regen. Sie liegt versteckt unter dem Blätterdach der Bäume.

Viviane stellt sich außerordentlich geschickt beim Flechten der Palmwedel für das Dach an. Es erweist sich später als völlig regendicht.

»Ich habe mir die Hütten auf der Insel genau angesehen und auch, wie sie gebaut wurden«, erklärt sie.

Die Hütte besteht im Wesentlichen nur aus einem Dach. Wände sind bei dem Klima nicht nötig. Die Temperaturen sinken fast nie unter 25 Grad Celsius.

So richten wir uns für einen längeren Zeitraum auf ein Leben ein, wie es die wohl ersten Polynesier führten, die die Inselwelt des Südpazifiks eroberten, nur mit dem

Unterschied, dass wir einige nützliche Dinge aus der Zivilisation zur Verfügung haben. Dazu gehören unter anderem ein Feuerzeug, ein Metalltopf und eine Pfanne und vor allem diverse Arten von Messern, eine Axt sowie ein Fischernetz.

Wir ernähren uns von den Früchten, die reichlich im Wald vorhanden sind und von Fischen und Meeresfrüchten. Süßwasser ist auch genug vorhanden, nur auf Fleisch müssen wir verzichten. Es gibt keine Tiere auf der Insel. Unser Gewehr ist leider durch das Salzwasser unbrauchbar geworden, aber es gelingt uns, mit dem Netz ab und zu einmal einen Vogel zu fangen, der unserem Speiseplan etwas Abwechslung gibt.

Wir haben sogar einen »Kühlschrank«. Die Höhle hinter dem Wasserfall hat eine gleichbleibende Temperatur von 16 bis 18 Grad. Dort lassen sich Vorräte, wenn auch nur für wenige Wochen, einigermaßen frisch halten.

Nach ungefähr einer Woche hat das Meer den abgebrochenen Ausleger des Bootes an den Strand gespült. Wir bringen ihn erst einmal in Sicherheit. Es kann sein, dass wir ihn einmal brauchen werden, wenn wir uns in fernerer Zukunft darüber Gedanken machen müssen, wie wir von der Insel wieder fortkommen. Aber darüber denken wir jetzt nicht nach, auch wenn uns klar ist, dass wir auf dem Weg, den wir gekommen sind, wohl kaum wieder die Insel werden verlassen können.

Die Tage vergehen und wir entwickeln Fähigkeiten, die man als zivilisierter Mensch nicht lernt oder verlernt hat. Wir schnitzen aus dem Holz von Bäumen Löffel

und Spieße, die wir als Gabeln benutzen, Kokosnuss-
schalen dienen uns als Trinkgefäße, das Rückgrat großer
Fische mit den Gräten als Kamm.

Eines Morgens – wir sitzen am Strand und binden
Messer an lange Stöcke, die wir als Speere zum Fangen
von Fischen verwenden wollen –, da zeigt Ben auf die
Nachbarinsel, genauer, auf den Himmel über der Insel.
Dort ist ein dunkler Punkt zu erkennen, der zu groß für
einen Vogel ist. Nadine läuft zurück zur Hütte und holt
das Fernglas. Der Punkt erweist sich als ein kleines
Flugzeug. Es bewegt sich in langgestreckten Bahnen
über der Insel hin und her. Ben beobachtet es eine Weile. Dann sagt er:

»Wenn es das ist, was ich vermute, dann bekommen
wir ein Problem. Das ist ein Flugzeug, das die Gegend
unter sich scannt. Das kann ein normales Vermessungs-
flugzeug sein, das wäre die einfachste Erklärung. Der
Scanner kann aber auch eine Wärmebildkamera sein.
Und wenn jemand mit einer Wärmebildkamera unbewohnte Inseln scannt, dann kann das nur eines bedeuten: Die suchen etwas.«

Viviane wird ganz blass.

»Aber wie sollten sie uns auf die Spur gekommen
sein? Wir haben doch alles getan; besser du, Ben, du
hast doch alles getan, damit sie uns nicht finden können.«

»Ich weiß es nicht. Vielleicht hat mein Kumpel in
Sydney doch geplaudert. Oder die Sache mit Kaloua hat
die Runde über andere Inseln gemacht und irgendwer,
der das nicht sollte, hat es zu Ohren bekommen und

weitergegeben. Das hat sie stutzig werden lassen. Solche Geschichten werden unter den Insulanern mit Vorliebe weiter erzählt, denn der Glaube an Magie und Zauberei ist bei ihnen immer noch tief verwurzelt. Was mich aber vor allem wundert, ist die Energie, die sie aufwenden, um euch aufzuspüren. Es wäre doch logisch, wenn sie denken würden, ihr hättet euch längst mit dem Raumschiff davon gemacht.

Vielleicht denken sie aber auch, das Schiff hätte euch einfach zurück gelassen, oder es wäre euch abhanden gekommen. Wobei sie mit dem Letzteren gar nicht einmal so daneben lägen. Oder aber – und das hatte ich damals schon vermutet nachdem ihr aus der Militärbasis abgehauen seid –, es geht denen gar nicht mehr um Alien oder Nicht-Alien. Die müssen einfach die Schmach wettmachen, die sie damals erlitten haben. Und mit dem Astronauten, der alles vergessen hat, habt ihr noch einen drauf gesetzt.

Jedenfalls müssen wir jetzt hier verschwinden.«

Als erstes schieben wir das havarierte Boot, das immer noch am Strand liegt, unter die Bäume des Waldes und verwischen die Schleifspuren. Dann beseitigen wir alles, was von oben auf menschliche Spuren deuten könnte.

Die Zeit wird knapp, denn wir können schon das Motorengeräusch der sich nähernden Maschine hören. Wir hetzen den Flusslauf hoch und erreichen gerade rechtzeitig die Höhle hinter dem Wasserfall, als das Flugzeug seine erste Bahn über uns hinweg zieht. Hier sind wir vorerst sicher. Durch die Felsen kann auch die empfindlichste Kamera die Wärmestrahlung unserer

Körper nicht ausmachen und am Höhlenausgang lässt der Wasservorhang keine Wärmestrahlung durch.

Nach einer halben Stunde trauen wir uns nach draußen.

Das Flugzeug ist verschwunden.

Verschwunden ist auch die Unbeschwertheit, mit der wir das Leben auf der Insel genossen haben. Wir machen uns Sorgen. Sollten sie uns wirklich aufgespürt haben, so ist uns jeder Fluchtweg genommen. Von der Insel können wir nicht weg. Und wohin sollten wir auch? Im Verfolgen von Menschen scheinen unsere Feinde ausgesprochen tüchtig zu sein. Unsere letzte Zuflucht bildet nur noch die Höhle hinter dem Wasserfall, falls wir uns wieder verstecken müssen. Und dass das Versteck sicher vor Entdeckung ist, können wir nur hoffen.

Daher schaffen wir verschiedene Dinge dorthin, die uns ein längeres Ausharren ermöglichen. Dazu gehören vor allem die Reste unserer noch vorhandenen Kleidung, die wir mit großen Blättern umwickeln, damit wir sie trocken durch den Wasservorhang bringen können. Auf der Insel hatten wir sie nicht benötigt. Es war auch nachts immer warm genug, um ohne Kleidung zu schlafen. Tagsüber laufen wir sowieso die ganze Zeit nackt herum. Doch oben in der Höhle ist es dazu auf die Dauer zu kalt.

Wie berechtigt unsere Sorgen sind, zeigt sich wenige Tage darauf. Wir werden früh am Morgen wach vom Lärm einer Armada von Hubschraubern, die sich der Insel nähern. Wir raffen zusammen, was wir gerade greifen können und rennen hinauf zum kleinen See und dem Wasserfall. So schnell wir können, schwimmen wir durch das Wasser und klettern in unser Versteck. Bevor wir hinter dem Wasservorhang verschwinden, hören wir, wie die Soldaten über den Strand ausschwärmen und in den Wald eindringen.

Den ganzen Tag dringen immer wieder laute Rufe und Befehle zu uns durch. Aber niemand kommt dem Wasserfall wirklich nahe.

»Was meinst du, Ben, wie haben die uns gefunden?«

»Ich weiß es nicht. Aber die Kamera-Auflösungen sind heute so fein, dass man sogar einen Fußabdruck oder einen geknickten Zweig erkennen kann. Vielleicht waren wir auch beim Verwischen unserer Spuren nicht gründlich genug.«

Nach drei Tagen sind wir fast am Ende. Die leichte Kleidung wärmt uns auf Dauer nicht genügend. Auch leiden wir unter der hohen Luftfeuchtigkeit. Außerdem haben wir zu wenig Bewegung.

Nachdem den ganzen Nachmittag und die halbe Nacht des vierten Tages kein Geräusch mehr von draußen zu uns herein gedrungen ist, riskiere ich es, nachzusehen, ob die Soldaten sich vielleicht zurückgezogen haben. Ben warnt mich.

»Sei bloß vorsichtig. Vielleicht ist es nur ein Trick, um uns herauszulocken.«

Ich verspreche es.

Kaum bin ich durch den Wasservorhang hindurch, als im meinem Kopf eine Stimme explodiert, die mich vor Freude und Erleichterung fast aufschreien lässt.

SELENA!

»Hör zu! Die Insel ist voller Soldaten. Eine große Gruppe campiert unten am Strand dort, wo auch die Hubschrauber stehen. Eine zweite hat sich am See niedergelassen. Du müsstest die Lichter der Leute auf der linken Seite von dir sehen können. Dann gibt es noch zwei Soldaten, die sich oberhalb des Wasserfalles im Wald herumtreiben. Auf die müsst ihr besonders achtgeben. Die haben Nachtsichtgeräte.

Ich befinde mich oberhalb des Wasserfalles, und zwar an der Stelle, an der der Wald etwas vom Fluss zurücktritt und Platz für das Raumschiff lässt. Es sind etwa 100 Meter oberhalb der Abbruchkante, über die das Wasser herabstürzt.«

Ich klettere, so schnell ich kann, zurück in die Höhle und berichte die Neuigkeit. Wir fallen uns erst einmal vor Freude in die Arme.

»Die größte Gefahr geht von den zwei Leuten im Wald aus. Sie befinden sich nämlich ziemlich genau zwischen uns und dem Schiff. Ich schlage vor, dass wir in Abständen von 20 bis 30 Metern nach oben klettern. Nadine geht vorneweg. Sie kann notfalls schneller regieren, als ihr beiden. Viviane und Ben, ihr bildet die Mitte und bleibt zusammen. Ich mache die Nachhut.«

Nacheinander gleiten wir leise ins Wasser und schwimmen zu der dem Soldatencamp gegenüberliegenden Seite des Ufers. Das Rauschen des Wasserfalles übertönt jedes Geräusch. Nadine erreicht als erste das Ufer und klettert den Hang neben dem Wasserfall hoch. Wir erreichen alle nacheinander unbemerkt das obere Plateau und bewegen uns vorsichtig am Fluss entlang weiter nach hinauf.

Selenas Warnung »Vorsicht, links!« kommt einen Sekundenbruchteil zu spät.

Ein Soldat taucht links von Ben und Viviane aus dem Dickicht auf, zielt mit seiner Maschinenpistole auf die beiden und schreit: »Halt! Stehenbleiben!« Dann feuert er.

Ben wirft sich mit aller Kraft in die Schusslinie zwischen Maschinengewehr und Viviane und bricht unter dem Kugelhagel zusammen.

Nadine und ich erreichen den Schützen gleichzeitig eine Sekunde später, reißen ihm das Gewehr aus der Hand und lassen ihn mit einem Schlag gegen seine Schläfe bewusstlos zusammenbrechen. Aber es ist zu spät.

Viviane hat sich über Ben gebeugt und flüstert voller Verzweiflung.

»Ben! Ben, wach auf! Bitte, bitte, lieber Ben. Du darfst nicht sterben!«

Doch Ben ist tot.

Gestorben, um Viviane zu retten.

Wir müssen Viviane von Ben los reißen.

»Viviane, wir müssen weiter. Wir haben keine Zeit. Die Soldaten vom See kommen von unten.«

Die Gewehrsalve hat die Soldaten am See aufgescheucht und wir hören sie den Hang hochkommen. Und weiter links von uns im Wald nehmen wir den zweiten Soldaten wahr, wie er sich durch das Dickicht kämpft.

Ich schultere die schluchzende Viviane. Dann jagen Nadine und ich mit einer Geschwindigkeit den Bach entlang, die wir selbst nicht für möglich gehalten haben.

Selena hat offenbar ganze Arbeit geleistet. Der Abstand zwischen uns und unseren Verfolgern vergrößert sich rasant.

Endlich leuchtet vor uns matt im Dunkeln Selenas Transportfeld.

Wir stürzen darauf zu und sind schon in kürzester Zeit im Bauch des Schiffes, das noch im selben Moment von der Insel verschwindet.

ENTSCHEIDUNG

Viviane steht unter Schock.

»Warum Ben? Er hat uns um die halbe Welt vor seinen Leuten beschützt und nur wenige Minuten, bevor wir endgültig in Sicherheit sind, musste er sterben!

Das ist so ungerecht!

Kann nicht Selena etwas tun?«

»Nein, das tut uns furchtbar leid, Viviane. Selena kann zwar eine Menge, von dem wir nicht die geringste Vorstellung haben. Aber Tote wieder lebendig machen, das kann auch sie nicht.«

Nadine und ich nehmen sie abwechselnd in den Arm und versuchen, sie zu trösten. Aber es gelingt uns nicht, zumal auch uns der Tod von Ben sehr nahe geht. Wir haben ihn auf unserer langen Flucht schätzen und lieben gelernt.

Die Nacht verbringen wir drei zusammen, wobei wir uns aneinander kuscheln und abwechselnd Viviane, wie einem kleinen Kind, beruhigend über den Rücken und über die Haare streichen. Immer wieder wird sie von heftigem Schluchzen geschüttelt. Sie hat Ben sehr geliebt.

Am Morgen ist sie etwas gefasster.

Wir unterhalten uns mit Selena. Die Fragen, die uns auf der Zunge brennen, sind natürlich, wie sie uns gefunden hat und warum erst jetzt.

»Du weißt, Florian, dass ich programmiert bin, Befehle auszuführen. In diesem Fall die deinen. Dein Befehl war es, nicht von mir aus Kontakt zu dir beziehungsweise euch aufzunehmen. Das bedeutet, ich gehe in eine Ruheposition, aus dem mich nur die Kontaktaufnahme über deine ›Uhr‹ holen kann.

Es gibt aber ein Notprogramm. Das wird hochgefahren, wenn über einen langen Zeitraum kein Kontakt stattgefunden hat. Dieses Programm hat mich zum ersten Mal aktiviert, als meine ersten Besitzer, die zu der Rasse der Erbauer des Raumschiffes gehörten, auf der Erde getötet wurden und somit kein Kontakt mehr stattfand. Jetzt wurde es wieder aktiv und ich begann, euch zu suchen. Dabei halfen mir die Medien. Ich erfuhr von eurem Aufenthalt in Hamburg und Australien. Da lag natürlich eure Insel nahe, da ihr offenbar Australien verlassen hattet. Als ich dann draußen das Kriegsschiff und hier die Invasion von Hubschraubern und Soldaten beobachteten konnte, war mir klar, dass ihr hier sein müsst. Ich habe zwei Tage lang versucht, den Kontakt herzustellen. Aber die Felsschicht, unter der ihr euch aufgehalten habt, blockierte ihn.«

Und nun sitzen wir drei im Kommandoraum und fragen uns, wie es weiter gehen soll.

Sollen wir die Erde ganz verlassen, auf der wir vielleicht nie ganz vor Verfolgung sicher sind?

Zumindest Viviane hat von den Menschen die Nase gestrichen voll.

Ich versuche, einzuwenden, dass wir nicht alle Menschen über einen Kamm scheren können.

»Denke nur einmal an Kaloua und ihre Stammesan-
gehörigen oder an Harold und Maude!«

»Klar«, erwidert Viviane, »es gibt viele gute Men-
schen. Aber die haben auf dieser Welt nichts zu sagen.
Die, die das Sagen haben und an der Macht sind, sind
überwiegend rücksichtslos und gewalttätig. Der einzelne
Mensch zählt bei denen nicht. Wichtig ist ihnen nur die
Erhaltung ihrer Macht.«

Selena mischt sich in unsere Diskussion ein.

»Was haltet ihr davon, wenn wir das tun, was meine
eigentliche Bestimmung ist? Nämlich nach weiteren Zi-
vilisationen suchen?«

Leicht gereizt wende ich mich an den Schiffscomputer.

»Selena, das hatten wir doch schon einmal. Den Vorschlag hast du schon einmal gemacht. Und du hast gesagt, dass du nach dem Tod der ersten Besatzung fast
fünfhundert Jahre durchs Universum gereist bist und
nichts gefunden hast. Wenn Du in dieser Zeitspanne
keine intelligenten Wesen gefunden hast, wie soll das
dann in der Lebensspanne, die uns dreien bleibt, geschehen?«

Doch der Schiffscomputer gibt nicht auf.

»Das ist alles richtig, aber erstens habe ich in der Zeit
nur einen winzigen Bruchteil des Universums absuchen
können und zweitens war ich nicht fünfhundert, sondern zwanzig Jahre unterwegs. Denn bei den Sprüngen
durchs All war das Schiff oft eine sehr kurze Zeit in
dem Bereich knapp unter der Lichtgeschwindigkeit.
Und da gilt das, was euer Herr Einstein ja bereits herausgefunden hat. In diesen kurzen Momenten vergeht

die Zeit im Schiff erheblich langsamer als die auf der Erde. In den zwanzig Jahren Schiffszeit sind auf der Erde fünfhundert Jahre vergangen.

Wenn wir uns also jetzt auf die Suche machen und ihr irgendwann wieder auf eure Erde zurückwollt, wird dort viel Zeit vergangen sein und die heutigen Ereignisse Geschichte sein, wenn sie nicht sogar ganz in Vergessenheit geraten sind. Und noch etwas. Wir können nun den von mir abgesuchten Bereich ausschließen und uns auf andere Raumsektoren konzentrieren.«

Wir brauchen einige Zeit, um die Tragweite von Selenas Vorschlag unter diesem neuen Aspekt zu begreifen und versuchen, das Für und Wider miteinander abzuwägen.

Zu unseren Bekannten und Freunden können wir nicht zurück. Jetzt nicht und auch nicht in naher Zukunft. Wir können uns natürlich von Selena an tausend Orte auf der Erde bringen lassen und dort so lange ein beschauliches Leben führen, bis wir wieder weiter müssen, weil unsere Entdeckung droht. Wollen wir das wirklich? Oder machen wir uns ins Unbekannte auf wohl wissend, dass wir eventuell nicht das finden, was Selena zu suchen programmiert ist? Und wenn wir eine fremde Zivilisation finden sollten, finden wir dann vielleicht ebenso den Tod, wie die erste Besatzung des Schiffes, weil wir das Fremde falsch einschätzen oder mit der Fremdartigkeit nicht umgehen können? Alles Fragen, die wir jetzt und hier nicht beantworten können.

Es ist schließlich Viviane, die den Ausschlag gibt.

»Ich habe genug von der Erde und ihren Menschen. Lasst uns fortgehen und das Unbekannte riskieren.

Auch wenn wir nicht wissen, was auf uns zukommt und wir die Erde vielleicht nie wiedersehen werden oder auf eine Erde zurückkehren, die nicht mehr unsere ist.«

So kehren wir unserem Heimatplaneten den Rücken, um vielleicht nie wieder zu kommen.

FSC
www.fsc.org
MIX
Papier aus ver-
antwortungsvollen
Quellen
Paper from
responsible sources
FSC® C105338